王妃さまのご衣裳係

路傍の花は後宮に咲く

結城かおる

角川文庫
22788

目次

序

「……はあ、つまらない」

今朝から数えて十六度めのため息が、ごく若い女官の唇から逃げた。

世界の中心にあって、天から命を承《う》けて地上を統治する天子さまには、幾多の国が額《ぬか》ずいているが、ここ「涼国《りょうこく》」もそうした国々の一つである。

すなわち、この国の君主が天子さまに朝貢して「涼王」の称号を与えられ、君臣関係を結んでから既に三百年が経つ。「麟徳府《りんとくふ》」と称する涼国の都には、「嘉靖宮《かせいきゅう》」が青い瑠《る》璃瓦《りがわら》を波のごとく連ねて鎮座し、まさに王の宮城にふさわしい佇《たたず》まいを見せている。

若い女官は嘉靖宮の北側にある後宮のちょうど真ん中、太清池《たいせいち》と呼ばれる大きな池のほとりに腰を下ろし、鯉が餌を期待して寄ってくるのを眺めていた。

歳の頃は十七ほどで、黒々と艶《つや》を帯びた髪と磁器を思わせる白い肌、そして藍《あい》を含んだ大きな瞳《ひとみ》を持つ少女だった。お仕着せの女官の服――「襦《じゅ》」と呼ばれる丈の短い上着に、腰から下は「裙《くん》」と称する裳《も》を身にまとっているが、襦の赤紫色が彼女の肌を美しく引き立てていた。

「つまらないったら、つまらない」

まるで彼女の愚痴に賛同するように、もしくは餌を催促してのことか、鯉は口をぱくぱくさせる。

「ごめんね。お前たちが可愛い尾びれを振って媚《こ》びを売っても、何にも持っていませんですよぅ」

女官は手にした小石をぽちゃんと水面《みなも》に放った。同心円状に広がるさざ波の下、鯉たちが鈍い動きで身を翻す。彼女の足元で、名も知らぬ白い花がそよ風に揺れた。

「ああ、お前たちはいいわねえ。私みたいな宮仕えの苦労も知らず、池の中が太平無事で治まっていて……」

「鈴玉《りんぎょく》！　こんなところで何をやっているの？　王妃さまがさっきからあなたをお捜しなのに」

軽い足音に続いて背後から投げかけられた叱責に、「鈴玉」と呼ばれた女官は振り返った。声の主もやはり女官姿の少女で、栗色に近い明るい髪と林檎色《りんごいろ》の頬をしている。

鈴玉は同輩の咎《とが》めにぷっとむくれ、裙をはたきながら立ち上がった。

「別に怠業じゃないわよ、香菱《こうりょう》。落とした腕輪を探していただけ」

彼女は疑いの眼を向ける同輩に背を向け、すたすたと持ち場へ戻っていった。

第一章　鈴玉、青雲の志を立てる

一

それは、ちょうど秋風にぴりりと冷たいものが混じり始めた雲の多い朝、当時まだ十四歳だった喪服姿の鄭《てい》鈴玉は、母親の柩《ひつぎ》を前にし、足を踏ん張り立っていた。木目は割れて合わせ目に隙間ができ、蓋《ふた》も満足に閉められぬ柩の中に母は横たわっている。祭壇には僅《わず》かばかりの供え物が置かれているばかりだった。

その前に肩を落としてうずくまる父親の鄭駿《しゅん》とは対照的に、一人娘の鈴玉は両の拳《こぶし》を固く握りしめ、柩を睨《にら》みつけている。

「これ、鈴玉や。いつまでも突っ立っていないで、早く母親に拝礼しなさい」

父の弱々しい叱責も耳に入らぬかのように、鈴玉は低い声を振り絞った。

「……でも、娘としてお母さまに顔向けができず、拝礼するのもためらわれます」

彼女が着ているのは親等の近い者が着る目の粗い麻の喪服、そのごわついた衿がうなじに当たって痛かった。

再三促され、鈴玉はやっとのことで故人に拝礼すると、今朝がた摘んできた秋明菊《しゅうめいぎく》の束を祭壇から取って、そっと柩に納めた。死者はあり合わせの衣を死に装束代わりに着せられていたが、可憐《かれん》な花は乏しすぎる副葬品を補い、自分とよく似た面差しの母親をさりげなく引き立てて彩った。

——許して、お母さま。いまの私にはこれが精一杯。うちにお金がないばかりに、お母さまが病気になっても、お医者さまを呼ぶことさえできなくて。

彼女は溢《あふ》れる涙を喪服の袖《そで》で拭《ぬぐ》い、父親に向き直った。鄭家は開国の功臣を祖先とする名門貴族だったが徐々に没落していき、父もまた名ばかりの、微々たる禄《ろく》を食《は》む最下級の官僚で、家は寒門という言葉さえもおこがましい貧窮のうちにあったのである。

「知らなかったわ、貧しいってこれほど惨めで悲しいものだとは」

「鈴玉や、本当にすまない……私が不甲斐《ふがい》ないばかりに、そなたにまで辛《つら》い思いをさせて。私は鄭家がここまで没落する前のことも覚えているが、そなたは貧しい生活しか知らないのだから」

「そうね、家令が最後に残ったなけなしの財産を持ち逃げするまでは、我が家も少しはましだったみたいね。……でも私には何もない、貧しさの記憶以外は。お父さまがもっと気丈でいらしたら、我が家門の没落も食い止められたかもしれないのに」

言い放ってから鈴玉は、思い直したかのように首を横に振った。

「いいえ。今のは言い過ぎね、ごめんなさい。お父さまを責めたところで、お母さまが帰ってくるわけではなし。それに、お父さまは学問こそお出来になっても、世渡りの芸当なんて無理なこともわかっている」

たとえ学問の弟子を取っても謝礼さえ受け取らず、手にした食料も困窮した者に恵んでしまうお人好《よ》しで優しい父を相手に、愚痴や非難を聞かせたところで仕方がない。それに、鈴玉は時には苛立《いらだ》ちながらも、そんな父を大切に思っていたのである。

――ああ、こんな風ではなく、人としてもっと尊厳のある生活を送りたいのに。お父さまに頼らず私が何とかしなきゃ。鄭家を再興させるのよ。でも、一体どうすれば？

鈴玉が知恵を絞っているその傍らで、父親は疲れからか、妻の柩前《きゅうぜん》で眠り込んでしまっている。

「……そうだわ」

やがて彼女は大きく頷《うなず》くと、喪服のままそっと家を抜け出した。

都の中心を南北に貫く朱雀大街《すざくたいがい》という大道に出て、北の方角を指して歩くと見えてきたのは、「麟徳府」と書された扁額《へんがく》を掲げる大門である。この、都を治める府庁の門前で彼女は立ち止まった。すぐに槍《やり》を持つ門番に誰何《すいか》されたが、かまわず声を張り上げる。

「お願いにございます！　私は貴族にして開国の功臣の末裔《まつえい》である鄭駿の娘です。どうかお取次ぎを」

「おい、ここをどこだと心得る！　麟徳府の役所であるぞ。余人がやたらに入っていい場所ではない！」

騒ぎを聞きつけたのであろう、門の脇の扉が開いて下級役人が顔を出したので、鈴玉はその前に飛んでいって跪《ひざまず》き、両手を胸の前で合わせた。

「私を官人にしてください。我が鄭家は寒門で、貧しさゆえに母は病を得て泉下の人となりました。学問だけが取り柄で世渡りの下手な父に代わって、私が働きたいのですが……。健康ですし仕事もできます、どうか官人としてお取立てのほどを！」

喪服姿の少女の懇願に役人はぽかんとしたが、数拍おいて顔が赤黒くなった。

「馬鹿もの！　女が男の代わりになどなれるか！　ましてや官人などと。それに、たとえそなたが男でも、親の喪中であれば官職につくことはできぬ。貴族であるという言を信じて今回は目こぼししてやるが、二度と現れるな！　帰って真面目に服喪せい！」

けんもほろろな扱いで追い立てられ、さすがに気が強い鈴玉も背中を丸めてとぼとぼ帰路についた。熱のない陽光が、自分の惨めな姿を容赦なく照らしている。

——女が男の代わりになどなれるか！　ましてや官人などと……。

「…………」

先ほどの下級役人の面罵《めんば》を思い出し、珊瑚《さんご》色の唇を噛《か》む。

貴族の中でも、「女子の才無きは便《すなわ》ち是《こ》れ徳なり」を旨として、女子に文字すら覚えさせぬ者は珍しくないが、父の鄭駿は鈴玉に学問の初歩を手ほどきし、尊重してくれた。なので、麟徳府の役所で受けたような仕打ちは初めてで、彼女にはひどくこたえた。

──男だったら……。なぜ私は、女になんて生まれてきたんだろう。

運河の橋から水面を見下ろすと、眉尻《まゆじり》を下げた情けない表情の少女が映っており、鈴玉は顔をそむけた。おまけに、訳ありげな麻の喪服姿は嫌でも目立つ。往来の人々の刺すような視線を感じて、この世から消えてしまいたくなった。

そこへ──。

「あら、鄭のお嬢さんでは？」

かけられた声の方角を振り返ると、ふっくらした体つきで、鈍色《にびいろ》の襦に露草色の帯をしめた女性の姿が目に入った。鈴玉の知人で、絹織物商人の奥方の呉《ご》氏である。

実は亡き母が針仕事でわずかな稼ぎを得ているのを見て、鈴玉も家計の足しにしようと子守に出ていたことがあったが、その雇い主が呉氏というわけだった。

働き始めた当初、鈴玉には仮にも貴族でありながら人に雇われることに対し、忸怩《じくじ》たる思いがあった。だが、意外にも仕事が長続きしたのは、ひとえに奥方の呉氏が鈴玉に優しかったからで、子守の合間に工房から届いた色鮮やかな反物を広げ、織物や服についてあれこれ教えてくれたり、菓子を包んでくれたりしたものである。

「こんなところでどうなさったの？　確かお母さまが亡くなられたと伺ったけれど」

「奥方さま……」

鈴玉は恩人の姿を目にした途端、感情が心の器《うつわ》からあふれてしまい、しゃくりあげながら亡き母のこと、そして今しがた麟徳府の役所で起きたことを話した。呉氏は役所での顛末《てんまつ》を聞いて朗らかな笑い声を挙げたが、相手が泣きべそ顔でしかも喪中であることを思い出したのだろう、「失礼」と小声で付け加えた。

「麟徳府のお役所で厳しい扱いを受けたのですね。でも、お父上に苦労させたくないと思う孝心から出たものゆえ、お役人も追い払いこそすれ、あなたを罰したりはしなかったのでしょう。それに、女が官位をもって身を立てることはできますよ」

「本当に？　どうやって……」

思いもかけない言葉に、鈴玉は涙で濡《ぬ》れた目をぱちくりさせた。

「ええ。お嬢さん、差し出がましいようだけれども──嘉靖宮の後宮に入るというのはいかが？」

「後宮、ですか？」

呉氏はふくよかな顔をさらに丸くさせて頷いた。

「そう、入宮して女官になるの。必ずしも簡単ではないでしょうが、しっかり者のあなたなら立身出世できて、家門を復興させることも叶《かな》うでしょう」

「でも、私につとまるかしら」

無謀なところがある鈴玉だが、「後宮」という未知の世界には怖気《おじけ》づいた。

「大丈夫。見込みは十分あると思いますよ。それにあなたの美しさをもってすれば、もしかしたら主上のお目にとまって寵愛《ちょうあい》を受け、側室に取り立てられることもあり得るわ」

自分の容貌《ようぼう》を褒められて、鈴玉は面はゆい表情となった。

「それに、お父上はご立派な学者さまでも、生計を立てるのはお得意ではないご様子。だから喪が明けたら、女官の召募が行われる時にあなたが応じてみれば？」

鈴玉の瞳《ひとみ》に希望の光が灯《とも》った。

——本当ね。あるじゃない、家門を再興させる手段が。

主上だの寵愛だのという言葉は彼女にはぴんと来なかったが、女子の立身の道として、「女官」の一語は鮮烈な響きをもって聞こえた。それまでの気落ちはどこへやら、飛び跳ねるような足取りで帰宅すると、心配顔の父親が待ち構えていた。

「どこに行っていた？　近所を捜しても見つからないから……」

娘から麟徳府の役所での出来事を聞かされた鄭駿は、半ば呆然《ぼうぜん》としながらも、咎《とが》めなく帰されたことに安堵《あんど》したようだった。

「いつもそなたの直情径行、猪突猛進を戒めているのに、よりによってお上を擾《さわ》がせるとは言語道断。よく捕縛されなかったものだ……」

だが鈴玉には、父親の叱責は耳に入っていなかった。

「何事も、まずは扉を叩《たた》いてみないことには、中に入れてもらえるかどうかもわからないでしょ。まあ、やっぱりお役人にはなれないとわかって悔しかったけど、でももう平気よ、お父さま。別の方法が見つかったの。私が必ず家門を再興させてみせるから」

きっぱり宣言した彼女は、自信ありげに小鼻をうごめかせた。

「確か、私がお母さまに服喪する期間は足かけ三年ですよね、お父さま」

「あ、ああ。実質的には二年と少し……しかし、何を考えておる？」

「私、決めました。お母さまの喪が明けたら嘉靖宮に入ります。後宮の女官になるの」

娘の決心に対し、父親は口をあんぐりさせた。

「女官って、鈴玉……跳ねっ返りのお前に女官勤めができるものか。いくら明君と賢妃のおわす王宮といっても、やはり魑魅魍魎《ちみもうりょう》の巣窟《そうくつ》には変わりない。阿諛《あゆ》追従に恐ろしい罠《わな》、陰謀に腹の探り合い、誣告《ぶこく》に拷問……お前が生きていけるとはとうてい思えん」

鄭駿の仰天ぶりに、鈴玉はぷっとふき出した。

「お父さまのその仰《おっしゃ》りよう、ずらずら並べ立てて、まるで市場の野菜売りの店先みたい。心配しすぎよ、額の皺《しわ》が元にもどらなくなってしまうわ」

「誰のせいでそうなったと？　それに親の心配をまぜ返すとは、何と不届きな……」

「だって、お父さまのお話は筋が通っていませんもの。王さまと王妃さまが本当に賢い御方であるならば、なぜ後宮は魑魅魍魎が跋扈《ばっこ》しているの？」

澄ました表情の娘を前に父親は眉根《まゆね》を寄せ、ため息をついた。

「それは恐れ多くも主上への謗《そし》りになるゆえ、口を慎みなさい。そもそも、そなたには権力というものが、王宮の人間たちがどのようなものか、わかっていないのだ」

鈴玉の顔には「納得いかない」と書いてあったが、父親は首を横に振るばかりだった。

「いかんいかん、いかに私が非力な親でも、娘がみすみす死地に赴くのを看過できない。お前がもし入宮しても、一月後には死体で出宮することになりかねん」

「でもこのまま手をこまねいていたら、我が家門は破滅の一途を辿《たど》るしかない。そうでしょう？　お父さま。お願い、入宮を許して。きっと上手《うま》くやってみせるから」

二

それから長い服喪期間を終えた頃、鈴玉は運よく女官の召募が行われることを知った。女官として入宮するには、心身に対して行われる考査に合格せねばならない。

嘉靖宮に赴く準備のため、彼女はよそ行きの服を出し、身にまとってみた。服自体は、入宮のため呉氏から贈られた反物を仕立てたものである。衿《えり》の飾りは端切れを繋《つな》ぎ合わせて作ったもので、縫い目こそ荒いが色遣いの感覚が良く、萌黄《もえぎ》色の襦《じゅ》に重ねた鴇《とき》色の帯には濃い桃色の飾り紐《ひも》が映えた。加えて、紐の結び目のずらし方、衿の立ち具合といった着こなしにも細心の注意を払っているので、いかにもあか抜けた印象を与える。

——これならきちんと見えて、女官候補の誰にも負けないでしょうよ。

鈴玉は身支度の仕上がり具合に満足の吐息を漏らしたが、ふと顔を曇らせた。後宮に入ってしまえばお仕着せの女官の服で一生を過ごすのだから、このような装いの楽しみとも縁が切れてしまうのだ。彼女は首を横に振ってその事実を頭から追い出した。

ともあれ、鈴玉は志で胸を膨らませ、嘉靖宮の最北に位置する玄武門《げんぶもん》から、他の少女たちとともに後宮に足を踏み入れた。

入宮のための審査において、学問の初歩を問う筆記の考試はさして難しくもなかったが、腰に巻いた薄布一枚で身体を調べられるのは屈辱だったし、口頭の試問で意地の悪そうな老宦官《かんがん》と女官から、実家での貧しい生活を根掘り葉掘り聞かれたのもやりきれなかった。

特に、生殖機能を喪《うしな》い宮中で王や後宮の女性たちに仕える「宦官」という存在は、鈴玉が初めて接するもので、暗い顔つきや男とも思えぬ高い声はともかく、その言動からにじみ出る陰険さは、宦官に関する嫌な噂を裏付けるようで先が思いやられた。

こうした屈辱的な審査に辟易《へきえき》はしたものの、後日、まさかの合格の知らせに鈴玉は有頂天となった。それとは反対に鄭駿は浮かぬ顔を隠そうともしなかったが、入宮の当日、精一杯美しく装った娘を自宅の門前で見送るときは、やさしく娘の肩に手を置いた。

「私のせいでそなたが苦労を強いられるとは……不甲斐《ふがい》ない父を許してほしい」

鈴玉は父の眼差《まなざ》しに涙がこぼれそうになったが、それを取り繕うためにつんとした表情になった。

「あら、これは私自身が選んだ道よ。ご自分を責める必要なんてないでしょ、お父さま」

「だったら良いが。そなたは人に仕える身となるが、学問を忘れず、周囲を思いやり、何事も公明正大に振る舞いなさい。それは困難な道だが、尊い。まずは後宮での生活に慣れ、健やかに暮らすことを心掛けて、な……」

　そして再び嘉靖宮の玄武門をくぐり、女官の服を着て見習いの印である浅黄色の紐を帯の上につけた鈴玉は、人生の成功を疑わず意気揚々としていた。彼女は百人ばかりいる女官見習いの一人として、後宮のしきたりや職務を学ぶことになっている。

――早く慣れて、一人前の女官にならなきゃ。

　鈴玉たち見習いを主に教導するのは、沈貞淑《しんていしゅく》という女官だった。歳の頃は三十前、口元にいつも微笑を湛《たた》えた穏やかな人で、見習いたちに接する時も、決して折檻《せっかん》を加えたり、声を荒げたりすることはなかった。小役人の家の出身だが、自らの努力で女官の位階を順調に上がり、教え方も的確で情理を尽くしたものだったので、見習いたちからは好感をもたれていた。

　彼女のもとで、女官見習いたちはその適性を測るために、行儀作法や調理、縫物といった、さまざまな稽古《けいこ》をこなす。鈴玉も一生懸命取り組んではいたものの、少々行き届かないところがあって失敗が続いた。また、その気の強さも災いして、同輩たちに「がさつな令嬢だこと」「没落貴族のくせに生意気だ」と、聞えよがしに陰口を叩かれる始末だった。

　おまけに、ある日の修練で沈女官に入宮の目的を訊《き》かれ、胸を張って「家門再興」と答えた鈴玉は、皆に冷笑されたのである。

――なぜ志を口にして、鼻で笑われるの？

ある昼下がり、見習い女官たちがいっせいに顔をうつむけて縫物の稽古をするなか、鈴玉は眉根をぎゅっと寄せながら針を動かしていた。

——何よ。私が没落貴族だと思って馬鹿にして。

実は、午前中に行われた料理を捧《ささ》げ持つ稽古で、鈴玉は派手に盆をひっくり返して同輩の女官に汁物を引っかけてしまい、周囲から顰蹙《ひんしゅく》をかったばかりなのである。彼女は慌てて謝ったが、被害を受けた本人はまるで謝罪を無視し、他の朋友《ほうゆう》と「わざとやっているんでしょ」「貴族なのにあんながさつな挙措しかできないなんて」とあからさまに悪口を言ってよこした。

同輩たちの冷たい視線を思い出して腹を立てながら、鈴玉はざくざくと縫物の運針に没頭する。

——そりゃ、失敗した私が悪いけど、何もあんな風に……。

「鄭女官、どうしたの？　そんなふくれっ面をしていたらあなたの美点が隠れてしまうわよ。叢雲《むらくも》に隠される月のようにね」

縫い目が曲がった布を沈女官に覗《のぞ》き込まれ、鈴玉はさっと布を机の下に隠した。

「な、何でもありません……いたっ」

自分の指を針でぶっすり刺してしまい、その素《す》っ頓狂《とんきょう》な声に周囲からくすくす忍び笑いが漏れる。沈女官はすかさず自分の手巾《しゅきん》を取り出し、鈴玉に渡した。

「いけません。血で汚れますから」

沈女官に重ねて勧められ、鈴玉は、鈴蘭が刺繍《ししゅう》された手巾で指の血をぬぐった。

「指貫《ぬ》きの使い方が少し……こう。ほら、この方が楽に縫えるでしょう？　それにしても、随分頑張って縫ったのね。この部分の縫い目が歪《ゆが》んでいるのは惜しいけど」

沈女官は褒めつつも弟子の指貫きを正しくはめ直し、自ら縫う手本も示してくれる。彼女の前では鈴玉もおとなしくなり、気品のある横顔をちらりと盗み見るのだった。

――お父さまは後宮を魑魅魍魎の巣窟だと仰っていたけど、違うじゃない。この方のように素敵な、尊敬すべき方もいらっしゃるし……。

夕方に修練が終わり、見習いたちがほっとした表情で解散するなか、鈴玉はあることを相談するため、沈女官の仕事部屋に赴いた。この時間であれば、彼女はまだ勤務しているはずだった。

鈴玉が扉の前で来訪を告げようとしたそのとき、なかから甲高い声が聞こえてきた。

「そなた、私の眼を欺くのか！　主上の覚えを笠《かさ》に着て、他人を馬鹿にしおって」

「それは誤解です、あなたさまを欺くなど考えも及ばぬことです。それに畏《おそ》れ多きことながら、主上と私はどのような関わりもございません。どうかお信じくださいませ」

相手の激高を受け止める低く静かな声は、沈女官のものであった。

「ええい、もうよい！　後宮にとんだ女狐がいたものよ」

足音も荒く出てきたのは、楊《よう》女官とその取り巻き女官たちだった。楊は長老格の女官で、枯れ木のような痩軀《そうく》とは裏腹に、その顔には尊大さと頑迷さとが刻まれており、特に年若い女官たちは彼女を恐れていた。楊たちは鈴玉に気が付き、睨《にら》みつけてくる。

「ふん、女狐の次には仔鼠か。さては盗み聞きでもしておったのか？」

楊女官は忌々しげに言い捨てる。

——仔鼠ですって？

不当なもの言いに啞然《あぜん》とする鈴玉だったが、相手が相手だけに反論もできず沈黙するしかなかった。楊女官たちの姿が消えるのを待って扉を叩《たた》くと、一瞬遅れて応じる声が聞こえる。部屋に入った鈴玉は、椅子に深く腰掛けた沈女官を見た。

夕陽に照らされていることを差し引いても、彼女の顔色の悪さは覆うべくもなく、全身から疲労がにじみ出ているかのようだった。

——間が悪かったかしら。

来たことを後悔しつつ、鈴玉は机の前に遠慮がちに立った。

「どうしたの？　鄭女官」

「お邪魔でなければ、質問があるのですが」

「答えを求める人に邪魔というのはないわ。どうぞ言ってごらんなさい」

沈女官は笑顔を見せたが、鈴玉の眼には無理をしているように見えた。

「あの……女官の仕事はさまざまですが、私に向いているものはありますか？　沈女官さまは『私に美点がある』と仰《おっしゃ》いましたが、それはどのようなものだとお考えですか？」

「ふふ。あなたは表面では強がっているけど、心の中は揺れているのね」

図星を指された鈴玉は俯《うつむ》き、口の中でもごもご呟《つぶや》く。

「真面目にやっているつもりでも、上手《うま》くいかないことが多くて……将来、どうなるのか不安で。それに、見習いの皆にも私は煙たく思われているみたいで」

「そうねえ」

沈女官は首を少し傾けた。

「まず『上手くいかないことが多い』というのは、女官となったばかりの段階では当然なこと。将来に一番不安を覚える時期でしょう。あなたが何に向いているかは、私にもまだわからない。すでに表に現れている能力かもしれないし、まだ内に眠っている、もしくは誰にも気づかれていない才能かもしれない」

「……内に眠っている？」

「いま苦手なことも得意になるかもしれないし、そもそも『すぐに上手くいく』ことが早道とは限らない。まず選択肢と可能性を広げておきなさい。『自分にはこれしかない』と思わずにね。私も教導役として、皆には身分や過去に関係なく実力を発揮して欲しいので、等しく最初の選択肢や機会を与えるつもりよ。志と勇気をもって自ら後宮の門を叩き、異なる世界に飛び込んだあなたなら、きっと進むべき道を見出《みいだ》すことが出来る。真っ直ぐ前に進もうとするところ、それこそがあなたの美点なのだから」

「真っ直ぐ前に進むところ……」

明るくなった鈴玉の表情を前に、沈女官にもようやくいつもの朗らかさが戻ってきた。

「次に、『煙たく思われている』というのは、彼女たちはあなた自身を煙たく思っているのかもしれないし、貴族という存在を煙たく思っているのかもしれない」

「貴族を、ですか？」

「貴族と言っても貧富や地位は千差万別だけど、他の身分の者は貴族を一からげに煙たい存在と思っている。あなたの前で言うのも気が引けるけど、残念ながら貴族の中には、特権を笠に着て権勢を振るい、人々を苦しめる者も多い。だから、ここぞとばかりにあなたを攻撃し、溜飲《りゅういん》を下げたい者もいるでしょう。もちろん、それは良いことではないけど」

鈴玉は鼻に皺《しわ》を寄せた。

「私は横暴な貴族ではないつもりです。身分をひけらかした覚えもありません。でも、周囲はそう受け取ってくれないみたいで……」

「ええ。それで最初の話に戻るけど、あなたも彼女たちも、生まれは選べなくても、生き方を選ぶことはできるわ。たとえば、私の父は一生を文字通りの小役人で過ごし、出世とは無縁の人だった。それは周囲が当然だと見なすような賄賂《わいろ》の授受を一切しなかったから。私はそんな父が誇りで、自分もそうありたいと願っている」

「沈女官さま……」

鈴玉は、沈女官が家族のことを持ち出してまで諭してくれた事実に胸が温かくなった。

「あなたは答えを今すぐ見つける必要はないわ。このまま何事も真摯《しんし》に取り組んで能力を磨き、成果を挙げれば、やがて周囲も一目置くようになる。『貴族のくせに』とは誰も言わなくなる」

「本当にそんな日が来るでしょうか……」

鈴玉は自信なく呟いた。敬愛する女官の前では、つい強気の鎧《よろい》を脱いで、心の奥底に潜む弱さを露《あら》わにしてしまう。沈女官はきっぱりした口調で言った。

「もし誰かがあなたを不当に貶《おとし》めるのであれば、それは私が許しておかないから安心なさい。でも逆もまた然《しか》り、あなたも他人を尊重することが必要よ。これで納得できた？」

鈴玉はぴょこりと頭を下げた。

「はい。話を聞いてくださって、ありがとうございました」

――そうね。沈女官さまのお言葉を頼りに、頑張ってみよう。

元気になった鈴玉に沈女官も嬉《うれ》しげだったが、ふいにその顔が曇った。

「たとえ困難な状況に陥っても、その真っすぐさがどうかあなた自身を助けますように
……」

三

「あら？」

翌日、朝の稽古《けいこ》が始まり、教場に整列した見習い女官たちは一様に眼をぱちくりさせた。入って来たのは沈女官ではなく、あの尊大な楊女官だったからである。鈴玉は思わず顔をしかめた。

「今日から私が教導の担当となる。私は沈女官ほど甘くはないから、みな心しておくように」

剣先のような鋭い口調に、見習いたちは身を縮める。だが、鈴玉は声を上げた。

「あの、沈女官さまはどうされたのでしょうか？　何かお身体の具合でも？　いつ復帰されるのでしょうか」

「何だと？」

楊女官は鈴玉を睨みつけ、声を荒げた。

「そなたには関係ない」

「いいえ、関係あります。沈女官さまに早くお返ししたいものがあるのです」

彼女の懐には、沈女官から借りた手巾《しゅきん》が大切にしまわれていた。洗濯して火熨斗《ひのし》を当ててあり、返すつもりで携帯していたものだった。

「ですから、沈女官さまのご復帰のご予定を教えてください……」

食い下がる鈴玉の頬がぱんと鳴った。楊が近寄るなり、平手を食らわせたのである。

「…………！」

場の空気は凍り、皆の視線は彼女に集まった。鈴玉は身を震わせながら頬を押さえたが、楊女官はそちらには目もくれず、机に置いた笞《むち》を手に取った。

「では、本日の稽古を始める」

鈴玉は怒りと屈辱感を抱いたが、それよりも敬愛する沈女官のことはどうにも納得が行かなかった。

――調べて、何とか事実を突き止められないかしら？

といっても、見習いたちは何も知らないし、何か知っていそうな先輩女官たちは、そもそも鈴玉のことを鼻であしらって相手にもしてくれない。

「ねえ鈴玉、聞いて回るまでもないわよ」

成果が得られない鈴玉を見るにみかねたのか、物陰でそっと袖《そで》を引いたのは、薛明月《せつめいげつ》というつぶらな瞳《ひとみ》を持つ同輩だった。彼女はその温顔通りの穏やかな性格で、鈴玉にも親切に接し、見習いの中でも優秀な成績を収めている。

「沈女官さまの件は、嫉妬《しっと》が原因よ」

「嫉妬？　沈女官さまに何があったの？　お願いだから知っているなら教えて、明月」

鈴玉は必死の形相で、明月の両腕を摑《つか》んで揺さぶった。

「痛いわ鈴玉、落ちついて。沈女官さまは有能だし温和で気品があり、人望も厚い。しかも、不正を憎み毅然《きぜん》となさっている。そのようなお方が、このたび主上の聖恩を受けるのではないかと噂になっていたものだから……」

「主上の聖恩を受ける」とは、すなわち「主上と枕を共にする」ことを意味する。

鈴玉は仕事部屋の前で立ち聞きした、楊女官と沈女官のやり取りを思い出した。

「で、実際に主上から聖恩を受けたの？　それとも噂だけ？」

「あくまで噂よ、聖恩云々《うんぬん》は。でも、それに嫉妬した、あるいは脅威を抱いた人たちがいたのね。実際に寵愛《ちょうあい》を受けお子を産めば、側室に取り立てられるでしょうし。それで沈女官さまは言いがかりも同然な罪に問われ、いきなり後宮を追放されたんですって」

「いきなり追放？　言いがかり？　一体どんな……」

鈴玉の驚きに対し、明月はためらう素振りを見せた。

「沈女官さまは先日の夜の見回りで、一か所戸締りをお忘れになったんですって。それを咎《とが》められて」

「そんなことで追放なの？」

鈴玉は思わず大声をあげてしまった。

「しっ。確かに戸締りの落ち度は処罰の対象だけど、それだけを理由にした追放は解せない、と囁《ささや》かれている。実際はままあるそうよ、締め忘れや点検忘れが。でも、沈女官さまを排除したい者たちには絶好の機会よね。規則を盾にただ一度の過ちを……」

鈴玉の凄《すさ》まじい表情に気が付き、明月は慌てて言葉を継ぐ。

「沈女官さまは本当にお気の毒だわ。あなたはあの方に懐いていたので、知らせてあげなきゃと。私は兄も宦官《かんがん》として働いている関係で、色々教えてくれる知人がいるの」

鈴玉は喉元《のどもと》に苦いものがこみあげてくるのを感じた。父の言う後宮の恐ろしさを垣間《かいま》見てしまったおののき。尊敬する人に降りかかった理不尽な災難への憤り。

——もう一度、沈女官さまにお会いしたい。もっと色々教わりたかったのに。

彼女は沈女官の上品な挙措、自分を励ましてくれた微笑みを思い出してたまらなくなり、懐からあの手巾を取り出して眺めた。こうなったいまは、刺繡《ししゅう》の鈴蘭が心細げに咲いているように見える。明月はそんな彼女を気づかわしげに見つめ、肩に手を置いた。

「ねえ鈴玉、わかったでしょ？　二度と楊女官さまや他の方々の前で、この話を蒸し返さないでね？　おとなしくしていて。でないと、あなたにまで累が及びかねないから」

「……わかったわ」

本心からではない。自分を心配してくれる明月の真情を汲《く》んだのでそう答えてはおいたが、悲しみは一歩退き、代わりに自分から大切なものを奪った輩《やから》への反抗心がむくむくと湧いてくる。

彼女は手巾をぎゅっと握りしめ、明月と別れて早足で回廊を歩いた。ふと、視界の隅に何かが横切り、あっと思ったときには体の半分がぐっしょりと濡《ぬ》れていた。

「あら、失礼」

回廊の曲がり角から、二人の先輩女官が姿を現した。彼女たちが手に持っているものは水の滴る桶《おけ》。故意に水をかけられたと見て取った鈴玉は、きっとして相手を睨《にら》んだ。

「なぜそんなことをなさるんですか？　私が何かしたとでも？」

先輩女官の片割れは、にやりと笑って桶を振った。

「あなた、あの小役人の娘、ええと、沈何とかが大好きだったんだって？　あなたはお貴族の身分だそうだけど、小役人の娘を尊敬するくらいにはさばけているのね」

鈴玉はかろうじて理性を総動員して、相手に摑み掛かろうとする自分を抑えた。相手が先輩女官でなければ、そうしていただろう。その代わり、一礼するや猛然と走り出す。涙を溢《あふ》れさせながら人気のない回廊を駆け抜けていったが、ついに段差につまずき、勢いよく転んでしまった。

「……っう、えっ」

抑えようと思っても嗚咽《おえつ》が口からこぼれ出てとまらず、擦りむいて血がにじむ手のひらよりもなお、自分の心が痛かった。

——見てなさい、こんなことでひるんだりはしないから。


翌日、挙措動作の稽古で異変が起こった。見習いたちが手にしたものを捧《ささ》げる動作をしている中で、楊女官が怒りの表情で立ち上がると、手に持つ笞で机を叩《たた》いたのである。

「鄭鈴玉！　あれほど教えたのにまた間違えるのかえ？」

名指しされた鈴玉は黙って突っ立っていた。

「貴人にものを差し出すにはまず右膝《みぎひざ》を折るのじゃ、左膝ではない！　どうしてそう不器用なのか」

「……申し訳ありません」

棒読みの謝罪にいきり立った老女官は笞で彼女の左膝を叩いたが、鈴玉は畏《かしこ》まる代わりに半眼となった。いまだ見習いの身分とはいえ、鈴玉たちもいずれ正式に後宮の任につき、王の寵愛を受けることもあり得る。なので、教導役の女官は笞を使っても傷を残すような叩き方をしないわけで、鈴玉にとっては何も怖くなかった。

「おまけに何じゃ、その服の着方は！　宮中の規則に背いて……」

鈴玉の態度に顔を真っ赤にした楊女官は、ついでに彼女の服の着方に文句をつけようと笞を再び振り上げたが、「ぐぬぬ」と唸《うな》って固まった。楊を前に鈴玉は無表情を保っていたが、心のなかでにんまりする。

——ふん。規則、規則とうるさいけれど、形ばかりで物事の本質が全く見えてないんだわ。

入宮の審査時の服装もそうだったが、鈴玉は他人と微差を保ち、あか抜けた着こなしをするのが得意だった。それを厳格な着用を求められる女官の服に応用して、咎められぬぎりぎりの着こなしをしてみせたのである。ささやかな反抗というわけだった。

抜きすぎているようでそうではない衿《えり》、わずかにずれているが故意ともいえない帯の結び目の位置、裙《くん》の微妙な長さ——明確な欠点を指摘できず歯ぎしりした楊女官は、鈴玉の傍らに立つ杜《と》香菱に命じた。

「香菱、このどうしようもない見習いの代わりにお前がやって見せておあげ」

香菱は「はい、御方《おんかた》さま」と答え、定められた所作を優雅かつ完璧《かんぺき》に行った。それを見て、楊はようやく機嫌を直したようであった。

「まことによろしい。鈴玉、次は必ず間違えぬように。でないと、正式に仕える以前に永巷《えいこう》送りにするぞ」

「永巷」とは、罪を得た宮中の女性が幽閉される場所である。老女官の脅しに対し、鈴玉は「はい、御方さま」と答えたものの、「は」と「い」を少し伸ばして発音したので、再び相手の眉間《みけん》を山脈のごとく険しくさせた。

そんな調子でその日も修練が終わり、鈴玉は裙を蹴散《けち》らすように歩いていた。橙色《だいだいいろ》の夕陽が差し込む回廊に彼女の長い影が伸びている。やがて後ろから別の影が現れ、軽い足音が小走りに追ってきた。

「鈴玉!」

――あの走り方は彼女ね。やっぱりおいでなすった、というわけ。

呼ばれた方は立ち止まり、ひと呼吸置いてから振り返った。

「何よ、御方さまの覚えもめでたい良い子の香菱ちゃん?」

鈴玉の先制攻撃に、香菱は顔をしかめた。彼女は明月と同じく成績優秀な見習いだが、その優等生然としたところに加え、何かと忠告をしてくるので鈴玉は苦手だった。

「鈴玉。どうしてそんなにつっかかるの? さっきだって……」

「だって、馬鹿ばかしいって?」

「馬鹿ばかしいと思わない?」

「来る日も来る日も、朝から晩まで立ったり座ったり、お辞儀をしたり。そんな練習は一日もあれば足りるじゃない？　少しぐらい間合いが合わなくても、不揃いでもいいじゃない」

「でも鈴玉、上は王妃さまから下は女官見習いに至るまで、後宮は何ごとも秩序をもって動かなくてはならないのよ。あれは単にお辞儀や挨拶《あいさつ》の練習というだけではなく、目上や年上には従う心得を学ぶために……」

鈴玉は鼻を鳴らした。

「従う心得？　上の立場の人間が常に正しいとは限らないのに？　理不尽なこともしょっちゅう言われたり、命じられたり……」

「あなたが本当に言いたいのは、お辞儀なんかではなく沈女官さまのことでしょ」

鈴玉は図星を指されて眉根《まゆね》を寄せた。

「わかっているわよ、香菱。下が上に敬意をもって従うのは当然。でも、上も慈愛をもって下を導くべきでは？　後宮でそれが守られていると言える？　私は家門再興をかけて後宮に入ったのに、こんなに何もかも馬鹿ばかしい場所だなんて思わなかった。でも、私がいつか上の立場に立ったら……」

「そんな態度じゃ、上の立場になれるわけないでしょ。ましてや家門再興なんて」

香菱は鈴玉の身の程知らずに鼻白んだようだが、忠告の手をゆるめない。

「ねえ、鈴玉。今日のように尖《とが》って上の人たちとぶつかっていては、損をする一方よ。

それにさっきの服の着こなしのこと、わざと人を試すような真似をして。そんなことをしていたら、沈女官さまだってきっと悲しむわ」

またもや心の底を見抜かれた鈴玉は、相手を睨んだ。

「沈女官さまのお名前で私を黙らせようなんて思わないで。理不尽なことを理不尽と言って、何が悪いの。それに損って何？　長いものにはおとなしく巻かれていろって？」

「あのね。結局はこの後宮も世間と同じなの。位階や年功序列による厳しい上下関係はつきものだし、理不尽や納得のいかないことなんて、どこにでも転がっている。私だってそれを肯定するつもりはないけど、そこは割り切らないと」

「私を世間知らずと言いたいようだけど、香菱はずいぶん大人なのね」

さすがの香菱も、堪忍袋の緒がそろそろ切れそうな雲行きである。

「とにかく気をつけなさいよ。見習いの考課でもし低い評価がついたら、一生浮かび上がれないかもしれない。それに、反抗自体が目的になったらそれこそ本末転倒だわ」

鈴玉は痛いところを三たび突かれて動揺したが、それを隠すため強がりの笑みを見せた。

「ねえ、正直に言ってよ。香菱はそんなに私が心配なの？」

「心配よ。というより、あなたが道を逸《そ》れていくのを見ていられないの。それだけ」

皮肉のつもりだったが、相手には全く通じなかった。迷いがなく真情の込められた即答に、さすがの鈴玉もたじたじとなり、しばし沈黙してから小さな声で呟《つぶや》いた。

「そ、そう。ご心配ありがとう。香菱」

四

瞬く間に二月《ふたつき》が経ち、今日は見習い女官の「振り分け」の日だった。彼女たちのなかで特に優秀な者は王妃づきとなり、その他は後宮の側室の殿舎をはじめ、王の食事を司《つかさど》る御厨《ぎょちゅう》、刺繡《ししゅう》や医薬などといった分掌に振り分けられることになっている。まさに、女官の卵たちにとって運命の日といえる。

その前途を祝福するような青空のもとで、王妃の殿舎である鴛鴦殿《えんおうでん》の庭に整列させられた新米の女官は、みな緊張した面持ちで直立不動の姿勢を取った。

彼女たちの眼前には鳳凰《ほうおう》の彫刻が施された宝座が置かれ、これから誰が臨御するのかを雄弁に物語っていた。

この日を迎えるまでの鈴玉は、一時の反抗的な態度を引っ込め、おとなしく稽古《けいこ》に励んでいた。あの時の香菱の忠告が心に刺さり、家門再興の初心をも思い出したからだった。

だが、彼女の努力が伝わらないのか、それとも一度広まった悪評は容易に消えないのか、鈴玉を見る楊女官の眉間の皺《しわ》は、山脈からなだらかな山地になった程度だった。

加えて、成績順である今日の新米女官の配列でも、鈴玉は後方に入れられてしまっていた。しかし、失望したのは一瞬で、配属先次第で挽回《ばんかい》できるだろう、と考え直した。

――そうね。もし配属されるなら、敬嬪《けいひん》さまの御殿がいいわ。

彼女はここ数日、手に入れられるだけの情報を集めていた。その結果、現在もっとも後宮で王の寵愛《ちょうあい》を得ているのが、敬嬪の呂氏《りょ》であることを知った。

呂氏は正妻である王妃の下、側室の最高位である「嬪」の一人で、その出身の呂家は「四大権門」の一角を占める、いわば権門中の権門である。しかも彼女は既に二人の公子と一人の公主を挙げており、君寵は並々ならぬものと聞いている。

また、彼女は召し抱える宦官《かんがん》や女官については過去の成績を気にせず、もっぱら風変わりで個性的で、日々を楽しませてくれる者を好むという噂だった。これが事実ならば、一度は「反抗的」と烙印《らくいん》を押された自分にも可能性あり、と鈴玉はふんでいた。

――王さまの訪れも多く、権勢ある敬嬪さまの錦繍殿《きんしゅうでん》なら、私も活躍できて家門再興の近道に違いない！

鈴玉がそんな未来を無邪気に思い描いていたその時、鴛鴦殿の一角がざわついたかと思うと、宝座の主《あるじ》が女官や宦官たちを引き連れ姿を現した。

新米たちの緊張は極限に達しているようだったが、鈴玉一人だけが、冷めた目で後宮の統轄者である王妃を眺めていた。

王妃は林氏《りん》といい、高位の文官の林啓堂《けいどう》を父に持つ。ただ、王妃の実家自体は伝統ある名門とはいえ弱体で、当主の啓堂も学者肌の官僚であり、政治の手腕を発揮するような人物ではない。つまり、啓堂は外戚《がいせき》となっても権勢を振るうことはあるまいと、権門たちの都合でもって、その娘が王妃に選ばれたに過ぎないのだった。

——王妃さまにしては貫禄《かんろく》がなく、衣裳《いしょう》もいまいち冴《さ》えない方ね。

歳は二十代前半といったところで、容貌《ようぼう》は地味でつつましく、後宮の主人とは思えない女性である。王妃の重厚華麗な衣裳も格式こそあるが、どことなくぱっとしない。王は節度をもって丁重に王妃を遇してはいるものの、王自身が「路傍に咲く花のごとし」と評されたとの噂もある。

たとえ王妃といえども、後ろ盾がなければ権勢のある側室に、いや、そのお付きの女官にすら圧倒されてしまうものなのだ。

王妃が宝座につくのを見計らってその場の者は一斉に拝跪《はいき》し、また立ち上がる。続いて、女官長が王妃にうやうやしく名簿を差し出した。

「王妃さま。これから新しい女官を振り分けますれば、名簿をお目通しになり、もしお気に召す女官がいればどうぞお取り上げあそばすよう」

そうは言っても、あらかじめ高位の女官と宦官たちの手で、振り分けはほぼ済まされているのである。答える代わりに王妃が微笑むと、宦官長は新米女官たちに向き直る。

「ではまず、鴛鴦殿づきの女官の名を呼ぶ。呼ばれた者は前に出よ」

進み出たのはあの杜香菱と薛明月、すなわち最も優秀な見習いたちだったが、鈴玉は全くの他人事《ひとごと》として、二人の背中を遠くから見つめていた。

「以上でよろしいでしょうか？　特にご指名がなければ、後宮の他の殿舎づきを……」

宦官長の問いに、林氏はにっこりして名簿の下のほうを指さした。

「この者はいずこに？」

宦官長には想定外の成り行きなのか、困惑顔になった。そのまま彼は女官長のもとに行って耳打ちする。彼女も眉根を寄せてともに王妃の指した名簿を覗《のぞ》き込み、二人でひそひそ言っている。女官たちは黙ったまま互いに顔を見合わせた。

——王妃さまは、直々に誰かをお選びになるおつもりかしら？

あまりに長引くので、鈴玉も怪訝《けげん》な表情になった。だが、やがて宦官長は再び新入りたちのほうを向いて呼ばわる。

「鄭鈴玉は御前に出でよ！」

「ええっ！」

はしたなくも、思わず鈴玉は声を上げてしまった。新米女官たちの「なぜあの娘が？」という怒りと驚愕《きょうがく》の視線が、彼女に突き刺さる。

「早く参れ！」

宦官長の苛立《いらだ》った声に引きずられ、鈴玉は裙《くん》の裾《すそ》に足を取られながら、最前列のさらに前へと進み出る。

「王妃さまの御前である、さっさと拝礼せぬか！」

また叱られて、ぎこちなく鈴玉は拝跪した。いっぽう王妃は柔らかな表情で頷《うなず》き、名簿を宦官長に返す。

「そなたが鄭鈴玉か。私はこの後宮に上がって七年にならんとするが、いまだかつて、『振り分け』前にこれほど噂になった女官見習いは知らない」

悪意は感じられなかったものの、その率直な物言いにさすがの鈴玉も恥ずかしくて真下を向いた。

「名簿を見る前から、鄭鈴玉という見習い女官の噂はこの鴛鴦殿にまで聞こえてきた。上に口答えをしたとか、反抗的であるとか、生意気だとか、数々の噂が。しかし、かえって私は興味を持ったのです。噂は本当であろうか、どのような少女なのだろうかと。見たところ、このような成績と悪評を得るようには見えぬがのう」

ふふふ、と笑いを漏らす王妃に、女官長が「恐れながら」と声をひそめた。

「この者は大いに難があると報告があったゆえ、私が宦官長に相談して名簿の下位に入れたのでございます。ご不審であれば教導担当の女官を……」

林氏は「良い」と女官長の言葉を遮り、鈴玉に顔を上げるよう命じた。

「鈴玉とやら。そなたが私に興味があるかどうかは知らぬが、私はそなたに興味がある。したがって、鄭鈴玉は我が殿舎に仕えさせることとする」

——何ですって？

思いもかけぬ成り行きに、鈴玉の大きな瞳《ひとみ》は限界まで丸くなった。

「いえ、王妃さま。彼女は『選《え》りすぐり』の者が揃う鴛鴦殿には……」

女官長と宦官長の反対の合唱にも、王妃は澄ました顔を崩さなかった。

「そなたたちの決めた配分以外に、私も名簿から好きに選べと申したのでは？」

——私が！　王妃さまの御殿づきに？

それは困る、と正直に鈴玉は思った。王の寵愛も形ばかりで何の力もない王妃づきでは、自分が浮かび上がれる瀬もないではないか。となれば、目指す家門再興も——。

鈴玉のそんな焦燥を知らない王妃は、彼女に向かって頷く。

「我が身に過ぎる恩沢でございます」

脇の香菱にこづかれ、我に返った鈴玉は型通りの謝辞を言上するのが精一杯だった。

こうした次第で、鈴玉ははからずも鴛鴦殿づきの女官となってしまった。先輩女官や宦官の居並ぶなか、あらためて香菱ら三人の新入りは、王妃の御前に拝跪して忠誠を誓った。だが、鈴玉の失望の念はその拝礼にも現れていたと見え、この殿舎の女官を取り仕切る柳蓉《りゅうよう》などはぎろりと睨《にら》んできた。

——睨まれたって構うもんですか。それにしても、困ったわね。

鈴玉の女官勤めはこのように、波乱含みの幕開けとなった。

五

朝靄《あさもや》が薄くかかり、宦官や女官たちが優雅に行きかう鴛鴦殿に不似合いな音が響く。

――がちゃん！

八つの花弁を持つ青磁の皿が、床に落ちて割れた。宮中の器皿《きべい》はみな一級品の中からさらに選りすぐったものばかりだが、この翡翠《ひすい》色も美しい揃いの器は特に王妃の愛好する品であり、鴛鴦殿の者はみな丁重に扱っていたものだった。

そもそも、「選りすぐり」の者たちが勤める殿舎で、本来このような無作法は起きないはずなのである。

「またか、一体これで割ってしまうのは何皿めじゃ！　お前の俸禄《ほうろく》一年分をもってしても、いや、お前の命をもってしても、とうてい贖《あがな》えぬほど貴重で高価な逸品ぞ！」

犯人は足元に散らばる皿の破片を半眼になって見下ろしてはいたが、そのまま木偶《でく》の坊のようになっている。

「何とか申せ！　詫《わ》びか何か言うべきことはあるはずじゃ！」

「では申し上げます。ただいま柳女官さまは何皿割ったかとお尋ねになりましたが、私の記憶では三皿めとなりまする」

「なっ……！」

大仰に拝礼した犯人――鈴玉を前に、初老の柳蓉は顔を火照らせ失神寸前である。

一方、王妃の林氏は食膳《しょくぜん》を前に微笑を浮かべ、ふてくされた鈴玉を見つめている。

「王妃さまのご指名でこの御殿づきとなり、また王妃さまのご指示で器皿の出納役に任じられたというのに、お前は連日のごとく不始末を！　一体何が不満なのか。さあ、さっさと王妃さまに詫びるのじゃ。その後、出納の係をやめさせて……」

「おやめ、柳女官」

穏やかな咎《とが》めが、林氏の唇から発せられた。

「いまこの者を出納から免じたら、一生皿を割り、碗《わん》を役に立たなくし続けて直るところがないであろう。私は鄭鈴玉をいまの職務から免じるつもりはありません。たとえ私の殿の器皿が全て割られ、椎《しい》の葉を皿とし、その枝を箸《はし》としてでも……」

王妃は真っすぐ鈴玉を見つめたが、温かな眼差《まなざ》しのなかにも譲らぬ、強いものがそこにあった。主従の間に、朝の光と沈黙が落ちる。

「申し訳ありません。いかようにも罰してくださいませ、王妃さま」

ようやく鈴玉は跪《ひざまず》いて許しを乞《こ》うた。王妃は表情を変えず眉《まゆ》だけをゆっくり上げ、立つよう命じる。

「その皿を一枚作るにも、何人もの手と何か月もの時間がかかっている。迂闊《うかつ》に割られたとあれば、皿も作った者たちも悲しむであろう。そのことに思いを致しながら散らばったものをきちんと片付けるのであれば、罪は免じる。どうか？　鄭鈴玉」

「王妃さまの寛大なお心に、深く謝したてまつります」

鈴玉は眼を伏せて答えた。長いまつ毛が瞳に影をつくる。

王妃の朝餉《あさげ》が済み、女官や宦官《かんがん》たちが後片付けに立ち働いている間、鈴玉は皿の破片を拾った。澄んだ翠《みどり》色はばらばらになってもなお瑞々《みずみず》しく、彼女の瞳に鮮やかに映った。

「……つっ！」

かけらで右の人差し指を切った鈴玉は、思わず破片を床に投げつけそうになったが、思いとどまり、振り上げた手をゆっくり下ろした。ぽたりと落ちた血の赤が、器の色と完璧《かんぺき》な対照をなす。彼女は、その暗赤色と翡翠色の取り合わせに思わず魅入った。

入宮前に思い描いていた生活ではない。自分を導いてくれた人は理不尽の犠牲となって目の前から消え、希望や志は「振り分け」で出鼻をくじかれてしまった。

周囲の優秀な人間のなかで、うまく行かないことに焦ると、余計うまく行かなくなる。第一、自分の居場所はここではない気がする。仕事は上の空になりがちで、磨くべき能力も適性もわからない——いまの自分が手にしているのは、灰色にくすんだ単調な日々。ありていに言えば、彼女は「腐って」しまったのである。

「……つまらない」

彼女はこうしたもやもやが心にたまると、太清池に向かうのが常だった。池の鯉を相手に愚痴ってみること、それだけが気晴らしの手段であり、縁《ふち》の草地に腰を下ろし、悠然と泳ぐ鯉の群れを眺めながら「つまらない」と何度も呟《つぶや》く。

今日もそうしていると、背後に別の人影が立ち、木霊《こだま》のごとく答えた。

「ねえ、つまらないわよね」

鈴玉が振り返ると、一人の若い女官が自分を見下ろしていた。

「鸚哥《いんこ》、あなたもそう思う？」

小柄で痩《や》せぎすな女官はにっこりし、鈴玉に手を差し伸べて立ち上がらせた。鸚哥は鈴玉の同輩で、女官見習いの成績は鈴玉より下であった。何でも乱暴者の父親に苦労した末の入宮というが、貧家出身という共通点で二人はうまが合い、仲良くしていた。

しかし思いがけなく王妃づきとなった鈴玉のように、鸚哥はいまを時めく敬嬪呂氏の錦繡殿に配属された。その成績の悪さを霞《かす》ませたのは、彼女の持つ愛嬌《あいきょう》とはしっこさであり、呂氏好みの女官と判断されての人事であろう。鈴玉は彼女が羨《うらや》ましかった。

「鸚哥はめでたく敬嬪さまに召し抱えられたのに、つまらないの？」

「うん、鈴玉と一緒じゃないからかな、調子が出なくて。あんたは嫌なことがあるとここに来るじゃない。何だか会いたくなったから、もしかしたらと思って来てみたの」

そう言って頰のえくぼをへこませると、鸚哥は後ろ手に持っていたものを差し出した。

「なあに、これ？」

それは一冊の本だった。手に取り、ぱらぱらめくった鈴玉の表情が明るくなる。

「面白そうな小説ね」

「そうよ、あんたの大好きな恋愛もの。先日よそから回ってきたの。あたしはもう読み終わったから、これでも読んで元気を出して」

かつて子守の仕事をしていた時、鈴玉は呉氏の令嬢から、誰が書いたともしれぬ「小説《つまらないはなし》」の存在を知り、貸してもらった才子佳人の恋愛話や妖怪変化《ようかいへんげ》の奇譚《きたん》を読みふけったものだった。

「持つべき者はやはり友ね。ありがとう、鸚哥」

友人の好意にすっかり嬉《うれ》しくなった鈴玉は、非番になると女官部屋に飛んで帰り、寝台に転がって借りた本を読み始めた。

〈柳子良《りゅうしりょう》は高官の陸潤《りくじゅん》から、令嬢との結婚を持ち掛けられました。彼は妓女《ぎじょ》の愛麗《あいれい》しか眼中にないのでその話を断ろうとしますが、友人たちはみな令嬢との結婚を熱心に勧めます。しょせん妓女とは結ばれぬ縁、陸の娘を妻とすれば今後の出世にどれだけ役立つか、それよりも高官の不興を買うと後がやっかい、特に政争が激しさを増している状況では、どんな災難が降りかかるかわかったものではない――というのがその理由です。子良は彼らの忠告を聞こうとしませんが、そもそも阿諛《あゆ》追従で立身出世を望むような性格ではありませんから……〉

没頭して読み進めるうちに、いつの間にか明かりが消えかけていた。鈴玉は慌てて油を足してからまた本に齧《かじ》りつく。

〈子良は愛麗を生涯愛すると固く約束し、彼女の両手を取りながら満月に向かって偕老《かいろう》同穴《どうけつ》の誓いを立てました。愛麗は恥じらいつつも、まことの心を全て受け入れ、彼の胸に自分の顔を埋《うず》めます。そうやって二人は満月に見守られながら、いつまでも桃園の中

で寄り添っているのでした……〉

――なんて素敵なの！　そうよ、恋愛ものはこうでなくっちゃ。まことの慕情、永遠の愛、偕老同穴の誓い。ああ、私もこうした、ただ一人の殿方と誓いを交わせたら……。

不本意な日々が鈴玉を純粋な愛の世界に逃避させるのか、泉で長旅の喉《のど》の渇きを癒《いや》す旅人のごとく、彼女は夢中になって何度も読み返す。

それればかりか、すっかり脳内を小説に占領されてしまい、非番の明月をつかまえ、読んだ物語の筋を長々と語って聞かせた。気のいい明月は「うん、うん」と頷《うなず》きながら耳を傾けてくれていたが、やがて半ば感嘆、半ば呆《あき》れたように笑った。

「偕老同穴、偕老同穴って何べん繰り返すの？　慈しみあって添い遂げ、死後も同じ墓穴に葬られる、そんな絵空事の殿方じゃなくて、もっと憧《あこが》れる人は現実にいるでしょ？」

鈴玉は頬をぷっと膨らませる。

「この後宮で？　女官の私たちに手を触れることができる殿方は、お話ししたこともない雲の上の存在、つまり王さまだけ。でも、王さまは王統のご繁栄のため、後宮に数多《あまた》の女性をお抱えで、それ以外は、『もと男』だった宦官たちしかいないし」

そう、「女官」の身分と引きかえに、偕老同穴の殿方との恋愛はもはや縁がなくなったのだ――その事実がちくりと鈴玉の胸を刺した。

「でも鈴玉、女官たちの殿方への評判を集めた『才子評《さいしひょう》』によれば、文官ならば太常卿《たいじょうけい》の丁鵠《ていこく》さまが頭脳明晰《めいせき》にして沈着冷静、武官ならば羽林中郎将《うりんちゅうろうじょう》の劉星衛《りゅうせいえい》さまが武勇に優れているうえ主上のご信頼も厚く、王族ならば主上の従兄《いとこ》に当たられる青海県公《せいかいけんこう》さまが博覧強記かつ人望を集め、宦官では湯秋烟《とうしゅうえん》さまと謝朗朗《しゃろうろう》さまがどちらも眉目秀麗《びもくしゅうれい》で温厚篤実。この辺りが定番の憧れの殿方で有名よ。もっとも、宦官以外はなかなかお会いできない方々ばかりだけど……」

明月はどこで聞きかじってきたのか、憧れの君たちの評判をすらすら諳《そら》んじてみせる。

「そんな、ろくにお会いできない殿方なんて、水に映ってはいるけど手を伸ばしても摑《つか》めないお月さまみたいじゃない。つまらない」

「摑めなくても、月は月よ。あとは才子評というのも畏《おそ》れ多いことながら、後宮中の憧れの君といえば、やはり主上よね。お若いながらよその国からも明君との評判は高く、文武両道に秀で、徳は山のごとく高く慈愛は海のごとく深く、お姿もまた……寵愛《ちょうあい》獲得を狙っている者も後宮には大勢いるし」

「うーん。どんな明君でいらしても、王さまのお立場では偕老同穴は望むべくもないし……」

迷う鈴玉に、明月はからかうような表情となった。

「ほら、また偕老同穴に戻っちゃった。でも、楽しそうなあなたを久しぶりに見られて良かった」

「そう言って喜んでくれるのは明月だけ。香菱だったら『仕事以外のことにうつつを抜かして』って、きっと怒るわ」

「私は良いことだと思う。今日みたいな気晴らしや楽しいことがまたあれば、仕事も順調になるかもよ。そうなったら、あなたの家門再興という目的に一歩近づけるじゃない」

「ありがとう。でも、仕事も順調になんて、本当にうまく行くかしらね……」

半信半疑の鈴玉ではあるが、確かに楽しいひと時を過ごせたことは嬉しかった。

六

「なあに？　これ」

再び鸚哥から一冊の書物を渡された鈴玉は、首を傾げた。

ここは塵芥《じんかい》の集積場だ。初めのうちは鸚哥が勤める錦繍殿の裏手で、鈴玉は借りた本を返しがてら、「偕老同穴、偕老同穴」と暑苦しく感想をまくし立てていた。だが、鸚哥は「ふふ、はまったのね」と嬉しげに本を受け取ると、人目を憚《はばか》る様子で鈴玉を連れて集積場に行き、そこでもったいぶって別の本を取り出したのである。

「これは裏口版と言うか、登場人物も舞台も同じなんだけど、一部分が違うの」

促されるままぱらぱらと本の葉《よう》を繰った鈴玉は、数行を読んで眼を丸くした。

〈かくして、愛麗の脚はしなやかにそり返り、子良の広い背に蛸《たこ》のように絡みつきました。それから後は二人して、鍾馗《しょうき》さまも頰を赤らめ、閻魔《えんま》さまも顔《かんばせ》が青く変わろうかというほどの、雲雨の快楽に身を任せます。鳳凰《ほうおう》が桐の上に宿り、翼を広げて片脚を上げ打ち震えれば、青龍《せいりゅう》は雲から降りてとぐろを巻き、舌を伸ばして鳳凰の……〉

そこまで読んで、鈴玉はぱたんと書物を閉じた。うなじは真っ赤で頰も上気している。

「何これ？」

「読みたい？　何しろ本編よりさらに大人気で、やっと私のところまで回ってきたのよ」

「そうじゃなくて！」

鈴玉は思わず大声を出し、艶本《えんぽん》を鸚哥に押しつけた。艶本のめくるめく色欲の世界は、饐《す》えた匂いの漂う集積場とはいかにも不似合いだった。

「しっ、声が高い」

「艶本や春宮図《しゅんきゅうず》の類《たぐい》は、後宮では持ち込み厳禁でしょう？」

「あら、その戒めをちゃんと覚えているの？　鈴玉はいい子ね」

「茶化さないでよ」

鈴玉の抗議に、鸚哥はにやりとした。

「そんなの建前に決まっているじゃない。第一、王さまのためにお子を儲《もう》けるのが、後宮のお妃さまたちの大切なおつとめでしょ？　皆さまは年増の女官から夜伽《よとぎ》の手ほどきを受けられる時、似たような御本を参考になさっているわけ」

このような知識や見聞だけは人並み以上に仕入れている友人に、鈴玉は呆れるやら感心するやらであった。

「それに、この本は外から『持ち込まれた』ものじゃないのよ。表の本も裏の本も、作者は同じで後宮にいるの」

「えっ、まさか艶本を後宮で書いているの？」

「そうよ。とにかくあたしは読み終わったんで、この間みたいにあんたにも回してあげようと思って。ねえ、読むの？　読まないの？」

鈴玉は逡巡《しゅんじゅん》したが、とうとう勢いよく手を差し出して艶本を受け取った。


幸運にも、その夜は香菱たち同室の女官が宿直で出払っていたので、鈴玉は明かりを引き寄せ、寝床の中で艶本をじっくり読んだ。

この手の本を読むのは初めてだったが、既に「雲雨のこと」、すなわち男女の契りについては聞きかじりではあっても知識を得ている。さらに自分自身も色気づく年頃で、固唾《かたず》をのんで一枚いちまい、葉をめくっていく。

〈愛麗は寝台の上で、深い眠りの海をいつまでもたゆたっているのでした。彼女の身体が一艘《そう》の小舟であるならば、子良の愛撫《あいぶ》は櫂《かい》であり、自在に舟を操って快楽《けらく》の海に漕《こ》ぎ出してくれるのです。それは想う人の訪れを、琵琶《びわ》を抱えながら待つほかはない、浮き草稼業の妓女の寂しさを埋め合わせてなお余りあるものでした。……〉

「鈴玉、鈴玉！」

香菱に呼ばれてはっと目を覚ませば、すでに窓の外は明るい。

「だらしないわね、早く起きなさい。昨夜は戻ってきたら明かりもつけっぱなしだったし。火事にでもなったらどうするの？　ほら、さっさとしないと朝の点呼に遅れるわよ」

小言を受け流し、鈴玉は少しの間ぼうっとしていた。腹ばいになった自分の胸の下には、例の本が開かれたままぺたりとのびているが、幸い香菱には気づかれていないようである。そっと取り上げると、開いた葉の隅が皺《しわ》になっていた。昨夜は途中で眠り込み、涎《よだれ》を垂らしてしまったらしい。

――どうしよう、本を汚したら鸚哥に怒られるわね。

もぞもぞと着替えて鴛鴦殿に出向いたが、仕事の段取りよりも、あの艶本の中身と鸚哥への言い訳で頭が一杯となっていて、そこへまた香菱の叱責が飛ぶ。

「またぼうっとして！　王妃さまに差し上げるお菓子の鉢が一つ足りないじゃない」

反射的にぷっとむくれた鈴玉は、別室に忘れていた菓子の鉢を取り上げ、戻ってくるなり音を立てて机に置いた。目を剝《む》く香菱をよそに、鈴玉は物思いにふけっている。

——それにしても、あれはただいやらしいだけではなかったわ。男女の営みを描いてはいても、優しさと奥ゆかしさ、寂しさもあって全体的に温かい感じがした。情景も色鮮やかに思い浮かべられるし。「表」の物語と作者が同じで、後宮で書いているそうだけど、一体何者かしら？

矢も楯《たて》もたまらず、鈴玉は鴛鴦殿を抜け出して鸚哥のもとへ行った。順番待ちの読者のため、早い返却を促されていたからである。それに——。

「誰がこの本を書いているかって？　そんなこと……」

鸚哥は嫌な顔をした。そして返された本の点検のため、葉をめくっていた手が止まる。

「あっ、しかも涎を垂らしながら読んでたの？　皺がついちゃってるじゃない！」

「よ、涎を垂らしながらなんて、そんなはしたないことはしないわよ！　ただ、眠り込んじゃってその時に」

ほかの子に回すのに苦情が出るわよ、こんなことなら貸さなきゃよかった——そう呟《つぶや》いて本を懐へ隠す鸚哥に、鈴玉は慌ててすがった。

「ごめんなさい、本を汚してしまって。謝るからまた続きを回してよ。ついでに、誰が本の作者なのかも……」

米つき虫のように何度も頭を下げる鈴玉を前に、鸚哥の眉間《みけん》の皺がほどけた。

「どうしてそんなに作者に会いたいのか知らないけど。いいわ、ついてきて」

鸚哥が鈴玉を連れ、足を向けた先は後宮の東北に隣接する園林、すなわち「後苑《こうえん》」だ。

池を回り込んで、鸚哥はすたすた歩く。小さな橋を越え、植え込みを通り過ぎ、点在する楼や亭を望みながら――。

これだけ広い後苑のどこかに、作者がいるのだろうか。鸚哥の足は早く、鈴玉は小走り気味についていった。

やがて、躑躅《つつじ》の植え込みが連なっている場所が見え、鸚哥はその近くに立つと声を張り上げた。

「湯内官、謝内官、いるの？」

するとがさがさ音がして、ひょこりと二人の内官、すなわち宦官《かんがん》が顔を覗《のぞ》かせた。両人とも躑躅の剪定《せんてい》をしていたらしく、手には鋏《はさみ》と枝葉を入れる籠《かご》を持っている。一人はほっそりとしたなで肩の柔和な顔つき、もう一人は相方より頭半分ほど高く、濃い眉《まゆ》と快活そうな雰囲気を持っていた。

「やあ、鸚哥……じゃなかった、張《ちょう》女官」

挨拶《あいさつ》した彼等は見慣れぬ女官にも目をとめ、それぞれ柔和なほうが湯秋烟、快活なほうが謝朗朗と名乗った。

両人とも二十歳《はたち》に足らぬほどに見えたが、名を聞いて鈴玉は思い出したことがある。この眉目秀麗《びもくしゅうれい》な若い宦官二人は、あの「才子評」に載せられていた人物ではないか。

「まさか、あなたたちが……」と鈴玉は口の中で呟いた。

「また持ち場を勝手に離れてきたのかい？　今日は一体何の御用かな？」

「ふふふ」

鸚哥は辺りを見回し、あの本を懐から出して声を落とした。

「今回のも大評判で、あたしのところまで回ってくるのに大分待ったわ。でね、話の続きの催促と、あと——」

　彼女は鈴玉を振り返った。

「あんたたちの本を読んだ同輩が、どうしても書いた人間に会ってみたいんだって」

　そして、鸚哥から鈴玉の姓名と所属の殿舎を聞かされると、二人の宦官は揃って息を呑《の》んだ。

「鴛鴦殿？　王妃さまの御殿づきなのに、あの本を読んだの？」

「ええ、いけない？」

　鈴玉は腰に手を当てて胸をそらした。そこで、朗朗ははっと気が付いたようだった。

「そういえば、今年の『振り分け』で大番狂わせがあって、成績がいまいちで生意気な女官が鴛鴦殿づきになったと聞いていたけど——まさか、君？」

「な、何ですって？」

　怒りに顔を赤くする鈴玉を見て、慌てて秋烟が取りなす。

「朗朗、おやめよ。彼は結構はっきり物を言うんだ。ごめんね、根は優しい奴だから気にしないで。それよりも鄭女官は僕たちに会いたかったって、どうしてまた……」

　鈴玉はおもむろに咳払《せきばら》いをした。

「私ね、小説はもとから好きだったけど、艶本は初めて読んだの。でも、これは好色だけを売りにしないで、人物の心情とか雰囲気と色彩っていうの？　丁寧な描写だから、それがよく見えたのね。だから、一体どんな人が書いているんだろうと気になって。ああ、色彩の理由はここに来てわかったわ」

彼女は辺りを見回して、我が意を得たりとばかりに頷《うなず》いた。濃い桃色の躑躅、まだ翠《みどり》がかっている紫陽花《あじさい》、薄紅色の芍薬《しゃくやく》——そして、名も知らぬ白い花。

「ここであなたたちが育てている草木や花は、小説のなかの色遣いとそっくりね」

「鈴玉、どうしたの？　艶本《えんぽん》を読んでえらく真面目になっちゃって」

「悪い？」

鈴玉はいつものようにぷっとむくれ、鸚哥や二人の宦官はくすくす笑った。

「ありがとう。励みになるよ。昼間の仕事や宿直の合間を縫って書くから、なかなか大変だけどね」

「でも、まさか宦官たちの合作とは思っていなかったけど」

「変かな？　男女の睦《むつ》みごとを一生経験できない僕たちが、こんな艶本を書くのは」

二人は、鈴玉の心の底を見透かすような目つきをしていた。

「正直に言うと、そうよ。でも、宦官のあなたたちがどうしてあんな上手に書けるのかしら」

「それなりに書けてはいるだろう？　俺たち宦官は後宮で主上や妃嬪《ひひん》の方々にお仕えす

るから、必然的に閨房《けいぼう》のことも詳しくなるのさ。あと大切なのは、想像する力と観察だよね。経験したことだけを書けるわけじゃないし」

鈴玉は納得して頷くとともに、一つ気になっていたことを聞いた。

「ねえ、これは対価を取らないの？　何も払わず読んでしまったけど、お金を取っても罰は当たらないほどの出来ばえでしょう？」

「お金？」

秋烟と朗朗は驚きの表情になった。

「いや、できるだけ皆に読んで欲しいからお金は取らないよ。第一、これが露見しただけでも罪を負うのに、売買したなんてことになったら首が危ないじゃないか」

「それに、僕たちが欲しいのは金品じゃないんだよ」

「じゃあ、何なの？」

「感想。とにかく感想を教えて欲しいよ。良いところでも悪いところでも——ちょうどいま君がしてくれたようにさ。俺も秋烟も、読んだ人の反応を知りたいんだ」

「そうそう。そりゃ、人の意見に振り回されたりしてはならないけど、自分でも気が付かなかった点を人さまは教えてくれるからね」

「そう……」

そもそも宦官は、彼ら独特の陰険さや強欲さと相まって、煙たく思われていることが多い。だが眼前の二人は、普通の宦官とは全く雰囲気が違っていた。繊細で陽気で、しかも心優しかった。

「ま、これで彼女をここに連れてきたあたしの役目はおしまい。鈴玉、これで気が済んだ？」

「ええ、ありがとう鸚哥。お礼にお下がりの干菓子をあげる」

鈴玉はにこやかな笑顔で鸚哥に頭を下げ、鸚哥はえくぼをへこませた。宦官二人も微笑んでいる。彼ら四人の傍らを、初夏の爽《さわ》やかな風が吹き抜けた。

「今日は本当に嬉《うれ》しかったよ。わざわざ僕たちのところまで来てくれて……」

「またおいでよ。といっても鴛鴦殿づきはいろいろ大変だろうから、ばれないようにね」

「わかっている、ありがとう。早く続きを書いてね」

秋烟たちは鈴玉と鸚哥が戻った時の「言い訳」用に、花束を作って持たせてくれた。というのも、鈴玉たちはあらかじめ、後宮と後苑とを区切る春鳥門《しゅんちょうもん》の門番には「王妃さまの御用で後苑に花を切りに行く」と取り繕っていたからだった。

女官たちは花を抱え、手を振る宦官二人に応《こた》えて手をひらひらさせた。

だが、鸚哥と春鳥門外で別れて鴛鴦殿にこっそり戻ったつもりの鈴玉は、柳蓉に見つかってしまい、あっという間に主人のもとへ突き出された。

「お前は何かにつけ、すぐに仕事を怠けてあっちへふらふら、こっちにふらふら！　それになんじゃ、その花は。後苑から盗み取ってきたのではないか？　今日という今日は王妃さまに厳しく仰《おっしゃ》ってもらわねばならぬ」

鈴玉はいつものごとく、廟《びょう》の神像のごとき半眼となっていた。

「全て、王妃さまのために取って参った花です。係の宦官には許可を得ましたから」

林氏は宝座の手すりをひと撫《な》でし、大きな息をついた。

「さて、こう度重なるとやむを得ませんね、鈴玉。いくら私のためとはいえ、私や尊長の者の下命なくして、勝手に持ち場を離れてはならない。今回は、そなたに一日の食事抜きの罰を与える。食事は抜いても、仕事は手抜きをせぬよう」

「……かしこまりました」

さすがに、説諭ではなく懲罰という結果になって、鈴玉もいつもの鼻っ柱の強さが半減したかのようになった。入宮前にひもじい思いを散々してきたせいか、食事を抜かれることは叩《たた》かれるよりも辛《つら》いのだ。彼女は尻尾《しっぽ》を巻いた狗《いぬ》のごとく、悄然《しょうぜん》とした面持ちで拝礼したが、王妃は鈴玉の手もとに眼をやった。

「その花々に罪はない、こちらにおよこし」

そして傍らの杜香菱に目配《めくば》せすると、聡《さと》い女官は小走りに部屋を出て、かすかに水音を立てながら白磁の花瓶を抱いて戻ってきた。

林氏はそれを宝座の脇の卓に置かせ、鈴玉から受け取った花を手ずから生けた。王妃の穏やかな表情、ほころんだ唇――全体の均衡や配色を考えて生けられた芍薬などの花々は、主君に頰を寄せられ、その優しさを賛美しているように見えた。

――あら？

鈴玉は眼をしばたたかせた。顔を花々に近づけた王妃は、いつもより美しく愛らしく見えたのである。金銀に宝玉をちりばめた釵《かんざし》や耳飾りよりも、花は一層王妃の面《おもて》を引き立てるようだった。そしてそれは、亡き母親を飾った秋明菊をも思い出させた。

――まるでいつもと違っているような。

何気ない一瞬に鈴玉は気を取られ、王妃に退《さ》がるよう命じられるまで、心がふうっと浮いたままだった。

そうして、長い一日が終わって彼女が女官部屋に帰ると、鸚哥から例の本の続きが回ってきていた。留守の間、部屋まで届けてくれたらしい。

〈子良はゆっくりと愛麗の両脚を開き、白鷹《しらたか》が獲物をさらう形となりました。哀れ小さな獣となった愛麗はおびえるように顔を背け、背中といい、四肢といい、強張《こわば》って震えています。引きはがされた薄緑色の羅は、春の山野のように寝台に広がり、その上には髪からむしり取られた菫《すみれ》の花が散らばっているのでした。まさかこの優しい貴公子が、落花狼藉《ろうぜき》のごとき振舞いをなさるとは？　でも、これは彼の芝居なのです。子良は微笑むと白鷹の構えをやめ、雄虎が雌虎を慈しむ姿勢をとって……〉

主人公二人が繰り広げる痴態を、鈴玉は胸をどきどきさせながら読んでいたが、本から眼を上げ、ふと自分の主君を思い出した。

──薄緑色の羅が広がり、髪飾りだった菫の花がその上に散らばって……。

林氏は、王妃としての体面を守るためとはいえ、似合っているとは言いがたいどっしりとした錦《にしき》の衣を身に着け、過剰な刺繍《ししゅう》や贅《ぜい》を尽くした金銀の宝飾に埋もれてしまっている。

──でも、これならば？　王妃さまには、生のお花ならばお似合いになるのでは？　あと、もっと薄い色の衣にさりげなくしゃれた刺繍なら……。

そこまで考えた鈴玉だが、はっと我に返ると頭をぶんぶん横に振った。

──違うちがう、衣服の出納は香菱や明月の職掌。私の仕事でもないのに、何よ。

彼女は埒《らち》もない考えを頭から追い出すと、また話の続きを読み始めた。


〈そうは申しても、愛《いと》しい人を送り出したその朝は辛く、降り注ぐ日光が彼女の眼に刺さり、心の奥底をも容赦なく照らし出してしまいます。愛麗は、妻にはなれぬこの身を恨んだことなどないとはいえ、やはりどう考えても叶《かな》わぬ恋に身を焦がす自分を哀れに感じ、またおかしくも思うのでした。……〉

七

「ねえ、『鳳凰《ほうおう》が桐の上に宿り』……って本当はどんな状態なの？」

「はい？」

　ある日の昼下がり、鈴玉は後苑《こうえん》で、艶本の一節を指さしながら真面目な顔で問うた。宦官《かんがん》二人は顔を見合わせて絶句したが、次の瞬間には腹を抱えて笑い転げ、つられて鸚哥もふき出した。

「何だ、肝心の場面を知識もないまま読んで興奮していたのかい？」

「ませている振りをして、鈴玉はお子さまだな。ああ、おかしい」

「なっ、何も知らないで読んでいるわけないじゃない！」

　哄笑《こうしょう》に囲まれ、鈴玉は顔を真っ赤にして怒声を上げた。謝朗朗は、笑いすぎて眦《まなじり》ににじんだ涙を手でぬぐった。

「ごめんごめん、きちんと読んでくれるのは嬉しいよ。……うん、俺たちも考えなきゃな。読者が想像しにくいのは、説明や描写に何か問題があるからかも」

　それを聞いてもむすっとしていた鈴玉だが、突然いいことを思いついたと言わんばかりに手を叩いた。

「そうだ。せっかくだから実地でやって見せてよ、その鳳凰の何とかっていうのを。あなたたちも実際に演じてみれば、次作を書く時の描写の手がかりになるでしょ？」

　そんなわけで、彼女たちは宮中の規則を犯して秋烟と朗朗の宦官部屋に忍び込み、実践することになった。

「実演」が始まり、女性的な顔立ちの秋烟が愛麗役となって寝台に横たわり、右脚を高く上げている。秋烟が着ている女ものの服は、鸚哥が主君である呂氏の服を密《ひそ》かに持ち出したものだった。一方、柳子良役の朗朗は相棒の両脚の間で膝《ひざ》立ちとなっている。

「ええと、『鳳凰が桐の上に宿り、翼を広げて片脚を上げ打ち震えれば』……」

艶本を読み上げる役は鸚哥で、観察して気が付いた点を書き留めるのは鈴玉である。

秋烟は初めこそ恥ずかしがっていたものの、いざ寝台に上がると覚悟を決めたのか、演技もなかなか堂に入っている。彼は読み上げられる描写に従い妖艶《ようえん》に微笑むと、覆いかぶさる朗朗の背にするりと腕を回した。朗朗は掲げられた相方の脚を左脇に抱え込み、右手で衣の合わせ目を開いた。それに合わせて、女官二人の喉《のど》がごくりと鳴る。

「で、どうだったっけ？」

「『青龍《せいりゅう》は雲から降りてとぐろを巻き、舌を伸ばして』よ、朗朗」

「この体勢のままでいたら俺の腕も脚もつりそうだよ。こうした場面を書く時は、宮中に伝わる古い房中術の書物もこっそり拝借して参照したけど、あれを書いた人って本当にこんな姿勢を取ったことあるんだろうか？」

ぼやく朗朗に、鈴玉と鸚哥は顔を見合わせてくすくす笑った。それからまた、鸚哥は続きを読み始めて宦官たちは芝居を続けた。

「『龍は尾を絡ませて』……秋烟、もうちょっと寄らないと朗朗が苦しいと思うわ。姿勢が崩れてしまいそう」

鈴玉が注意するそばから、朗朗は「わあっ」と声を上げざまひっくり返り、秋烟は

「むふっ」と呻《うめ》き声をあげて、あえなく相方に潰《つぶ》されてしまった。

「うう、痛いなあ」

「大丈夫か？　悪いな秋烟。だんだん腕が痺《しび》れてきて、頭も回らなくなってきたりしたもんで。ふう」

「ふふ、お疲れ様でした」

そう言ってにやにや笑っていた鈴玉だが、朗朗がうっすらと額に浮かんだ汗を手の甲でさっと拭《ぬぐ》う仕草、そして秋烟がはだけた胸元を合わせる手つきにどきりとし、頰を染めて俯《うつむ》く。鸚哥は自分の手巾《しゅきん》を朗朗に渡してやった。

「いい眺めだったわよ、才子佳人のお二人さん」

「お褒めに預かり、恐縮至極に存じます。張女官」

寝台を降り、大仰に拝礼した秋烟はくすりと笑った。

「冗談抜きにとても素敵だったから、いっそ口を吸い合っても良かったわねえ」

「そんな……」

突拍子もない鈴玉の言葉に秋烟が絶句する一方、朗朗は「ははは」と声を上げ、挑むような目つきになった。

「よくも我が相棒に恥ずかしい思いをさせたな、じゃあ敵討ちだ。今度は、鸚哥と鈴玉で実演してみたらどうだい？」

「私たちで？」

「女官と女官が、という設定の小説だって書けるんじゃないかな。実際、この宮中ではたまに『そうしたこと』もあるしね」

「嘘、そんなことが？」

仰天した鈴玉を前に、宦官二人は頬を寄せ合うようにして笑っている。

「やっぱり鈴玉は世間知らずのお子さまだ。お疑いなら先輩女官たちに聞いてみたら？」

「子ども扱いなんてひどいわ、歳だってあなた達とそれほど違わないのに」

鈴玉は顔を真っ赤にして朗朗と秋烟を軽くはたき、笑って逃げる二人を追いかける。

ひとしきり三人でふざけ合った後、鈴玉はふと思いついたように言った。

「ねえ、女官同士の恋があるなら、宦官と宦官の恋だって書けるじゃないの」

「そうか、でも読む人がいるかな？」

「女官の何割かは、その手の話だって好きだと思うけど。書いてくれれば私も読むわ」

「鈴玉が？」

ふうん、と朗朗は何かを考えているかのようだった。

「ともかく、実際にやってみてわかることもあるものだね。いままで見聞したことを作品に落とし込んだと思っていたけど、結局は従来の描写を踏襲したに過ぎなかった」

相棒の言葉に、秋烟も頷《うなず》く。

「そうだね。でも露骨に書いては品格を落とすことにもなるし、さじ加減が難しいや。それはそうと鈴玉、提案してくれてありがとう」

「ううん、そんなこと……」

「あら、あたしには礼もなし？　せっかく苦労して衣裳《いしよう》を調達してきてあげたのに」

不機嫌そうな鸚哥の抗議に、秋烟は「ごめん」と舌で唇を舐《な》める。そういえば、鸚哥の口調のうちに戯れでない、小さな棘《とげ》を感じたようでひやりとした。鈴玉は、先ほどは鸚哥を置き去りにして、三人だけで盛り上がってしまっていた。

――そもそも彼等との出会いも鸚哥あってのことだから、彼女は私が出しゃばっているように思っているのかしら。

何となくぎこちない雰囲気となった女官二人は、秋烟が女装を解いて服を返すのを待ち、礼を述べて引きとった。それぞれの殿舎への帰途、互いに黙りこくったままだったが、やがて鈴玉は咳払《せきばら》いを一つして、鸚哥に話しかけた。

「変なことを言うようだけど、私はあなた方の間に割り込むつもりはないのよ」

「あらそう？　まあ、あたしだって別に気にしていないから」

その言葉とは裏腹に、鸚哥の苛立《いらだ》ちを感じた鈴玉は再び無言の行に戻った。

――こんなつまらないこと、言うんじゃなかった。

背徳的で蠱惑《こわく》めいて楽しかった、せっかくのひと時にけちがついたようで、鴛鴦殿に戻ったあとも鈴玉の表情は晴れなかった。

八

それから三日後の朝、珍しく香菱の体調が悪かった。熱が出て咳《せき》もひどい。思えば、彼女は前日の夕方から冴《さ》えない顔で、王妃の傍らに侍立していたのだった。

医薬担当の女官である掌薬《しょうやく》に部屋まで来てもらって診察を済ませ、香菱は薬湯を飲んだかと思うとすぐ寝台にのびてしまった。また、王妃に病がうつる危険を考え、勤めは休むことになった。

同室の他の二人は持ち場へと出勤し、鈴玉は残って往診の後片付けをする。彼女にとって香菱は苦手な部類の人間ではあるが、さすがにここまで弱っているさまを見ると、放ってはおけない。

「鈴玉……鈴玉」

香菱はかすれた声で鈴玉を呼ぶと、思いもかけないことを言い出した。

「今日は王妃さまが、側室の皆さまを午後の宴《うたげ》に招くの。ご衣裳にはいつも以上に注意しなければならないのに、私はこの有様。本当は昨日のうちに準備するはずだったのに。それに、もう一人の係の明月は、ご衣裳と宝飾の組み合わせがちょっと苦手なの。あなた、悪いけど明月を手伝ってやってくれない？」

「何で私が？」

「先輩はみな他の仕事で忙しいし、猫の手も借りたいのよ。あなたは猫の手よりはましでしょうから……」

「失礼ね、それが他人に物を頼む態度なの？」

盥《たらい》を放り出し、しかめ顔で寝台を覗《のぞ》きこむ鈴玉に、香菱は弱々しく微笑んだ。

「ごめんごめん。それはともかくお願いね？」

「……わかったわよ」

——驚いた、あの香菱が私に頼みごとをしたばかりか、謝るなんて！　明日あたり、太陽がこの殿舎に落ちてくるのかしら？

香菱が自分を信頼してくれた、という驚きと嬉《うれ》しさがこみあげてきて、彼女は得意な気持ちになった。急ぎ鴛鴦殿に行って事情を話し、控えの間で衣裳の出納を行う明月の手伝いをする。香菱の案じた通り、明月は函《はこ》からあれやこれや出して衣裳を揃えるのに苦心していて、振り返ると鈴玉の意見を求めてきた。

——ああ、私を手伝いによこした香菱の顔を立てるためね。

そう鈴玉は察したが、むろん悪い気はしなかった。彼女は函をいくつも検分し、「大《たい》袖《しゅう》」と呼ばれるゆったりした袖の上着には明るめの松葉色のものを指さし、次に桃色の裙《くん》を取り上げた。どちらも底のほうにしまわれていたところを見ると、いままであまり王妃が着ることのなかった服であろう。だが、彼女は仔細《しさい》に調べてにっこりした。

——子守に行っていた絹織物商人も良い布地を扱っていたけれど、やはり王宮の衣裳は布地も仕立ても段違いね。この織りの細かさ、刺繡《ししゅう》の手の込みようといったら！　ただ、市井の流行のような、今風の軽やかさと切れ味は足りないけれども。

選んだ服に加えるのは濃い緑色の帯に薄紅色の飾り紐《ひも》。「披帛《ひはく》」と呼ばれる肩からかける細長く軽い絹。薄桃色の佩玉《はいぎょく》と、翡翠《ひすい》の耳飾り、銀の釵《かんざし》を数本。

「いつも王妃さまがお召しのものとは雰囲気が違うけど？　それに、少しご身分が軽く見えてしまわないかしら？」

不安げな顔の明月に、鈴玉はふっと笑ってみせた。

「そんなことないわよ。仰々しい飾りや強い色の服を着れば、重々しく見えるとでも？　いいから、これをお召しになってもらいましょう」

自信満々の彼女に明月は負け、二人は服の包みを手に王妃の居室に戻った。服に霧を吹き、火熨斗《ひのし》を当てて樟脳《しょうのう》の匂いを飛ばし、何とか王妃の化粧が終わるのに間に合った。肌着の上に薄緑色の衣《ころも》と裙《くん》をつけ、大袖を……。貴人の着付けを手伝うのは初めてだったが、明月が的確に指示を出してくれたので、まごつくこともなかった。

全てが終わったところで、明月は一礼して鏡を差し出した。

「王妃さま、どうか……」

「待って！」

鈴玉の鋭い声が飛んだ。その場の一同が振り返ると、彼女はやや離れたところから首を傾け、王妃の装いを検分している。

「何じゃ！　市場で品定めをする庶民のおかみのように、王妃さまをじろじろと……」

鈴玉は柳蓉の叱責など耳に入らない様子で、そのままの姿勢を崩さない。

「鈴玉、どうか？」

さすがの林氏も困惑顔になったが、鈴玉は脇の花瓶から百日紅《さるすべり》の小枝を抜き、自分の手巾で枝の水分をよく拭《ぬぐ》った。そして王妃につかつか近寄ると、「失礼いたします」と言うなり、王妃の髷《まげ》に挿した釵《かんざし》に花を添えた。

「ちょっと、何を……」

抗議の声を上げかけた明月ではあったが、王妃を見て「あ」と小さく叫んだ。

「どうしたの？」

林氏の疑問に答えるかたちで、明月は再び鏡を王妃に向ける。

「よくお似合いにございます。お検《あらた》めを」

鏡に自分の姿を見た林氏は眼を見開き、ふっと微笑んだ。

「確かに花も釵も、化粧も……よく映えていますね。特にこの百日紅を最後に添えたのが良かったのかもしれぬ」

そして立ち上がった王妃にお付きの誰もが目をみはり、揃って笑みを浮かべた。裾濃《すそご》の裙も、緑色の濃淡でまとめた上着や帯も顔立ちに似合っており、いつもより控えめな装いであるにもかかわらず、淑《しと》やかで清楚《せいそ》な魅力を引き立てている。

「鈴玉、そなたは意外な才能を持ち合わせているようですね」

本人は無言で一礼したが、王妃が接見のために部屋を出て行くのを見計らい、にんまりして殿の裏手に回ると、一人ぴょんぴょん飛び跳ねた。

――後宮に上がって、初めて沈女官さま以外の人に褒められた！

そのまま後苑《こうえん》に駆け出していき、例の二人組がいる場所を覗いてみると、思った通り、池で採った蓮《はす》の花を蓆《むしろ》の上に並べている秋烟がいた。

「あれ、片割れは？」

「朗朗は後宮の各殿舎へ蓮を届けに回っているよ。それにしてもどうしたの？　そんなに息を切らして」

鈴玉は唾《つば》を飲みこんで息の調子を整えた。

「あのね、お礼を言いたくて。あなた方が書いていたあの本にきっかけを貰《もら》って、初めて王妃さまから褒められたの。わかる？　文中で描写していた、衣裳とか色のことよ」

秋烟は眼をぱちくりさせたが、すぐ相好を崩した。

「なるほど、よく呑《の》み込めないけど……僕たちが君を助ける形になれたのなら何より。鈴玉でも褒められることがあるんだねえ。しかも、それを嬉しいと思うだなんて」

「ご挨拶《あいさつ》ね。私がいつも、人が西を向けといえば東を向くような人間だとでも？」

「ふふふ、気を悪くした？」

ひと仕事を終えた秋烟は帯に挟んでいた衣の裾《すそ》を降ろし、鈴玉を誘って庭石に腰を下ろした。そこは木陰になっており、夏の風が心地良い。

「どう、執筆は順調なの？」

「うん、あと一冊分でいまの話は終わりだよ」

「どんな結末になるのかしら？」

鈴玉のわくわくした顔を見て、秋烟はにやりとする。

「まあ、大団円だね」

「大団円？　どんな？」

「詳しくは読んでからのお楽しみだよ。いまは僕と朗朗だけの秘密」

「そうよね、楽しみだわ。で、書き終わったら次の作品は？　どんな話にするの？」

「ああ、それが」

気のせいか、秋烟の端整な顔にすっと影が落ちた。

「朗朗がね、君がこの前言った宦官《かんがん》同士の恋物語を書きたいんだって。女官たちがきっと喜んで読んでくれるだろうって。悲恋で終わるような……でも」

「でも？」

「僕は反対したんだ……何というか、嫌なんだよ」

そう言って秋烟は庭石に座ったまま、膝《ひざ》を抱えて遠くを見ていた。彼はまるで、鈴玉が傍らにいることなど忘れてしまっているかのようだった。そのただならぬ様子に彼女は首を傾げたが、やがて艶本《えんぽん》の一節を思い出し、はっと息を呑んだ。

——愛麗は、妻にはなれぬこの身を恨んだことなどないとはいえ、やはりどう考えても叶《かな》わぬ恋に身を焦がす自分を哀れに感じ、またおかしくも思うのでした。

そして「実演」の際、朗朗相手に秋烟が見せた色っぽさ。

「ねえ、あなた、もしかして……」

池から軽鴨《かるがも》が一羽飛び立ち、残る一羽も後を追った。

「朗朗のこと——好きなの？」

秋烟は返事をしなかったが、代わりに頬が赤く染まる。

「どうして……彼を？」

俯《うつむ》いた秋烟は、まるで腰かけた岩と一体となったかのようだったが、しばらくしてやっと鈴玉の顔を見た。その目つきは怖いほどに真剣だった。

「宦官が人に恋してはいけないかい？　肩で風を切って我が物顔で宮中をのし歩く、貪《どん》欲《よく》で陰険で人間扱いされない僕たちが、恋なんて身分不相応だと？」

「そんな……」

いつもの彼に似つかわしくない切り口上。鈴玉も、気圧《けお》されるように語尾が消えた。

でも、なぜ秋烟が朗朗を深く慕うのか、その理由はわかっていた。快活で優しく、男女問わず人を惹《ひ》きつけてやまない朗朗——。

そのまま二人は黙って並んで座っていた。見上げれば空には雲が天帝のおわす宮城のようにそびえ立ち、見下ろせば池には鯉がまどろんでいる。

「聞いていい？」

長い沈黙に耐えられなくなり、ついに言葉を発したのは鈴玉のほうだった。

「朗朗は、あなたの気持ちを知っているの？」

秋烟は首を横に振った。

「知らないし、これからも知ることはないはずだ」

去勢により声が高くなる宦官に似合わず、低い声音で答えた彼の表情は、平素の穏やかなものではなく、一つの覚悟を背負っているような厳しいものに見えた。そして、服の袖をまくると肘《ひじ》から下を鈴玉に示した。

「見て、この傷」

肘の付け根から手首にかけて、一条の古傷が走っている。

「僕も朗朗も、家が貧しすぎて食べていけないから宦官になった。見習い時代は本当に辛《つら》くて、僕たちは殴る蹴《け》るされながら宦官として生きる道を仕込まれた。君たち女官は主上の寵愛《ちょうあい》を受ける可能性もあるから、あとあと傷が残るような折檻《せっかん》はされないだろう？　でも、宦官は違う……」

「秋烟……」

鈴玉は、胸が詰まった。

「雨の日、捨てられた犬っころみたいにさ、朗朗と僕は軒下で震えながら縮こまり、互いの傷を庇《かば》い合って泣いていた——もう十年も前の、子どもの頃の話だけどね。ともあれ、親兄弟よりも長い間、昼も夜も、楽しい時も辛い時も一緒にいる、それが彼だ」

秋烟は、袖《そで》を下ろして傷を隠した。

「朗朗は親友で同僚。それで充分、それ以上は望まない。朗朗の気持ちは知らないけれど、僕が小説を書く理由は何だと思う？　自分が女性になったつもりで、朗朗のような男性からの愛を受けてみたいと思うからなんだよ。鈴玉はこんな僕をおかしいと思う？」

「はっ」と自嘲《じちょう》じみた笑いが、彼の唇から漏れる。

「秋烟……」

——でもそれでいいの？　寂しくないの？

鈴玉はそう言いたい気持ちを呑み込んだ。そして、なぜ自分が房事の場面以外で彼等の小説に魅かれるところがあったのか、また一つ理由がわかったように思った。

鈴玉の切なげな視線をとらえて、秋烟はふっと表情をやわらげた。

「ごめんごめん、せっかくいいことを報《しら》せに来てくれたのにね。そんな顔つき、君らしくないよ。ねえ、僕のことは朗朗には黙っていてね。代わりに口止め料をあげるから」

恋に煩悶《はんもん》する秋烟と別れ鴛鴦殿に戻った鈴玉を、柳女官が待ち構えていた。

「鈴玉、また怠業しておったのか？　そんなしおらしい顔をしても駄目じゃ。まあ、よい。そなたに報せがある。そなたの職掌は器皿《きべい》係から衣裳《いしょう》係に変更になった」

「えっ……」

鈴玉は顔を輝かせ、柳蓉もそれまでの渋面を少し和らげた。

「明月が今朝のそなたの働きに感謝し、自分と職掌を交替するよう私と王妃さまに懇願したのじゃ。王妃さまはよくお考えになり、二つの条件つきで許可なされた。一つは衣裳係に精励すること、そしてもう一つは、折を見て器皿の出納に戻ること。何事もやりかけはよくないからのう。さあ、早く王妃さまにお礼を申し上げてきなさい」

王妃に謝礼を言上したあと、鈴玉は急いで明月を捜しに行き、回廊でつかまえた。

「今朝の衣裳を整える鈴玉は何だか『冴《さ》えていた』から、お願いしてみたの。でも、あなたには余計なお世話だったかも……」

「ううん、本当にありがとう。私も、器皿より衣服の管理のほうが性に合うと思う」

鈴玉の喜びようを目にして笑顔になった明月だったが、何かを思い出したらしく、口を相手の耳に近づけて囁《ささや》いた。

「でも、香菱とは仲良くね。うまく行かなければ係を辞めさせられてしまうかもよ」

――そうだった。

女官部屋に戻ると、当の香菱は既に明月から職掌替えのことを知らされていたらしく、寝台から起き上がって鈴玉を見るなり、顔をしかめた。だが、そもそも自分の代役を鈴玉に頼んだのがことの始まりだと思い返したらしい。

「まあいいけど、よろしく。全て私の指示に従ってね。私は明月ほど優しくはないから、もしあなたが何か粗相をしたら、王妃さまにお願いしてすぐに辞めてもらうわ。それで、ご衣裳を選ぶのはいままで通り私がする。あなたは宝飾を選ぶこと」

「わかってるわよ」

鈴玉は、頤《おとがい》を反らして相手を見据えた。

九

翌朝、鴛鴦殿では王妃の身支度を手伝うために、女官たちが忙しく、しかし優雅に立ち働いていた。

白粉《おしろい》の入った黒い磁器、鬢《びん》付け油の入った白磁の壺《つぼ》、鏡架《きょうか》にかけられた銅鏡、盆に並んだ一揃いの櫛《くし》。それらを前にした林氏は、肩に白粉除《よ》けの布をかけて微笑みながら、香菱に髪を梳《す》かれている。

「あの、こちらを……」

髪が結い上がるのを待っていた鈴玉が、遠慮した調子で函《はこ》を差し出した。

「何？」

林氏と香菱が函を覗《のぞ》き込む。そして、二人ともあっと声を上げた。

「まあ」

「これは……」

函に入っていたのは、生花で作られた髪飾り。桔梗《ききょう》を中心に他の花を組み合わせて編み込んである。花々は昨日後苑《こうえん》で、秋烟から「口止め料」としてもらってきたものだった。

「綺麗《きれい》ねえ」

王妃は眼を細めて花の小宇宙を眺め、それからかしこまる鈴玉に微笑みかけた。

「鈴玉が？　私のためにわざわざ？」

「さようにございます、王妃さま」

鈴玉は上ずった声で下問に答えた。

「僭越《せんえつ》なこととは存じますが、お似合いになるかと思いまして」

「僭越など と……」

林氏は首を横に振ると両手を伸ばし、鈴玉の右手を包み込んだ。

「真心がこもっていて、嬉《うれ》しいわ。ねえ、香菱？」

香菱も眼を見開いたまま、こくこくと頷《うなず》いた。

「さあ、早速つけておくれ」

平素は慎ましやかな林氏もさすがに嬉しいのか、髷《まげ》に花飾りが当てられ、その脇から銀の釵が草の編み目を縫って花を留めるさまを、鏡を通してずっと見ていた。

「どうかしら、映える？」

頭をこちらに振り向けた王妃に、鈴玉はどきりとした。彼女の予想よりはるかに似合っていたからだ。

「よくお似合いです、王妃さま」

「そう、ありがとう」

ふわりと笑った林氏の姿に小さな幸せの形を見て、鈴玉は泣きたくなった。

「鈴玉？　何よ、涙まで浮かべて……」

香菱の叱責に泣き笑いの表情を返し、鼻をすりながら鈴玉は肩布を王妃から取り去った。だが、立ち上がった林氏を見ると、わずかに首を傾げた。

――何だろう。

首から上はいい。だが下はというと、どこかに違和感がある。髪飾りの雰囲気と、重厚な衣裳とがちぐはぐなのである。やはりこの前のように、全てを統一して考えたほうがいいのでは？　でも、衣裳は香菱が見立てることに決まっているし……。

「うーん」

思わず声に出してしまった鈴玉の頭を、香菱はぺちんと手ではたいた。

「どうしたの？」

笑顔を保ったままの林氏の問いに、鈴玉は取り繕って打ち消した。だが、主人が宝座に臨御したのちも、片付けをしながらあることを真剣に考え込んでいた。

やがて決意した表情で部屋を出て行き、香菱をつかまえる。

「私が持っている御衣庫《ぎょいこ》の鍵《かぎ》を？　なぜ借りたいの？」

衣の染色や花の栽培の勉強をしたいので、御衣庫へ入りたい――鈴玉がそう切り出すと相手は怪訝《けげん》な顔をした。

「王妃さまのお召し物のためよ。あそこには、ご衣裳の現物だけではなく資料も沢山しまってあるでしょう？　それも読んでみたいの」

「勉強熱心なのはいいけど、何だかおかしいわね。ひょっとして、王さまの御眼《おんめ》が王妃さまにとまることが増えれば、自分も利益を得られるから頑張っているの？」

「そんなの邪推よ、利益って何のこと……」

反論する鈴玉に、香菱はじとっとした目つきを向けた。

「あなたの考えは、単純でわかりやすいの。下心があるんでしょ？　正直におっしゃいな。この頃、王妃さまの前ではしおらしい態度だけど、鈴玉は家門再興という自分の利益のためにあれこれやっているだけ。違う？」

鈴玉はむっとして、香菱を睨《にら》みつけた。

「そうよ！　王妃さまのためよりも私のためよ、下心なんて……あるわよ、大ありよ！　でもおかしい？　王妃さまがお綺麗になって誰が困るの？　ひょっとして、王妃さまと王さまがもっと仲睦《なかむつ》まじくなれるかも……」

あたりかまわず叫ぶ彼女を香菱は呆《あき》れた様子で眺めていたが、鈴玉の必死さに何か思うところがあったのか、やがて抑えた声を漏らした。

「いつもの仕事はきっちりこなして。それに、服飾への余計な費えを王妃さまは好まれないのだから、その辺りを良く考えなさいよ。王妃さまには私から話しておくから」

そして、鈴玉の手に何かを押し付けるやくるりと踵《きびす》を返し、足早に遠ざかる。

「……ありがとう」

同輩の後ろ姿を見送る鈴玉の右手には、木札のついた鉄の鍵が握られていた。

それからというもの、鈴玉は仕事の合間を見ては、御衣庫で衣裳《いしょう》を見たり文献を読んだりした。

「大切なお召し物が、あなたのせいで傷みでもすればたまらないわ」

香菱は最初こそ嫌味っぽく言ってよこしたが、精励する鈴玉を意外に思ったのか、御衣庫についてきて、衣服の畳み方や宝飾の扱い方を丁寧に教えてくれた。

「冬至の祭祀《さいし》に用いるのは白玉の首飾りに真珠の耳飾り。鳳凰《ほうおう》の冠は夏至と同じで……」

宮中行事で着用する衣裳の細かな決まり、衣裳係が代々申し送る覚書、巻物に仕立てられた図解。これらは外への持ち出しが出来ないので、御衣庫の窓際の机を使い、鈴玉は熱心に衣を広げたり、文献を飽かずめくったりした。そして——。

「大きな行事がなくて、王妃さまが常服をお召しになる日でいいの。一度でいいから衣裳と宝飾、両方の案を私に作らせてもらえない?」

ある日、鈴玉に問われた同輩は鼻に皺《しわ》を寄せた。

「あなた……今度は私の仕事を取ろうって?」

その警戒の声音に「そんなつもりじゃないわ」とは言い返したものの、確かに香菱が疑うのも無理はなかった。

「衣裳と宝飾は荷車の両輪のようなものでしょう? 色彩や雰囲気が上手《うま》く調和すれば、

さらに王妃さまはお美しく見えるかもよ。そして、王さまの訪れもいま以上に……」

「私が気に入らないのは、そこなのよね」

香菱の鼻の皺が、眉間《みけん》に移った。

「どうして？」

「だって、王妃さまは今のままでお心優しく、気高く、国母としてまこと不足のない方なのに、側室たちと競って蝶《ちょう》のようにひらひらとまとわりついたり、牡丹《ぼたん》のように華やかに着飾ったりして、王さまの気をあえて引く必要なんてあるかしら？」

ぐっと鈴玉は言葉に詰まったが、気を取り直してなおも言いつのった。

「それは、そのままでも王妃さまに違いはないけど、王さまは王妃さまを、『王妃さまとして』は大切に思われているけれど！　もし王さまが、『一人の女性として』王妃さまをお目にとめる機会が増えれば、もっと大切に思われるかもしれないじゃない」

「…………」

「何も贅沢《ぜいたく》なものを勧めたり、大げさに飾り立てたりするわけじゃないわ。ちょっとした工夫をしたいだけ。ねえ、お願い。一度だけでいいから。それで王妃さまのご不興を買ったら、私は元の器皿《きべい》の係に戻る。約束よ」

それから二十日あまりの後、再び王妃は朝の身支度で目をみはることになった。

「これは？」

彼女が指さした先には見覚えのある衣裳。しかし衿元《えりもと》の布地は取り替えられていた。

やや濃いめの水色にさりげない、繊細な花柄の刺繡《ししゅう》。そして、残暑のなかにも秋立つ季節を感じられるよう、裙《くん》には茶色みが強い臙脂《えんじ》を配している。

「もしや、これも鈴玉が？」

振り向いた主人に、鈴玉ははにかんだ。

「はい。あ、いえ、刺繡は尚服局《しょうふく》の女官に頼んで……」

尚服局は衣服を司《つかさど》る部署であり、鈴玉が頼んだのはその中でも最も刺繡の巧みな女官だった。彼女は王妃の御用と聞いても頭《ず》が高かったが、頼みに行った鈴玉は怒りをこらえ、頭を下げたのである。

「でも、図案と配色はそなたの手で考えたのですね？」

「ええ、お似合いになると良いのですが」

香菱が衣裳を取り上げ、王妃の身体に着せかけた。そのまま彼女は背後に回って衣の中心を決める。一方、鈴玉は慎重な手つきで衿元を調整し、紋様の図柄を合わせると同時に、ほっと息を漏らした。

——良かった、思った通りだわ。お顔映りが格段に違う……。

無駄な費えを嫌う王妃の性格を考え、衣裳の新調はしない代わりに、衿元の装飾を替え、王妃の顔立ちに合うよう調整する。それだけで、いつもの衣裳が見違えるようになった。

「まあ、王妃さま。良くお似合いになります」

帯結びに奮闘する鈴玉の脇で、香菱も感嘆の声をあげる。やや薄い青の帯、帯に回す紺の飾り紐《ひも》、そして白の鳳凰の佩玉《はいぎょく》に至るまで、みな鈴玉が配色や形の組み合わせを慎重に考えたものである。仕上げには、小ぶりの芙蓉《ふよう》で作った髪飾り。

銅鏡で自分の姿を確認した王妃はくすりと笑い、居並ぶ女官や宦官《かんがん》たちも口々に賞賛した。

そこへ国君の臨御を知らせる先触れが響き渡り、鴛鴦殿の全ての者が身をただした。

今朝は王が王妃とともに、嫡母である太妃に挨拶《あいさつ》をすることになっている。

王妃は宝座を退き、女官たちの前に立って拝跪《はいき》する。そして颯爽《さっそう》と入ってきた王を迎えた。鈴玉ももちろん主人にならったが、ちらりと王の龍顔《りゅうがん》を盗み見た。

二十代半ばの若き主上は潑剌《はつらつ》とした印象を人に与え、秀でた額に思慮深そうな眼差《まなざ》し、整った鼻梁《びりょう》、それとは対照的に悪戯《いたずら》っけを帯びた唇には、朗らかな笑みを浮かべている。

視線を感じたのか、王が鈴玉を見返してきたので、彼女は慌てて下を向いた。

——賢君と誉れ高い王さまだけれども、お姿も素敵ね。まるで小説に出てくる主人公そのまま。「偕老同穴《かいろうどうけつ》」とは無縁の御方なのに、嫌だわ、胸がどきどきする。

王妃は、自分の背後にいる若い女官の心の乱れはつゆ知らず、「ようこそお越しなされました、主上」と夫に微笑みかけた。

「うむ」と頷《うなず》きかけた王は、林氏を一瞥《いちべつ》して驚きの様子を見せる。

「どうなさいましたか？」

「雰囲気が、いつもと異なるような……」

「お気に召しませぬか？」

「いや、そのままで良い」

そして、双眸《そうぼう》をきらめかせて唇の端を上げた。

「正直に言って、来る殿舎を間違えたかと思った。いつも以上に美しい」

「まあ、お戯れを」

王妃が笑みを含んで夫を咎《とが》め、王も照れを隠すように天井を向いて哄笑《こうしょう》した。女官たちも笑いをこらえきれない。

「お褒めのお言葉を頂戴《ちょうだい》して嬉《うれ》しゅうございますわ。実は、こちらの鄭女官が服や宝飾を選んでくれたのですよ」

当の鈴玉は、いきなり名指しされてびっくりした。王は彼女に頷いてみせる。

「我が妃の美点を引き出すように工夫したのだな、鄭女官。なかなか見事な仕事ぶりだ」

「いえ、勿体《もったい》ないお言葉で……」

――初めて、王さまよりお言葉を賜った！

鈴玉はもう倒れそうで、どうやって拝礼したのかも覚えていなかった。

「いつもの元気さはどこにやった？　鄭女官」

鴛鴦殿の主人はからかうような眼差しを鈴玉に向け、再びその場には笑いが満ちた。

そして、王妃は女官長に促されるまま、王とともに太妃の御殿に向かった。

「何をにやにやしているのよ、薄気味悪いわね」

身支度道具の片付けをしながら、香菱が肘《ひじ》で鈴玉をこづく。いつもなら必ず何か言い返す鈴玉も、「えへへへ」と笑うばかりだった。

「だって、王妃さまのお気に召したばかりか、主上からもお言葉を……」

「それはわかっているわよ」

香菱は相手の締まりのない口元を見やって、「処置なし」とばかり首を横に振ったが、声を落として囁《ささや》いた。

「でもまあ、あなたに下心があるとしても、結果的には良かったわね。私も、王妃さまが王さまにお褒めの言葉を賜るのは嬉しいものだし。もし王さまのお目にとめていただければ……ひょっとしたら、あなたの出世の糸口になるかもよ？」

「出世？」

実のところ香菱に言われるまで、鈴玉は出世やら、家門再興やら、そんなことはすっかり忘れていた。

――そりゃ、香菱の言う通りだけど。ええ、もちろん自分の望みや志は捨ててないわよ。でも私は、何でこんなに仕事に夢中になっているんだろう？

第二章　鈴玉、大いに後宮を鬧《さわ》がせる

一

「あなたも物好きねえ、こんなことにまで手を出すなんて」

「ん？」

振り向いた鈴玉は香菱と眼を合わせた。二人は萩《はぎ》の手入れに取り掛かっているところである。

ついに鈴玉は、髪飾り用の生花をただ後苑《こうえん》で手に入れるだけでは飽き足らず、後苑の統轄を行う宦官との交渉の末、一角にあるごく小さな畑を借りることに成功した。

いまは「師父」――秋烟や朗朗の師匠で、草木を育てる名人という老宦官の指導を受けながら、花卉《かき》の栽培に取り組んでいる。さすがに一からではなく、師父が分けてくれた数種類の花の面倒を見つつ、自分でも苗や種から育て始めた。そんなこんなで、鈴玉は多忙な毎日を送ることになってしまった。

また、香菱とは相変わらず仕事の上でも女官部屋でもぶつかることは多いが、最初の頃より上手《うま》くやっていく術《すべ》も身につけつつあった。

「そういえば、あなた、自分が陰でどう呼ばれているか知っているの？」

油虫よけの酢水を萩に吹きかけながら、香菱がちらっとこちらを見る。

「何よ」

「出回っている艶本《えんぽん》を読んでいるんでしょう？」

「もしかして、香菱も読んでいるの？」

「馬鹿言わないで、鈴玉じゃあるまいし。何でもあなた、どこかにいる作者に続きをしつこく催促しているって？　で、本を手に入れたら入れたで、涎《よだれ》を垂らしながら読んでるっていうじゃない。私たちと同室なのに、こそこそやっているのね」

「香菱、どこからそんな話を……」

自分のことがなぜそれほどまでに知られているのか、鈴玉には見当もつかない。

「とにかくそんな感じであなたのことは噂になっていて、まあ最初は『ふくれっ面女官』『河豚《ふぐ》女官』、次に『艶本女官』、ああ、『好色女官』『色事女官』っていうのもあったわ」

「艶本女官？」

鈴玉は怒りで身体を震わせた。

「あ、でもいまは別のあだ名で呼ばれているから、安心なさいな」

疑惑に満ちた視線を送る鈴玉に、香菱はにやりと笑ってみせた。

「『泥人《でいじん》女官』。泥人形のように、泥土にまみれて庭仕事しているからって」

「ふん、言わせておけばいいわ。馬鹿ばかしい」

河豚女官は、つんとして目の前の萩に向き直る。

「それにしても、あなたってそんなに凝り性だった？　それとも、家門再興のためなら遠回りの道でも頑張れるってこと？　せっかく湯内官や謝内官と仲良しなら、花の栽培を任せたらいいじゃない。何も鈴玉が自分で育てなくても……」

「だって、思う通りに育ててくれるかどうかわからないでしょ。それに花がどのように育って、いつ咲き頃なのかをよく分かっていないと、衣裳《いしょう》にも上手く合わせられないし。この色のこの花が欲しい、となるとやっぱり自分でやらなきゃ。いけない？」

「あらあら、いつの間にか仕事熱心になっちゃって、鄭鈴玉先生は。でもちゃんと勉強しなさいよ、この間は綺麗《きれい》だからといって夾竹桃《きょうちくとう》を育てようとしていたでしょう？　あれは毒があるのよ、気を付けないと」

「過去の失敗を責めないで。頭がいい人は、私の忘れて欲しいことをいつまでも覚えているから嫌い」

ぷっとふくれた鈴玉の頬には、泥がついている。香菱は相棒の面相にふき出した。

「何よ、何がおかしいのよ。香菱だって、結局私に付き合って畑仕事をしてるでしょ」

「何よ、今度は」

「そりゃそうよ、私がこっちの仕事を手伝って早く終わらせないと、あなたはいつまでも鴛鴦殿に帰ってきやしないじゃない。だから、仕方なくよ」

「手伝ってくれだなんて、頼んでませんようだ」

「まあ、相変わらず憎々しいわね、あなたって人は」

香菱は、汲《く》んであった桶《おけ》の水を掬《すく》いとり、ぴちゃっと鈴玉にかけてよこした。

「あっ、ひどいじゃない」

わあわあ言い合う女官たちを、午後の太陽が優しく見下ろしている。

ひとしきり騒いだ後、後苑を出たところで鈴玉は師父のもとに行く香菱と別れ、生花を抱えて鴛鴦殿の方角へと歩いていた。

――あら？

少し離れた太清池のほとりに集まる人々、その中心には一人の女性が佇《たたず》んでいる。眼にも鮮やかな緋《ひ》の大袖《たいしゅう》に濃い桃色の帯が目立ち、遠目にもただならぬ華やかさを匂わせている貴婦人だった。

目を凝らすと、周りを取り囲んでいるのは数人の宦官《かんがん》と女官だが、そのうちの一人は鸚哥である。彼女は鈴玉に気が付いたようで、貴婦人に近寄って何ごとかを囁いた。

――では、あの方が敬嬪さま？

貴婦人は鸚哥に頷《うなず》いてみせると池を回り、膝《ひざ》を折って目を伏せる鈴玉の前に立った。

――さすが権門のご出身で、王さまの寵愛《ちょうあい》も深いだけあるわ。

ちらりと見ただけでもわかる、呂氏の見事な衣裳と宝飾。金と宝玉で飾られた大きな釵《かんざし》、金糸や銀糸を使った贅沢《ぜいたく》な大袖、一目で優品とわかる翡翠《ひすい》の佩玉《はいぎょく》。

だが、それにもまして貴婦人の持つ匂やかさと艶やかさは「後宮の華」と呼ぶにふさわしく、彼女はすっかり当てられた気分になった。

「そなた、鴛鴦殿の女官だとか」

やや低く、深い声が紅の唇をついて出る。

「鄭鈴玉と申します。貴い御方にご挨拶《あいさつ》いたします」

一礼して姿勢を正した女官の名を聞いて、ほう、と敬嬪呂氏は片眉《かたまゆ》を上げた。

「そなたのことは知っている。不良の成績にもかかわらず鴛鴦殿に召し上げられた女官としてな。ふふふ」

彼女が首を振ると耳飾りの紅玉がきらめき、焚《た》きしめている濃厚な香が、ゆるりと立ち上って鈴玉の身体をも包んだ。

「ご存じでいらっしゃいましたか。恐縮の極みです」

「そなたは気が付かなかったやもしれぬが、私もあの場にいたからのう。遠くから『振り分け』を見ておった。惜しや、そなたが鴛鴦殿に行かなければ、我が殿で召し抱えようかと思うていた矢先だったのに――」

「私が、敬嬪さまづきに？」

鈴玉は心底驚いた。あの「振り分け」の日、錦繡殿に仕えたいという望みがまさか実現寸前だったとは。では、自分は家門再興の望みを早道で果たす千載一遇の機会を、わずかな差で逃してしまったことになる。

惜しいような、惜しくないような、諦《あきら》めるしかないような、まだ諦めたくないような、そんな複雑な表情を鈴玉がしていたからだろう、呂氏は一笑して彼女の両手を取った。まだ初秋だというのに、呂氏の手は磁器のようにひやりとしていた。

「私は生き生きとした人間が好きだ。『振り分け』の時のそなたは、後方にいても目を引いた。それはただ、そなたが持ち合わせているこの美貌《びぼう》のせいだけではない」

敬嬪に頬を軽く撫《な》でられ、鈴玉はびくっとして硬直する。

「ふふふ、なかなか可愛いところもあるのだな。どうだ、これを機会にしてそなたと私、縁を結ぼうかの？」

別れ際、呂氏は鸚哥に命じて鈴玉を鴛鴦殿へと送らせた。

「私のせいで、用事が滞ったことを叱られては気の毒だ。鸚哥が王妃さまに事情を伝えようほどに。鄭鈴玉、今日は立ち話のみだったが、いずれ我が殿にも来るが良い」

王妃と鈴玉に対する呂氏の細やかな心遣いがうかがえ、ありがたくその言葉を受け取った鈴玉ではあるが、実は鸚哥とはあの「実演」以来、顔を合わせるのは初めてだった。

理由の一つは、朗朗たちの艶本はあと一冊で物語が終わることが明らかなのに、なかなか出来上がってこないからである。それで、鸚哥と顔を合わせる機会もがくりと減った。そしていま一つは、例の「実演」の時に気まずくなり、疎遠になっていたからだった。

だが、いま二人は並んで鴛鴦殿への回廊を歩いている。

「ねえ、鈴玉」

口火を切ったのは鸚哥だった。

「あんた、良かったじゃない。あたしの敬嬪さまへの繋《つな》ぎも出来て、これで将来の出世は間違いなしよ」

鈴玉は眉をひそめた。

「敬嬪さまの覚えをいただければ、私は浮かび上がれるかもしれないけれど、あちらは私と知り合って何の得があるのかしら？」

「さあ？　でも損得勘定でなく、敬嬪さまのお優しさから出ているものだと思うけど」

ほつれた鬢《びん》を撫でつけた拍子に鸚哥の袖がめくれ、翡翠の腕輪が覗《のぞ》いた。一介の女官が身につけるには贅沢な、緑色も鮮やかな逸品だ。鈴玉は反射的に、自分の細い銀の腕輪をさっと袖のうちに隠した。鴛鴦殿では主人の性格を反映して、女官もごく地味な腕輪か、小さい簪《かんざし》を挿すことくらいしか許されていないのだ。

鈴玉の視線の先に気が付いたのか、鸚哥は得意満面になった。

「ああ、これは錦繍殿に勤めて一月《ひとつき》めに、敬嬪さまから頂戴《ちょうだい》したのよ」

鈴玉には、翡翠の光が眩《まぶ》しかった。

「贅沢なものね」

「あら、このくらい錦繍殿では普通よ。宦官には帯の佩玉、女官には耳飾りや腕輪。敬嬪さまはいつも『良い働きをしているから』と、惜しみなく高価なものを下さるわ。それで、あたしたちも働き甲斐《がい》があるわけ」

「ふうん、そうなの。あなた、最初は『つまらない』と言っていたのに、錦繍殿に馴染《なじ》んできたわけね」

「まあね。鈴玉も見たでしょう？　敬嬪さまのご衣裳や飾りもの。一番大きな黄金の釵はどう？　あれに嵌《は》まっている蒼玉《そうぎょく》は、烏翠《うすい》国の使者からの贈り物で、王さまが敬嬪さまに下賜されたのよ。それからね……」

「烏翠だか烏骨鶏《うこっけい》だか知らないけど、そんな宝玉のことなんか知らないわ」

鈴玉は相手の長話を遮ったが、鸚哥は鈴玉の苛立《いらだ》ちなど気づかぬ様子で唇を舐《な》めた。

「まあ、近いうちに鈴玉は錦繍殿で働くことになると思う。だって、あたしの主人がお気に召したんだもの」

心を波立たせ戻って来た鈴玉に、王妃は変わらぬ優しげな表情を向けてきた。

「敬嬪と会って、話をしたとか」

「はい、お話しいたしました」

「どのようなことを？」

「ええと、私を錦繍殿に召し抱えたかったと仰《おっしゃ》ってました」

鈴玉は鸚哥の腕輪の件でくさくさしていたので、やけになって正直に答えてしまった。

林氏はゆっくりと口の端を上げた。

「ふふふ、なるほど。華やかな花園には、より華やかな花を植えて愛《め》でたいものでしょう。鈴玉、そなた自身はどうか。錦繡殿へ移りたいと思ったか？」

「えっ……」

思いもかけぬ話の転がり方に、鈴玉は眼を丸くした。

「移りたく思えば、いずれは移っても良い。でもまだまだ、鈴玉は我が殿で修業しなければ。だから、いまは叶《かな》わぬ」

──移っても良い？　王妃《ひ》さまは、私をずっとお抱えになるつもりはないの？

林氏の不可解な態度に首を捻りながら鈴玉は御前を退出し、自室へ向かう途中で足を止めた。付近の建物の陰からぼそぼそと話し声が漏れている。

「あなたのお兄さまはまた、あなたが渡した俸禄《ほうろく》を使い込んだの？」

「ええ。どうしよう」

涙でも流しているのか、くぐもった声は明月のもの、そして相手は香菱だった。

「私がこんなことを言うのも何だけど、お兄さまはこれで何度めよ？　あなたからお金をせびり取っていくの」

それには答えず、代わりにかすかなすすり泣きが聞こえてくる。

「妹は綿袍《わたいれ》も持っていないのよ。これからあっという間に秋が過ぎて、冬が来るのに。

家族への仕送りも思うに任せない、こんな状態では年を越すのも……」

「だから、お兄さまときちんと話して、もうお金のことで迷惑をかけないと約束させなさいよ」

「でも香菱、そうできたら苦労はないわよ。兄は錦繍殿づきを鼻にかけてやりたい放題なんだから」

聞き耳を立てていた鈴玉は、「錦繍殿」の一語にどきりとした。先ほどの呂氏との邂逅《かい》《こう》では、鸚哥以外の宦官《かんがん》や女官は覚えていないが、あの場にも明月の「兄」がいたのだろうか。そういえば、彼女は以前「兄が宦官として働いている」と言っていた。

「まあ、私も家族に悩まされているのは明月と同じだけどね。うちの実家は、父が後妻を迎えて異母弟が生まれたら折り合いが悪くなって、居づらくなって。それが入宮の一番の理由」

「香菱、あなたも大変だったのね……」

「ふふ、そんな顔しないで。私は自分の選択を後悔していないから」

――明月も香菱も、それぞれ事情があるのね。

鈴玉は、足音を忍ばせてその場を離れた。

自室に戻った鈴玉は一息つくこともなく、今度は懐に薄い冊子を忍ばせて再び後苑《こうえん》に出かけていく。

二

師父の小屋近くにある奇岩の脇では、謝朗朗が庭仕事の道具を丹念に手入れしていた。

「やあ鈴玉、久しぶりだね。どうした、『不出来女官』は返上かい？」

「何よ、その挨拶《あいさつ》は。『不出来女官』？」

朗朗は白い歯を見せて笑った。

「うん、皆が君のことをそう呼んでいたからね。でも、このところ姿を見せなかったから、真面目に働いているんだと……」

「皆がみんな、私に勝手な名前をつけているのね、失礼しちゃう。そうよ、せっせと働いていたわよ」

鈴玉はむくれたが、肝心の用件を思い出して懐に手を入れた。

「はい、あなたたちの本を読んだり『実演』を見せてもらったりしたでしょう？　で、気が付いたことや感想を書きとめておいたの。良かったら読んで」

「ありがとう、助かるよ」

冊子を受け取って喜ぶ朗朗を前に、鈴玉は肩をそびやかした。

「礼なんていいから。それより、あと一冊でいまの物語は完結なんでしょ。早く書いてちょうだいな。今日はこれを餌に、続きの催促をしに来たのよ」

朗朗は「参ったね」と呟《つぶや》き、手で自分の額をぽんと叩《たた》いた。朗朗の口調や言葉一つとっても、「朗朗快活」いや違う、「明朗快活」という言葉がこれほど似合うものはない。

「それはそれは、お心遣いありがとう。でも、完結部分を書くのは、相棒の持ち分なんだよ。彼、決着のつけ方に悩んでいるみたいでね」

鈴玉はふくれっ面になった。

「あともう少しで終わるのに、ここに来てお預けなんてひどいじゃない」

彼女が抗議がてら手で軽く朗朗をはたくので、朗朗は腕で防戦せざるを得なくなった。

「ごめんごめん、いま秋烟は使いに出ているけど、帰ってきたら伝えておくからさ」

鈴玉は秋烟の名を聞き、上目遣いに朗朗を見た。

「……ねえ、朗朗は秋烟のこと、どう思っているの？」

「どうって？　彼は友達で同僚だよ、他に何かあるの？」

きょとんとして問い返す朗朗は、鈴玉の言葉の含意には気づかぬようである。

「別に、何でもない」

いきなりおかしなことを言うね——そんな様子で悪戯《いたずら》っぽく笑った朗朗だが、雲に隠される太陽のように、ふっと表情を曇らせた。

「そういえば、鈴玉は外朝の動きについて何か噂を聞いているかい？」

　鈴玉は首を傾げた。「外朝」とは、王が政治を行う空間を指す。

「外朝の噂？」

「私は何も知らないわよ」

　鴛鴦殿では滅多に政治の話は出ない。後宮が朝廷の政治に介入するのを避けるため、そして王妃の考えが不用意に外に漏れるのを防ぐためでもある。

「だったら安心だけど……でも気を付けて。外朝が不穏らしいんだよ。これで政変か何かが起これば、僕たち後宮の人間も巻き込まれてしまうからね。特に鈴玉は鴛鴦殿づきなんだから」

「政変？　何か起こりそうなの？」

「うん、実はね……鈴玉も、長らく権門が幅を利かせて主上のご政道を妨げているのは知っているよね？」

　涼国では現王が即位する以前から、敬嬪呂氏の実家を含めた四大権門が中心となって政治をほしいままにし、王権との緊張関係が続いていた。

「昨年も、主上が凶作のため租税を軽減しようとなさったら、権門の連中がさんざん盾ついてさ。まあ、主上も強《したた》かでおわすから、権門連中の離間を計ったり、駆け引きなさったりしてようやく成功した。でも、この頃は連中がおとなしいんだ、不気味なほどにね。それは決して良いことではなく、事件が起こる予兆だともっぱらの噂さ」

「後宮の外では、そんなことになっているのね」

「そうさ。で、俺たちが最終巻をなかなか出さないのも大きな理由はそれなんだよ。秋烟の筆が進まないせいもあるけど、出す間合いを計ってもいる。下手なことをして、政変に巻き込まれたら大変だろう？」

なぜ政治と艶本《えんぽん》の話が結びつくのかは鈴玉にはぴんと来ず、曖昧《あいまい》に頷《うなず》くほかなかったが、朗朗は決していい加減なことを言う人間ではないので、彼の忠告を胸にしまっておくことにした。

その数日後の昼下がり、鈴玉は敬嬪呂氏の錦繡殿に招かれていた。女官としてはあり得ぬことながら、呂氏とともに卓につき、茶菓子のもてなしを受けている。

「あの、私はただの女官です。尊い御方と席をともにすることは……」

「宮中の規則に触れると？　良いではないか。ふふふ、今日は全て王妃さまにお許しをいただいているゆえ、案ずるでない。一度、そなたとはゆっくり話をしてみたかった」

白磁に五彩で繊細な絵付けをされた茶碗《ちゃわん》、それに注がれるのは最高級の茶。鈴玉は呂氏に茶葉の名を伺ってはみたが、何やら小難しい名前で覚えられない。そして、勧められるがまま砂糖菓子を口に入れると、舌の上でふわっととろけ、上品な甘みが広がる。

「どうじゃ？　鴛鴦殿の格式には及ばぬだろうが、この錦繡殿にも後宮暮らしの慰めとなるものは揃っておる」

呂氏は紅も匂やかな唇を開いて、くくくっと笑う。

「それにしても、王妃さまが女官の『振り分け』の日に、そなたをお手元に引き取ったのには、感心させられた」

「どういうことでしょう？」

呂氏は直ちには答えず、茶碗に手を伸ばす。

「そなた、自分の主人のことをどう思うか？」

「王妃さまですか？」

鈴玉は首を傾げた。先程から、この貴婦人の言葉が謎めいて聞こえる。

「そうですね……まことにお優しく、慎ましいお方だと心得ます」

呂氏はそれを聞くや、鋭い笑い声を上げた。鈴玉は思わず身をすくませる。

「はっ！　確かに！　王妃さまはこの上なく優しいお方だ。だがそなた、それだけか？　そなたは見習いのときには上に反抗的で、鴛鴦殿に配属された後も揉《も》めごとばかり起こしていたと聞くが、ずいぶん『良い子』な答えをするのだな」

「…………？」

「『後宮の華』は卓越しに身を乗り出して、こちらを覗《のぞ》き込んだ。

「鴛鴦殿の主人たるもの、ただ『お優しい』だけではつとまらぬ。時に冷酷にも非情にもなり、場合によっては親きょうだい、子飼いの者を切り捨てるほどの覚悟がなくては、王妃の地位を保てぬ。そう、あの方も例外ではない。ふふ、そのような驚いた顔をするな。意外だったか？」

「いいえ、……ええ、とても」

鈴玉は首を曖昧に振った。

「では、その王妃さまがそなたを手元に引き取られた理由を当ててみせようか？」

「理由、ですか」

「よもや、単なる気まぐれで王妃さまが動かれたと思ってはいまいな？　ははあ、その顔つきを見たところ図星であるな。そなた、この宮中で頭角を現したいのであれば、自分の考えをやすやすと表情に出すでない」

恥じ入る鈴玉の右手を、呂氏は自分の両手で包み込む。

「そう、そなたは美しい。艶やかな黒髪、星のように輝く瞳《ひとみ》、蓬萊《ほうらい》山に積もる雪のごとき肌。私から言わせてもらうと、そなたは主上がお好みになる女性の美しさを持っている。だからこそ、王妃さまはそなたをお側近くに置いた……主上の訪れも少ない鴛鴦殿で、そなたを監視するためだ。王妃さまの御胸《みむね》のうち、私はそう拝察するがのう」

「そんな……」

鈴玉は予想外のことを言われ、絶句した。

だが、あり得ないと思いながらも、王妃に対する自分の気持ちにぽつんと黒い染みがつき、みるみる広がっていく。そんな彼女の心の揺れを見透かすように、呂氏は意味ありげな笑みを浮かべた。

「まあ、これはあくまでも私の推察――いや、邪推にすぎないだろう。つまらぬことを言った、許せ」

「いいえ。許せだなどと、滅相もございません」

恐縮する鈴玉は、外の回廊を駆けるごく軽い足音に気が付いた。振り返ると、五歳ほどの男の子が、入り口にかけられた帳《とばり》をするりと通り抜けてくるところだった。

「ははうえ！」

髪を童形のそれに結い、若草色の衣に身を包んだ貴公子。鈴玉は慌てて立ち上がった。彼は真っすぐ母に駆け寄り、息を切らせてその膝《ひざ》にしがみつく。

「母上、優蓮《ゆうれん》がぼくの毬《まり》を隠しちゃって」

優蓮とは、呂氏が産んだ公主の名である。母親は微笑み、息子の髪を撫《な》でた。

「おお、そうか。でも心配せずともよい。あの子から毬を取り戻してみせようほどに」

母親の一言で納得したのか、童子は傍らの鈴玉には眼もくれず、踵《きびす》を返してぱたぱたと駆け出していった。

「雪恵《せっけい》公子さま？」

半ば呟《つぶや》きのような鈴玉の言葉に、呂氏は頷いた。

「そうじゃ。王の一番上の男子ぞ。いずれ重責を担う立場ではあるが、学問には興味を示さずあのように……困ったことだ」

その口調とはうらはらに、敬嬪の表情はとろけんばかりになっている。

——まあ、そりゃとろけもするでしょうよ。何と言っても、王妃さまにこのまま男子がお生まれにならなければ、あの雪恵さまがいずれ世子となり、最終的には玉座におつきになるのだから。それにしても、王妃さまがこの方の仰《おっしゃ》るような策謀家とは、とても思えないけど……いいえ、ここは宮中。何があってもおかしくないのだから。

慎ましやかな王妃と華やかな呂氏、路傍の花と大輪の牡丹《ぼたん》。容貌《ようぼう》も性格も何もかも、互いに逆を行く二人。そして、いまの鈴玉の気がかりは、その可憐《かれん》にも見える路傍の花に棘《とげ》が隠されてやいまいか、ということ――。

ふと、窓の外の日差しから夕方が近いことを知った鈴玉は、錦繍殿の主人に丁寧に暇《いとま》を告げた。すると、呂氏は茶菓子の残りや茶葉を与えてくれたが、鈴玉だけでは持ち切れないほどの量だったので、若い宦官《かんがん》を一人つけてくれた。

その宦官は、お茶の時間じゅう呂氏の傍らに侍《はべ》っていたが、鈴玉にもしばしば思わせぶりな視線を送ってきたので、気にはなっていたのである。二人は黙々と歩いていたが、宦官は横目で鈴玉を見たかと思うと、口を開いた。

「鴛鴦殿に、薛明月という女官がいるね」

「ええ、おりますけど。それが何か？」

宦官はにやりとした。

「妹なんですよ、実は。俺は薛博仁《はくじん》といいます」

鈴玉は思わず立ち止まり、眼をぱちくりさせた。

「何ですって？　じゃあ、あなたは明月のお兄さま？」

――ああでも、そういえば明月に似ているかも。三日月型の眉《まゆ》とか、やや下がった目《め》尻《じり》とか、少しぽってり気味の唇とか。

妹の俸禄《ほうろく》まで使い込み、錦繍殿の威光を笠《かさ》に着てやりたい放題という明月の兄。鈴玉は一歩離れ、改めて相手を検分したが、ぱっと見には悪目立ちしない、どちらかというと妹と同様に人好きがする容貌である。

だが、鈴玉は彼に違和感を覚えた。笑っているようで笑っていない顔、優しげな中にも、鋭さと抜け目なさとを兼ね備えた眼――こう見えるのは、鈴玉が香菱と明月の立ち話を聞いてしまい、本人を目の前に警戒しているからだろうか。でも確かに明月とは似た顔立ちなのに、雰囲気は全くと言っていいほど異なっている。

「君のことは明月から聞いたんだ。鴛鴦殿で仲良くしていて、志を持つ君を応援したいってね。ところで彼女は元気でやっているだろうか？」

「ええ。王妃さまの覚えもめでたく、朝から晩まで良く働いていますよ。明月は賢くて優しい、いい妹さんね。私と職掌を交換してくれたので、彼女には感謝しているの」

「職掌？　何の？」

「衣裳係《いしょう》よ」

鈴玉は誇らしげに胸を張り、博仁は左右に眼球を動かした。

「ふうん。じゃあ、あれは君のお手柄だというわけだ」

「手柄？」

「うん。このところ、主上は王妃さまを以前よりもお心にかけておられるともっぱらの噂だよ。それには、王妃さまのお召し物や雰囲気が変わられたのも大きいって。さすが有能な女官が鴛鴦殿には揃っているともね。特に、衣裳係が腕利きだと」

「そんな噂が……」

「河豚《ふぐ》女官」やら「好色女官」やら、そのような不名誉なあだ名だけではなく、自分を評価してくれる者もいることがわかって、鈴玉もまんざら悪い気はしなかった。

「でもさ」

博仁は顔をぐっと鈴玉に近づけた。

「君が頑張るのは、自分のお家再興のためだろう？　言葉は悪いけど、王妃さまが主上の寵愛《ちょうあい》をもっとお受けできれば、君もそれだけ浮かび上がれるわけで」

「なっ……それじゃ、まるで私が利己的なだけの人間みたいじゃない」

鈴玉は初対面のこの宦官が、なぜそのようなことを言ってくるのか、見当もつかない。

「君にはもっと近道も用意されているんだよ。気が付かない？」

「何が言いたいの？」

博仁はまたもにやりとする。

「『寄らば大樹の陰』という言葉もある。ねえ、大樹の指している意味はわかるよね？」

鈴玉はだんだん苛立《いらだ》ちを覚えてきた。

「わかったわよ、どなたを指すかってことくらい。でも、どうしようもないじゃない。

私が錦繍殿に移れる可能性は、いまのところ……」

それを聞くや、博仁はざらついた笑い声を上げる。

「殿舎を移らなくても、うちの主人に協力できることはあるんだよ。例えば、日々の暮らしのなかでの『色々なこと』を知らせて差し上げるとか、ね」

女官は露骨に嫌な顔をした。

「つまり、私に間者になれってこと？」

博仁は射殺すような目線を向けられても、すっと受け流した。

「ずいぶん人聞きの悪い言葉を使うね？　鄭女官」

「ああ、そりゃ敬嬪さまには利益になるでしょうよ。私が間者になって見聞きしたことを錦繍殿に流して、敬嬪さまが私をいっそうお気に召してくだされば、私にとって立身出世の近道かもしれないわ。でもこれだけは言わせて。——私は、他人に利用されるのは嫌いなの」

鈴玉はあえて言葉の礫《つぶて》を浴びせてみたのだが、相手はびくともしない。

「ふふふ、君は本当に活《い》きがいいね。我が主君がお気に召すだけある。だけど、どこまで君の強情が持つか……楽しみでもあるな」

鈴玉はすっと眼を細める。

「あなたのいま言ったことは、敬嬪さまのご内意？　それともあなたの一存で？」

「さあ、どうだろうね？」

彼の言葉の紡ぎ出し方は糸を吐く蜘蛛《くも》のそれにも似て、鈴玉の背筋をうすら寒くさせた。

──この私が、たかが一人の宦官にびくつくなんて。

「まあ、気が変わったらいつでも錦繍殿においで」

鴛鴦殿に帰り着き、王妃に口上を述べて引き返す博仁を見送りながら、彼女は「お断りよ」と毒づいたが、ふと、先日の明月のすすり泣きを思い出した。

──明月もあの兄では苦労するわよね。そうだ。宮中に上がってから、お父さまにはお手紙も何も送ってなかった。そのうち綿袍《わたいれ》でも作って送ろうかしら。

そして、鈴玉は自分からも改めて王妃に帰参の報告をしたが、王妃はいつも通りの柔和な表情で頷《うなず》き、錦繍殿からの数々の土産を同輩たちと分けるよう許してくれた。

だが鈴玉は、鴛鴦殿を出る時と帰ってきた時とでは、全く別の殿宇にいるかのような気持ちになっている。

というのも、呂氏の言葉がどうにも頭に引っかかっていて、林氏の温顔、優しい声と鷹揚《おうよう》な態度、それら全てが入念に作り上げられた仮面なのではないか、ひょっとして自分もゆくゆくは鴛鴦殿から追放されるのではないか、という疑念にとらわれてしまう。

自分の主君を信じたくても、ともすれば不信がするりと忍び込んでくる。そうなると、再び仕事にも力と熱が入らなくなってきた。

「あなたこの頃、衣裳選びに『切れ』がないわよ。畑仕事でも師父に叱られたばかりでしょ。慢心して仕事を疎かにしているんじゃない？　それとも何か心配ごとでも？」

勘の鋭い香菱にぽんぽんと責められ、口をとがらせて言い返したものの、相手の言うことは正鵠《せいこく》を射ているだけに、鈴玉はたじたじとなった。

——ああ、全くどうかしている。こんな落ち着かない気持ちを引きずるのは嫌。

三

平素は静かな鴛鴦殿も、九月九日の重陽節《ちょうようせつ》は夜になるまでざわざわと人の声や足音が絶えない。宮廷人の観賞に供するため殿庭には菊の鉢が並び、この日は女官や宦官も無礼講で、卓上に置かれた菓子や果物、酒などを自由に楽しむことができる。

外朝での重陽の宴《うたげ》から後宮に戻って来た主上は鴛鴦殿に足を向け、林氏と菊花酒を、ついで寝しなの白湯《さゆ》を飲みながら歓談していた。

王妃は菊が刺繡《ししゅう》された服を身につけ、同じく菊を模した可憐《かれん》な耳飾りをさげている。彼女が何やら主上と話し、俯《うつむ》いて笑いを漏らすたび、紫水晶を連ねた歩揺《ほよう》の飾りがさらさらと音を立てる。

「御寝《ぎょし》のお仕度ができました」

寝室担当の女官が報告すると、王が先に、一拍遅れて王妃が立ち上がる。林氏は酒と恥じらいのためか、ほんのりと頰が赤く染まっていた。夫は妻を腕のなかに包むように寄り添い、寝室へと続く帳《とばり》を開けた。女官と宦官一同は「お休みなさいませ」と拝跪《はいき》して、後ずさりに下がる。

そのまま鈴玉は主人の寝室を見守っていたが、明かりが消えるのを確認し、ほっと息をついた。王妃に対するもやもやが胸に残っているとはいえ、少女のような恥じらいを見せ、花が似合う林氏を見ていると、やはり疑い抜くことは難しかった。

そんな彼女に、黄愛友《こうあいゆう》という、顔見知りの先輩女官が囁《ささや》きかけた。細面ですらりと高い上背を持ち、主上づきの証《あか》しである紅玉と銀の簪《かんざし》を挿している。

「ああ、良かった。重陽の節句に主上がこれほどまで王妃さまにお心をかけられるとは。昨年まで、夜はここで少しの間お過ごしになるけど、早いうちに側室の殿舎に輿《こし》を回し、先方に宿ることのほうが多かったから」

「そうですか――」

大切な宮中行事が終わった疲れからか、鈴玉は半ば上の空で返事をし、自室に戻って布団に潜り込んだ。そのまま泥のように眠り――。

ぽとん。

床に何かが落ちた音がして、目を覚ました。その響きは小さなものだったので、彼女は寝返りを打って再び眠りの海に戻るつもりだったが、ふと気になって身を起こす。寝台から床に降りると、小さくひねった紙の包みがあった。眼を上げて紙窓《しそう》の破れを確認する。ここを破って投げ込まれたものであろう。

何かの予感に心臓の鼓動を早くさせながら、鈴玉は紙を開いた。中には重りがわりの小石が入っており、紙には誰の筆跡かはわからぬものの、何かが書きつけてあった。

――後苑《こうえん》の畑を見てみよ。

胸騒ぎがした鈴玉は、急いで女官の服を摑《つか》む。

「どうしたの？」

寝ぼけ眼で起きてきた香菱には答えず、鈴玉は手早く着替えを済ませて走り出した。

「待って！　鈴玉」

東の空は白みかけており、そろそろ後宮全体が目を覚ます頃合いである。後苑の春鳥門は既に開いており、顔なじみの門番に事情を話して通してもらった。

池を回って築山《つきやま》の裏手、そこが鈴玉の畑だ。踵《かかと》に翼を生やしているのかと思うほど速く、彼女は先を急いだ。

「あっ……」

自分の畑に辿《たど》り着いた鈴玉は、その場で棒立ちになった。

育てていたはずの秋の花……小菊も撫子《なでしこ》も、全てが痛々しい姿を晒《さら》していた。根を引きちぎられ、茎の途中から刈り取られ、無残に花は踏み潰《つぶ》され――。

「だ、誰が……」

一足遅れて同輩に追いついた香菱も、異変を目の当たりにして言葉を失った。鈴玉はのろのろとしゃがみ込み、泥にまみれた鶏頭《けいとう》の滑らかな花を撫《な》でた。

「ひどいことを」

香菱は呻《うめ》き、やはり鈴玉の隣に腰を下ろす。

「宦官《かんがん》か、女官か。いずれにせよ、後宮の人間の仕業──おそらく、側室の誰かが部属に命じたんだわ」

鈴玉は無言のまま、その指は可憐な菊の残骸《ざんがい》を探っている。彼女はふと、王妃の言葉を思い出した。

──その皿を一枚作るにも、何人もの手と何か月もの時間がかかっている。迂闊《うかつ》に割られたとあれば、皿も作った者たちも悲しむであろう。

自分が何の思い入れもなく割った青磁の皿と、踏み荒らされた花々とが重なって見え、涙がにじんだ。

香菱は口を開いたが、まるで自分に言い聞かせるかのようだった。

「多分こういうことよ。以前よりも王さまは王妃さまに寄り添い、お心を遣われるようになって、側室たちにはそれが脅威なのね。でも、たとえ権勢をお持ちでなくとも、王妃さまは王妃さま。他のどんな側室が息子を掌中に権勢を誇ろうともそれは変わらないわ。だから、こんなことで私たちが動揺してはいけないの」

香菱の言葉を聞いているのかいないのか、鈴玉は出し抜けに立ち上がった。一度は涙で潤んだ眼が怒りに燃え、爪の間に泥が入った両手は拳《こぶし》の形に握られ震えている。

「許せない。私の邪魔をするんだったら……」

そのまま猛然と駆け出そうとする鈴玉の腕を、香菱がむしっと掴む。

「ちょっと香菱！　離してよ！」

「いいえ、離すもんですか！　どこに行くつもり？　いいからこっちに来なさいよ……」

香菱は思いもかけぬ怪力を発現させ、鈴玉をずるずる引きずっていく。向かった先は後苑の南東の方角で、景観の邪魔にならぬよう設計された、ごく小さな平屋だった。

女官二人がわあわあと声を上げて互いに絡みつき、団子のようになりながらやってくる、その派手な物音に気が付いたのか、秋烟が戸口から顔を出した。彼と朗朗は、後苑の門が開く頃には宦官部屋からここに来て、仕事の準備をするのが日課だった。

「ええと、香菱？　鈴玉と一緒にどうしたの。朝早くから随分と賑《にぎ》やかだね」

息をぜいぜい言わせながら、香菱は告げる。

「師父《せんせい》はいらっしゃる？」

秋烟に促され、彼女たちが中に入ると、白髪痩身《そうしん》の宦官が座していた。その左右には、門神のお札のように秋烟と朗朗が対になって侍《はべ》る。

この老宦官は趙令運《ちょうれいうん》といい、庭仕事の統轄を行っている。また、鈴玉と香菱が畑仕事の手ほどきを受けている師父でもある。小屋は彼の住まいを兼ねた園芸仕事用のもので、内装は年季が入っているがよく整理されており、壁際には仕事用具がきちんと配列され、鎌の刃はみな研ぎ澄まされている。師父の前に置かれた、温かい湯気を上げる茶碗《ちゃわん》にも茶渋一つついていない。

「どうしたのじゃ？」

香菱によって前に押し出された鈴玉はしばし答えなかったが、「花が……」と一言呟《つぶや》くなり、拳をまた握りしめた。

「そなたの畑のことなら知っておる」

「ご存じでしたか」

香菱の驚きに、師父はわずかに頷いてみせる。

「鈴玉ったらすぐに先方に殴り込みに行こうとするので、こちらまで連れてきたんです」

「『先方』とはどこのことじゃ？」

師父の口から、囁きのような声が漏らされる。平素より、彼は決して大声を出すことはない。だが、この一見して物静かな風貌《ふうぼう》の宦官は、口を開けばそれだけで人を威圧するものを持っており、跳ねっ返りの鈴玉に対してもその効力を失うことはなかった。

とはいえ、今日の鈴玉は違っていた。顔を真っ赤にし、一歩前に踏み出す。

「どこって、そりゃ錦繡殿に決まっています、師父！　私が相手の思うようにならなかったといって、ひどい」

「うかつにその名を言うでない」

鈴玉は黙る代わりに、上目遣いで師父を睨《にら》んだ。

「そのような、獣《けだもの》のような目つきで師を見るとは不届き者が。第一、錦繡殿の者の仕業という証拠などあるのか？」

問われた鈴玉は唇を噛《か》み、下を向いた。秋烟と朗朗は、もの言いたげに互いの視線を交わす。令運はふうっと息をついた。

「本来ならば、鴛鴦殿の意向に従って外向きのことは何も知らず、何も聞かずに務めを続けるべきであろう。下手に政治に首を突っ込んだりすれば、ついには命を落としかねん。だが、何も知らねば防御の手段を講じることもまたかなわぬ、特に今回の『不穏な動き』にはな」

朗朗に続き、師父からも同じ言葉が発せられた。『不穏な動き』とは——。

「師父……」

息を呑《の》む女官二人を前にして師父は茶碗を取り上げ、唇をしめらせた。

「良いか。我らが主上はまれに見る賢君にあらせられるが、側室のかなり身分の低い方を母としてのお生まれゆえ、玉座を守るために、これまで権門との関係を考えながら政務を行ってこられた。それというのも父王さまは権門に強く圧迫され、心労のため早く離世されたゆえにな」

その父の後を承《う》けて即位した若き現王は、やはり権門の意を受けた婚姻をせざるを得なかった。権門の者たちはそれぞれの息女を側室として宮中に送り込み、その代わり、外戚《がいせき》の弱い林家の娘を飾り物として王妃に立てたのである。もとから外朝では四大権門を中心に官僚の党争が繰り広げられており、これに後宮が結びついているので事態をいっそう複雑にしている。

「だが問題は、既に公子や公主を挙げ、主上の寵愛《ちょうあい》を最も多く勝ち得ている錦繍殿。しばらくおとなしくしていたが、ここへ来て野心を隠しもしない。一つには鈴玉、そなたのせいじゃ」

「わ、私のせいですか？」

思ってもみなかったことを言われ、鈴玉の声がひっくり返った。

「主上と王妃さまは元から互いを尊重されてはいたが、そなたの働きで王妃さまが主上のお心をはっきり振り向かせたからじゃ。それに、呂氏が挙げた雪恵公子を世子に立てることについて、以前から王は慎重であられる。だから呂氏は焦《じ》れて実家や外朝の高官と結び、さまざまな策謀を巡らせていると聞く。だがもし王妃さまがこの先深いご寵愛を受け、男子をなせば、雪恵公子は出る幕なしとなる」

「師父、それでは王妃さまは……」

香菱は声を上げた。

「そうじゃ、王妃さまは何もせずとも、今後くだらぬ理由をつけられるか陥れられるかして、廃妃に追い込まれる可能性も皆無ではない。主上といえども、権門をうかつに敵に回せない以上は——」

やはりそうだった。鈴玉は苦い思いに心を満たされていた。呂氏ら錦繍殿の者が自分に近づいてきたのは、下心あってのことだった。でも鸚哥は？　あの友人までが、自分に対して胸に一物あるとは考えたくなかった。

えた。

「でも、このまま泣き寝入りは嫌です！」

眦《まなじり》に涙をにじませ、香菱に袖《そで》を引かれながらも抗議する鈴玉に、師父は鋭い視線で応《こた》えた。

「ぴいぴい喚《わめ》くな。後苑《こうえん》じゅうの樹木がそなたの罵声《ばせい》で縮こまってしまう、可哀そうに」

ゆえに、この老宦官は決して大声を出さない。それは弟子の鈴玉もわかっていた。

「わしも泣き寝入りせよなどとは言っておらぬ。だがいまそなたが拳を振り上げれば、身の破滅を招く。それこそが連中の狙いで、思う壺《つぼ》なのだから」

「…………」

「わかったな？　鈴玉も香菱も慎重に励め。自分たちの不始末一つで主君の命が危機にさらされること、よく覚えておくように」

師父に鬱憤《うっぷん》の捌《は》け口も封じられた鈴玉は憤懣《ふんまん》やるかたなかったが、そんな彼女を見かねたのか、朗朗が一つの忠告をしてくれた。

「ここで取り乱したりすれば、かえって向こうを喜ばせるだけだよ。何事もなかったかのように振る舞うんだ。花は俺たちのを分けてあげるし、畑の立て直しも手伝ってあげるからさ」

――それもそうね。でも、いつか見てなさい。こんなことで私が落ち込んだり、震え上がったりすると思ったら大間違いよ。

しかし、林氏は異変を見抜いたようで、差し出された生花の髪飾りと鈴玉の顔を交互

に見て、

「どうしたの？　今朝は顔色も冴《さ》えぬような……」

と下問された時には、「何でもありません」と返したものの、鈴玉は冷や汗をかいた。

畑の一件は香菱に口止めしておいたが、とりわけ主君には知られたくなかったのである。

四

秋も深まり冷え込んできたその日の朝は、鈴玉は前夜の宿直を終えて自室に帰り、寝床のなかで丸まったままうとうとしているところだった。

「鈴玉……鈴玉！」

呼ばれた当人はうーんと唸《うな》って、寝返りを打った。

「うるさいわねえ、やっと帰ってこられたんだから。寝かせてよ、正午に起きれば間に合うでしょ……」

耳を塞《ふさ》ごうとしたところ、ふっと自分の上に載っていたものが軽くなり、寝衣一枚の身体がいきなり冷気にさらされた。布団をはぎ取られた鈴玉は文字通り飛び起き、反射的に相手を睨みつける。

「香菱！　私に何の恨みがあってこんな」

抗議の声を黙らせるべく、同輩は一冊の本を鈴玉の顔に押しつけた。

「わっ、何？」

あの艶本《えんぽん》だった。しかも、彼女が待ちかねていた最終巻。鈴玉は半ば呆然《ぼうぜん》と、書物の表紙を見下ろした。

「どうして、いまこの時に……」

香菱は肩をすくめた。

「今、謝内官がやってきて鈴玉に渡して欲しいって。もしかして彼が艶本の作者だったの？　知らなかったわ。何だかすぐにでも読んで欲しいような口ぶりだったけど」

鈴玉はその質問には答えず寝台を飛び降り、扉を開けたが辺りには誰もいなかった。

「あなたはまだ寝ているし、渡そうとしているものは『あれ』だし、一度お引き取りを願おうかと思ったのよ。でも急いでいるようだったから」

──最終巻は、確か秋烟が書いていたはずでは？　しかも、私に真っ先に読んでもらいたかったとしても、なぜ朗朗はわざわざこんな時間にここまで来たんだろう。いつものように、後苑で渡せば済む話なのに。

香菱が鴛鴦殿に行ってしまった後、一人残された鈴玉は、寝台に腰かけて本を開いた。

〈その晩、子良は楼に宿り、愛麗と一夜の歓を尽くしましたが、彼の様子は何かを振りはらうかのように、荒々しく切羽詰まったものでした。愛麗は彼の激しい愛撫《あいぶ》を受けながら、背に回した腕に力を込めましたが、そうでもしないと、彼がどこかに消えてしま

いそうな予感に襲われたからなのです〉

確かにいつもの艶本の続きで、待ちかねた一冊ではあるが、どことなく筆致が異なる。

〈愛麗は、官憲に捕らわれた子良が心配でなりません。子良がおびき出されたのも、自分との偕老同穴《かいろうどうけつ》を貫くと宣言したためで、いまや彼は政敵によって生きる途を絶たれようとしているのです。愛を誓ったとはいえ、自分のことを諦《あきら》めさせれば子良の命は助かるはず……そう考えた愛麗に、もはや迷いはありませんでした〉

鈴玉の、字を追う目の動きがだんだん早いものになっていく。

〈彼女は決心すると、まず卓上の書刀を取って、愛用の琵琶《びわ》の弦をすっぱりと断ち切りました。次に、最も華やかな気に入りの服を身にまといます。ごく薄い藤色の襦裙《じゅくん》に、藤の刺繍《ししゅう》。若草色の帯。初めて子良が登楼した日も愛麗はこの服を着ていましたが、彼は口を極めて彼女の艶姿《あですがた》を褒めてくれたものでした。そして、いまの季節も藤咲く頃。

愛麗は楼を抜け出し、城下の南西に向かいました。陽水《ようすい》のほとりを歩き、木立を抜け――ついに崖《がけ》の上までたどり着くと、ほっと息をついて遥《はる》かな水面《みなも》を見下ろします。お慕いする気持ちも、命も何もかも、私の全てを差し上げます、子良さま。先の世でお待ち申し上げておりますゆえ、再び巡り合った暁には夫婦として添い遂げたいものです。そう彼女は呟《つぶや》き、崖から身を躍らせるのでした――〉

「違うわ」

そこまで読んで、鈴玉は力なく呟いた。秋烟は話の結末を大団円にすると決めていたはず。なのに、なぜこんな唐突で悲しく救いのない結末にするのだろう。しかも、改めてよく見ると、筆跡は朗朗のものである。

――朗朗が一人で書いたの？　秋烟はどうしたの？

不吉な予兆に慄《おの》きつつ首を捻《ひね》る彼女の耳に、外の廊下をばたばたと行き過ぎる数人の足音と、何かを呼ばわる声が聞こえてきた。

「おおい、仕置きがあるぞ。宦官《かんがん》が捕まって仕置きが行われるぞ！」

「養徳殿《ようとくでん》の庭で処分が下されるぞ！　艶本を書いた宦官が裁きを受けるんだ」

養徳殿は主《あるじ》のいない殿舎だが、その殿庭は処罰の場として使われることがある。

――宦官……宦官？　艶本！　まさか秋烟と朗朗が？

鈴玉は慌てて着替えると、散らかった寝床はそのままに、養徳殿に向かって走り出した。

――では、この結末は！

「朗朗……秋烟！」

一陣のつむじ風のごとく猛然と後宮を走り抜け、鈴玉が養徳殿の庭に駆け込むと、すでに宦官やら女官やらで、大きな人だかりができていた。

「お願いだから通してください！」

鈴玉はその分厚い人の輪にぐいぐい割り込んでいく。自分に対する舌打ちや罵《ののし》りをものともせず、彼女は最前列に這《は》い出た。真ん中の空間には、謝朗朗が殿舎の方角に向かい、身体に縄をかけられて引き据えられていた。ただ、鈴玉は後ろ姿しか見えないので、彼の表情までを知ることはできない。

朗朗の前には宦官長と副長、女官長をはじめ、後宮の高い職位の者が居並んでいる。

「謝朗朗！　では、そなたはこの艶本を一人で書いたと申すか！　偽りを言うな」

艶本を振りかざし、額に青筋を立てて、宦官長の劉健《りゅうけん》が怒鳴りつける。だが、朗朗は凛《りん》とした口調で「一人で書きました」と答えたきり、沈黙を守っている。

「我らを欺けると思うか！　そなたたちの寝室を捜索した際に出てきた抄本には、二人分の筆跡が見える。もう一人の名を答えよ！　おそらく同室の湯秋烟であろうが？　調べればすぐにわかるのだぞ」

「いいえ、湯内官ではございません」

――そういえば、秋烟はどこに？

鈴玉は辺りを見回したが、彼の姿はどこにもない。

不敵とも思える朗朗の返答に対し、処罰を担当する太り肉《じし》の宦官がずかずかと近寄り、鞭《むち》で思い切り背を打ち据える。朗朗は一声呻《うめ》いて、身体を前に崩した。人だかりからどよめきが上がる。劉健は声を張り上げた。

「謝内官！　ご禁制の艶本をぬけぬけと書くという重罪を犯したうえに、いい度胸だ。あくまで口を割らぬとあらば、ここで責め殺してくれる……」

宦官長の脅しは本物で、やるといったらやってのけるだろう。鈴玉は息を呑《の》んだ。

そこへ――。

「お待ちください！」

横合いから秋烟が進み出てきた。彼の表情は鈴玉からも良く見えた。唇を嚙《か》みしめ、決死の覚悟と見える真剣な光を、その切れ長の両眼に宿している。

秋烟は朗朗に寄り添い、叩《たた》かれた背をやさしく撫《な》でさすってやると、一歩退いて両膝《りょうひざ》をつき深々と敬礼した。その所作は人々からため息が漏れるほど見事なもので、「挙措の優雅さにおいて、湯内官の右に出るものなし」と宮中で謳《うた》われるのも、もっともなことだった。

「馬鹿っ、こんなところに出てくるんじゃない！」

朗朗に責められても顔色一つ変えず、秋烟はひたと正面を見据えた。その冷たく燃える気迫が辺りを払う。

「このたびの艶本を巡る騒動、罪は全て私にあります。私が一人で書いたものに相違ありません。謝朗朗は無関係です。どうかお信じいただいて、彼の放免と私への懲罰を願い上げたてまつります」

「うぬ、こやつめ！　二人して宮廷を愚弄《ぐろう》するつもりか、許さん！」

劉健は頭から湯気を出して怒鳴り散らしている。

「王妃さまのご来臨――」

そこへ先触れの声とともに、鈴玉の主人が香菱たち女官や宦官を引き連れ、姿を現した。王妃は後宮の統轄を第一の任とするのだから、騒動の場に来るのも当然である。

だが、宦官長や女官長はこの仕置きを王妃の鴛鴦殿に知らせていなかったようで、慌てふためき周囲を見回した。想定外のことゆえ、この場には宝座の用意もない。

しかし鴛鴦殿側は既に心得ていて、明月が持参した床几《しょうぎ》を開いて南向きに置き、林氏はそこにゆったりと座った。一同は揃って拝跪《はいき》し、また立ち上がった。

「宦官への重大な仕置きがあると耳にしたゆえ、足を運びました。宦官長と女官長は、おそらく私に告げる必要がないと判断したのでしょうが、宮中を揺るがすような罪とあらば、私も後宮の長として関わらぬわけにはいかぬ」

「御心を騒がせたてまつり、恐縮の極みでございます。何も王妃さまに知らさずにおこうと思ったわけではありませぬ。どうか、お許しのほどを……」

「むろん、許しましょう。そなたたちの忠心を疑うべくもない」

倉皇と頭を下げる劉内官を見やり、王妃は微笑んだ。その場には、痛いほどの沈黙が満ちる。

「さあ、処分を下すのであれば遠慮は要らぬ、そなたはそなたの役目を果たすがいい」

林氏に促されて劉健は咳払《せきばら》いをした。

「はっ、かたじけなきお言葉。ですが、その前に……。この度の艶本《えんぽん》につき、書いた者だけではなく読んだ者もまた存在したはずだ。しかも相当数の者が回覧していたと聞いている。読んだ者は正直に名乗り出よ！」

その言葉は、鈴玉の心臓をぐっさり串刺《くしざ》しにした。かねて自分も艶本の読者だと噂になっていたので、何人かの視線がこちらに注がれているようにも感じられたが、金縛りにあったかのように、何も言えず、何もできない。

「おらんのか！　誰も読んではいないと？　そんなはずはないが。ふん、まあ良い。みな職位や命が惜しいと見える。ならば、書いた者を厳罰に処するだけだな」

宦官長は罪人たちの前に立ちはだかり、見下ろした。

「では処分を申し渡す！　湯秋烟よ、そなたの言い分を聞き届けてやる。こやつが二度と筆を持てぬよう、両の手首を切り落とせ！　そのうえで後宮から永《なが》の追放を命じる！」

さすがに、秋烟の白皙《はくせき》の顔に動揺が走った。朗朗は縛られたまま、膝《ひざ》で宦官長ににじり寄る。

「お、お待ちください。手首を切り落とすなら俺のを……秋烟は無関係です！」

だが、再び鞭を振るわれたばかりか足蹴《あしげ》にされ、あえなく虫のように転がった。

手に斧《おの》を持った宦官二人が輪の中になだれ込んできて、秋烟を突き飛ばすと足で両手首を石畳に押さえつけ、斧を振りかぶる。殿庭の方々から悲鳴が上がった。

もう逡巡《しゅんじゅん》してはいられなかった。彼らを救うべく、鈴玉は空間の真ん中に突進した。そして、劉健と秋烟たちの間に割り込むと座りこんだ。

「お待ちください、私は艶本の読者です！　私こと鄭鈴玉は、最初の一冊から最後の一冊まで余さず読みました！」

友人を庇《かば》うように両手を広げ、鈴玉は声を張り上げた。

「しかも、嫌がる彼らに催促して無理やり書かせたのは私です！　罪に問うならば私一人にしてください！」

彼女は目の前のことに夢中で、王妃が無表情ながら眉《まゆ》を上げたのにも、香菱が「あの馬鹿むすめ」と小さく呟きざま、両手で自分の顔を覆ったのにも気が付かない。

「なっ……」

あまりの成り行きに、朗朗も秋烟も仰天して声も出ないようだったが、我に返ったのは朗朗のほうが先だった。

「宦官長《かんがん》、鄭女官は嘘を言っています！　彼女は無理に書かせてなどいません！　俺たちを庇うために……」

「そうです、鈴玉は今回の件には関係していません！」

一拍遅れて、秋烟も言い募る。鈴玉も興奮してひたすらに何ごとかを叫んでいるので、養徳殿の庭は大混乱となっていた。

「お前は確か鴛鴦殿の女官だな。ええい、うるさい！　うるさい！」

宦官長はびしびしと空で鞭を鳴らすが効果はない。人の輪からは、まるで蜂のはばたきのように叫びやざわめきが湧き上がっている。

その時、王妃が動いた。彼女がすっと立ち上がって辺りを見回すと、それだけでみな一斉に口をつぐんでうやうやしく拝跪し、また立ち上がった。

林氏は裁きの続きを促すように宦官長に頷《うなず》き着座したが、そこへ中年の宦官が近寄ってきた。高園《こうえん》という副宦官長で、かねて呂氏との密接な結びつきを噂されている人物である。彼は上目遣いに王妃を見て、ことさらに姿勢を低くした。

「僭越《せんえつ》ながら、宦官だけではなく、鴛鴦殿の女官もこの件に関わりありやなしや、となると後宮の監督を任ずる我ら宦官にも手に余る問題となりましてございます。かくなる上は、後宮を統べる御方のご裁断を賜るべきだと考えまするが、いかに……」

そして薄ら笑いを浮かべながら、みなの方へ向き直った。

自分が裁きの場に飛び出して行ったことで、王妃に大きな迷惑がかかっていることは鈴玉にもわかった。

鴛鴦殿の女官がこの艶本騒動に関わっていた、それが白日のもとに晒《さら》されたのでいまや王妃の面目は丸つぶれだ。しかも高園は宦官二人と子飼いの鈴玉の処分を王妃に委ねるとみせかけているが、もし采配《さいはい》を誤ればただでさえ弱い王妃の権勢はさらに衰え、呂氏の勢いが増すことになる。むろん、高園の真意はそこにあるだろう。

さすがの鈴玉もいたたまれずに視線を逸《そ》らしたが、ふと、人の輪のなかに鸚哥を見つけた。読者を問われた時に名乗り出なかった友人。彼女は眼が合うと、引きつったような、笑んだような微妙な顔つきになり、後ずさりして見えなくなった。

そして彼女がいた隣には、薛博仁が見えた。彼は口の端を上げ、いかにも楽しそうに鈴玉を凝視している。

——あいつ！　あの腐れ宦官！

「劉内官。副長はかく申しているが、それで良いのか？　宦官の長はそなたです。そなたの意をききたい」

王妃に問われた劉健は、一揖《いちゆう》して答えた。

「臣らは、王妃さまのご高配を仰ぎたく存じます」

林氏はふっと息をついたが、そこへごく若い宦官が馳《は》せてきて、王妃に拝礼すると小声で耳打ちした。林氏は頷いてみなに向き直る。

「いいでしょう。では私がこの三人につき判断を下すゆえ皆はよく従い、いささかも遺漏および違犯のなきように」

秋烟と朗朗が真っ先に頭を地につけ、鈴玉も慌てて身を低くした。

「艶本を書いたと称する宦官は二人とも背中への杖刑《じょうけい》四十とし、後苑《こうえん》の職務は免じる。なお、代わりの職務ならびに彼らの後任は宦官長が差配せよ。また、読んだと称する鴛鴦殿の女官は永巷《えいこう》に送る。ただし、三人ともに後宮からの追放はせぬものとする」

決して大きな声ではないが、王妃の命令は殿庭の隅々まで届いた。

――永巷送り！

鈴玉の顔から血の気が引いた。秋烟と朗朗も、鈴玉がここまでの重い科《とが》を課せられることになるとは思わなかったようで、顔を見合わせた。

「恐れながら王妃さま。大罪を犯したこの三人、最低でも後宮を追放にせねば、王妃さまの威厳を損ないましょう。そのようにご処分が軽くては……」

へらへら笑う高園の抗議に、林氏は微笑を返した。

「判断を私に任せるとは、そなたたちの申したこと。それに、杖刑も打ちようによっては死に至る恐れもあるし、また女官にとって永巷送りは軽い罰といえようか？　第一、このたびの艶本騒ぎ、読んだ者が一人だけなどとはあり得ぬでしょう。あまり彼らを責めると、今度はそちらが火傷《やけど》するのでは？」

穏やかだが反論を許さない口調と言葉の端々に込められた含意に、副宦官長も黙らざるを得ないようだった。そして、この輪の中にいる「読者」であろうか、互いに目配《めくば》せしたり、気まずそうな表情をしたりする女官や宦官がいる。

王妃はこれ以上の反論が出ないことを確かめ、頷くと袖《そで》を翻して立った。一同が拝跪をするなか、ただ鈴玉だけが頭を上げたままで、王妃もまた自分の女官にしばらく視線を据えていた。

そして王妃が去ったあと、秋烟と朗朗は監督の女官らによって引き立てられようとする鈴玉を心配そうに見た。

「僕たちを庇《かば》ってくれて有難かったよ。でも、まさか君が永巷送りだなんて……」

だが鈴玉は、つんとしてあさっての方角を向いたままでいた。

「あら、あなた方のためじゃないわ。両手を切り落とされたら、もう小説を書いてもらえるかわからないでしょ。それより大事なのは、あの小説の結尾が気に入らなかったこと。大団円となると聞いていたのに、何よ。命は助けられたのだから、とっとと書き直してよね。そのためにも、二人とも杖刑は頑張って耐えて。いつ終わるかわからない永巷暮らしよりもましだと思って、ね？」

ついで鈴玉は、蒼白《そうはく》な表情で駆け寄ってきた香菱を横目に見た。

「鈴玉、どうしてこんな……」

「私のこと、きっと馬鹿だと思ってるのね。でも仕方ないでしょ、友だちを見捨てたりなんてできないもの」

五

「……はあ」

今朝から十七回めのため息が、若い女官の唇から漏れた。

彼女——鈴玉はいま「永巷」と称される建物の東棟の、奥から二番めの部屋に幽閉されていた。女官見習いの時分、鈴玉は教導役の楊女官からしばしば「永巷送りにする」と脅されたものだが、まさか半年後に実現するとは夢にも思わなかった。

閉じ込められている部屋を見回せば、じめじめしてそこかしこ凹《へこ》んだ石の床、変な臭いのする藁《わら》が敷かれた寝床にぼろ布のような衾《ふすま》——それは虫が巣くっているらしく、使わないほうがましな代物だ。部屋の隅に置かれた便器がわりの小さな桶《おけ》。窓とも呼べないほどの、わずかに開けられた明かり取りの隙間は昼も薄暗いが、夜には寒さが忍び込んで、しんしんと冷える。おまけに、永巷には鬼神《ゆうれい》がつきものゆえに、鈴玉はそれらの幻影や幻聴に苛《さいな》まれながら縮こまり、手で両耳を塞《ふさ》いで眠った。

以上が、半年にわたる後宮暮らしの末に、彼女が手に入れることができた全てである。

あの「艶本《えんぽん》騒動」の後、無表情の女官たちに服を剝《は》ぎ取られ、髪は垂髪をうなじで結い、白い服を着せられて黒い輿《こし》に押し込まれた。そして、輿を運んだ宦官たちに永巷で放り出された次第である。

気になるのは、幽閉の期限がいつまでなのかを誰も言ってくれなかったことだった。

——まさか、一生出られないのかしら？　それとも、出る時は「死ぬ」時？

いまさらながら、不安が腹の底から湧きあがってくる。秋烟と朗朗を庇《かば》うためとはいえ、他の読者がみな知らんふりをしているところ、自分は正直に名乗り出てしまった。あげくの果てに重い懲罰を食らい、家門再興の望みも、それを得るための努力も全てが水泡に帰すことになってしまった。

「私ったら、馬鹿ね」

自嘲《じちよう》の言葉が口から漏れるが聞く者はおらず、空気が死んだような永巷は一層静けさを増したかのように思える。

――このままでは、正気を失うか飢え死にかしら。

食は朝晩二食差し入れられるが、薄すぎる粥《かゆ》といい、味付けのほとんどない大豆かすや野菜の水煮といい、むしろ餌と呼ぶにふさわしい代物である。それでも「食」が彼女にとって最後の生きる希望ゆえか、たまらなく食事の時間が待ち遠しい。

――冬が来る前にお父さまに綿袍《わたいれ》を送ろうと思ったのに、できそうもないわね。

親不孝娘がいじらしく親を思うのも、永巷の効用ではあるかもしれない。

だが、彼女が心に抱くのは、むろん殊勝なものだけではなかった。

――錦繍殿！　あの時は師父と香菱に止められたけど、絶対に許さない。艶本の暴露もきっとあいつらの差しがねだわ、絶対に尻尾《しっぽ》を摑《つか》んでやるから。もし生きて出られたら見てなさい。まず手始めに、明月の兄をぎゃふんと言わせてやる！

いくら処罰の対象とはいえ、艶本の回し読みなど以前から公然の秘密だったのに、ここに来て騒ぎとなったのは、何者かの意図があるに違いなかった。

そして、もう一つ。

――王妃さま。あなたの真意がわかりません。王妃さまは腹黒いお方ではないと信じたい、でも確信が持てない。私は見捨てられたの？　それともお救いくださるの？

養徳殿の殿庭で目と目を見かわしたのが、主君との最後の時。林氏の面《おもて》からはあらゆる表情が消えていたが、それはなぜだろう。永巷にいても、林氏についての呂氏の批評が思い出され、鈴玉を苛んだ。

「……はあ」

どうして人は、同じことを何十回も、ぐるぐる考えることができるのだろう。朝から十八回めのため息が鈴玉の唇から漏れた。

こうして無聊《ぶりよう》をかこつ以外にすることもないので、鈴玉はいつものように部屋の隅で膝《ひざ》を抱え、空腹を我慢しながらうつらうつらしていた。だが、この日は少し様相が違っていて、遠くから聞こえてくる大きな物音に、はっと目を覚ました。

物音はどたどたという足音、数人の怒鳴り声や雄叫《おたけ》びから成り立っていて、しかもだんだん近づいてくる。

「ちょっと離すんだよ、この薄汚い野郎ども！　あ、もうあんたたちは野郎じゃなかったんだっけか！」

野太い、がらがらした声が響き渡り、何かが蹴《け》られる音、呻《うめ》き声、がちゃがちゃと鍵《かぎ》を開ける音、そんなものが立て続けに聞こえたかと思うと、隣の小部屋に誰かが入れられたのか、ばたんと床に倒れ伏すような音が耳を刺した。

「ちくしょう、ふざけんな！　つくものもついていないくせに！」

鈴玉と同じく、この永巷に閉じ込められたらしき太い声の持ち主は、どんどんと木枠の扉や床を叩《たた》き、随分長い間暴れていた。しかしやがて静かになり、おしまいにふーっと大きな息が聞こえた。

——隣の男、いったい何者かしら。あれ？　ここは永巷なのだからきっと女性よね。それにしては、女性とも思えない声と態度だけど。暴れようが扉を叩こうが出られっこないのに、お馬鹿さんね。

その実、鈴玉も初日にはこの新入りの「お馬鹿さん」と全く同じことをしたのだった。隣は依然、静かなままだ。鈴玉は好奇心に負け、壁越しに話しかけてみた。

「ねえ、新しく来たあなた。名前は？」

誰かはしばらく沈黙してから声を発したが、喉《のど》がつぶれているのか、やけに聞き取りにくいものだった。

「あたいは翁小雄《おうしょうゆう》、あんたは？」

声だけではなく名前も男のようなその女性は、司刑寺《しけいじ》の下働きだと、自らの素性を明かした。司刑寺とは、宮城に隣接した最高司法機関だ。鈴玉は名乗り返したが、その所属や姓名を聞いても、彼女は「ふーん？」と興味なげな返事をよこすだけだった。

「女官で王妃さまの御殿づき？　じゃあ、あたいとは身分違いだね」

確かに、下働きは女官とは違って無位の者である。

「王妃さまの御殿づきといえば、お仕えしているのは粒ぞろいなはずなのに、なぜこんなところにいるの？　あんた」

相手の物言いは、鈴玉の心をぐさりと刺した。

「ふ、ふん。まあ、たしかに鴛鴦殿づきの女官でも、そこから零《こぼ》れ落ちたいびつな米粒みたいなものよ、私は。永巷に来たのは、艶本を回し読みしたのがばれて……艶本、読んだことある？」

「えんぽん？　何だいそれ」

「男女の営みが書いてあったりする本のこと。知らないの？」

「だって、あたい、ほとんど字が読めないもん」

女官となるには読み書きが必須《ひっす》の条件だが、下働きはその限りではない。

「でもあなたは後宮の者ではないのに、どうして永巷送りに？　司刑寺で何かしたの？」

それを聞くや、小雄はげたげた大笑いした。

「何だと思う？　お上品そうなあんたには言ってもわかんないかな」

「言ってみなさいよ」

「ば・く・ち。賭博《とばく》、わかる？　下働きの部屋で賭場《とば》を開いていたの、あたいは」

「賭博？」

鈴玉は仰天した。

「だって、あなた……歳はいくつよ？」

声のせいで年齢不詳だが、自分よりは年上だろうと鈴玉は見当をつけていた。

「二十さ」

「じゃあ、あなたのほうが三つ年上ね。でもそんなに若くて、ご禁制の賭場なんて開けるの？　しかもよりによって司刑寺で、胴元のあなたは女人なのに」

またもや馬鹿笑いが返ってくる。

「あんたさ、男女や年齢じゃないよ、こういうことは。ちゃあんと司刑寺で賭場を開いていたさ。『司刑寺の小雄』といえば、この界隈《かいわい》じゃみんな知っている。男だって何だって、あたいの賭場じゃ大人しくしてもらっているわけ」

「はあ……」

さしもの鈴玉も、すっかり度肝を抜かれてしまった。

「でも、どうして捕まったの？　賭場のことがばれたからでしょうけど」

「ああ、それがさ！」

いきなり、小雄の声が雷のように永巷にとどろいた。それだけでなく、怒りのあまり壁を殴りつけたのか、鈍い打撲音と「いてててて……」という呻き声もついてきた。

「『ちょん切れ野郎』があたいの賭場でいかさまをやらかしたんだよ！」

「ちょん切れ？」

一拍おいて、鈴玉は「宦官《かんがん》」のことだと理解した。

「そいつはいかさまを働いたばかりか、怒るあたいを前にしても、へらへらへらへらしていた。んで、あたいも腹が立ったんでつい殴りかかって、股間《こかん》もついでに蹴飛《けと》ばしちゃってさ、そのまんま追い出してやったよ、胸糞《むなくそ》の悪いったら。それにしても、普通の男に股間への攻撃は効くんだけど、宦官にも有効なのかね？　ああいうの」

「さあ？」

思わず真剣に考えてしまう鈴玉である。

「そしたらさ、そいつはでっかい後ろ盾があるもんで、あたいを逆恨みして密告しやがった。で、ここに放り込まれたんだよ。自分の目が良く届く後宮の永巷にね」

「そう……」

鈴玉は納得したが、小雄の次の言葉に耳がぴんとなった。

「あいつ……ここから出たら只《ただ》じゃおかねえぞ、薛博仁！」

――では、いかさまを働き胴元を怒らせたのはあの腐れ宦官！　まさかここで彼の名が出るなんて。そうか、賭博なんかもやっていて、明月の俸禄《ほうろく》を使い込んだわけね。ようやく訳がわかったわ。本当にどうしようもないというか、大した兄さまだこと。

「薛博仁って、錦繍殿の宦官でしょう？」

「知ってんのかい、あんた。そうだよ、後宮いちの食わせもんだよ、あいつは」

鈴玉はそれについては異議を唱えるどころか、大いに賛同するところだったが、一つ気になることがあった。

「ねえ、でも賭博なんていったら艶本《えんぽん》よりも重い罪でしょう？　何で司刑寺を追放されたり、処刑されたりってことにならないの？」

「お役人が一番安心して博打《ばくち》を打てるのは、司刑寺なんだよね。警備がばっちりで、街中の賭場よりも危険が少ないし、破落戸《ごろつき》もいないだろ？　だから、みんな暗黙の了解で秘密を守っている。下手にあたいを告発すれば後始末が大変だし、そうなってもこれから先も無事に生きていけるのか、わかんないからね」

「どういうこと？」

「あたいの親父と兄貴は、なんて言うか、都の『顔役』みたいなものなんだよ。あたいに何かしたら、王宮の外でどうなるかくらいはあいつらもわかってんのさ。ただ、博仁の野郎にとってあたいたち一家は目障りらしくてね」

「なるほど」

──艶本騒動と同じね。艶本も賭場も以前から公然の秘密だったのに、密告して騒ぎにし、邪魔者をつぶすやり方だわ……。

　ふと気が付くと、もう日差しは傾いている。永巷暮らしの闖入者《ちんにゅう》によって、鈴玉はひさびさに人間らしく過ごせた気がした。

六

「そんで、右手の人差し指を中指に重ねて、手のひらを自分に向ければ『賭《か》けろ』って意味。左手で同じことをするなら『やめろ』って意味。符丁っていうんだよ」

「ふうん」

永巷暮らしは相変わらず苦しかったが、折に触れ小雄から壁越しに嘉靖宮の噂話や賭博の知識を聞かせてもらっていたので、幾分かは気がまぎれた。

とはいえ日に日に寒さが増し、このままでは飢え死により前に凍え死んでしまうと、鈴玉が生命の危機を感じ始めたまさにその頃、彼女の部屋の前に人の気配がしたかと思うと、金属の触れ合う鈍い音がして牢の鍵が開けられた。

「鄭鈴玉は出よ！　放免だ」

ほうめん？　鈴玉はぼんやりと口の中で復唱する。いきなりの命令に現実感がわかない。そのまま部屋を追い立てられる段になって、壁を激しく叩く音が聞こえてきた。

「ちくしょう、あたいも出せや！　鈴玉、こいつらに言ってやって……」

喚《わめ》く隣人に鈴玉は「待っていて」としか言えなかった。隣にずっといながらついに顔を見ることもできなかったが、あの声であれば、いつかどこかで出会えば当人だとわかるだろう。

そう自分に言い聞かせて永巷の外に出ると、ぴりりとした寒さが鈴玉の身体を刺した。

――でも、放免されたって、これから一生ずっと床や厠《かわや》の掃除だけで終わるんだわ。

命あってこそではあるものの、お先真っ暗な身の上を案じて、彼女は憂鬱《ゆううつ》な気持ちになった。だが、先導の宦官二人が歩いて行く方角は後宮の中心である。鈴玉が「もしや」と思いながらついていくと、彼等はある建物の前に止まり、彼女に顎《あご》をしゃくってみせ、踵《きびす》を返して去った。

――まさか、まさか！

取り残された鈴玉は、ぽかんと「鴛鴦殿」の扁額《へんがく》を見上げていた。物音を聞きつけたのか、中から誰かが転がり出てくる。

「鈴玉――！」

「香菱！」

殿庭を突っ切り、涙で顔をぐしゃぐしゃにしながら駆け寄ってきたのは、自分の同輩。気が付くと、二人はひしと抱き合っていた。

「鈴玉、鈴玉！　ああ、本当にあの永巷から出て来られるなんて……良かった、本当に良かった。あなた、また鴛鴦殿《ここ》に勤めることができるのよ」

「香菱――」

顔を合わせればつい憎まれ口が出てしまう同輩、でも今はただ会えて嬉《うれ》しい。鈴玉は相手の体温を感じ、やっと現世《うつしよ》に戻って来たかのような気がした。香菱はしばし鈴玉の肩口に顔を埋《うず》めていたが、鼻をひくつかせると身体を離し、じろじろと相手を見つめる。

「あなた……何か、ちょっと臭うわよ」

「そ、そう？」

鈴玉も鼻をくんくんさせ、真っ赤になる。

「そりゃ、閉じ込められている間、湯はおろか水を浴びることもできないんだもん、当たり前じゃない！」

香菱は同輩の抗議に肩をすくめた。

「まあ、そうね。何と言っても、一月《ひとつき》も閉じ込められていたんですものね」

「一月？　そんなに経つの？」

幽閉生活の最後のほうは、面倒で正確な日数を数えるのをやめていた。

「そうよ、一月で永巷から出て来られるなんて、全くあなたは運がいいわ。王妃さまは、内心では一日も早いあなたの解放をお望みだったけど、反対の声が強いのもわかっていらしたので、一月お待ちになって放免のお許しを出されたの」

——王妃さま。

鈴玉はずきん、と胸が痛んだ。よりによって、後宮を統轄する王妃の女官が艶本騒動に深く関わり、主君の体面を失わせてしまった。

——私に失望と怒りを抱いてもおかしくないのに、なぜお呼び戻しに？

王妃への申しわけなさとわずかな疑念が胸を渦巻き、鈴玉は倒れそうになった。

「大丈夫？　さあ、王妃さまにお会いしましょう。待っておいでよ」

脇を支えてくれた香菱に、鈴玉は囁《ささや》いた。

「私、臭うんでしょう？　身体を清めて着替えてからお目にかかりたいんだけど」

いま着ているものは衣一枚だったので、そう言うのももっともなことだが、本心は王妃と眼を合わせる自信がなかった。

「大丈夫よ、早く行きましょう。王妃さまはそんな小さなこと、お気になさらないわ」

そう返すと、香菱は持ち前の怪力を発揮して、ずるずると鈴玉を引きずっていく。

一月しか離れていないのに、まるで十年ぶりに鴛鴦殿に帰って来たかのような錯覚にとらわれ、鈴玉は宝座から遠く離れて拝跪《はいき》した。王妃の前には、柳蓉はじめ女官や宦官たちが居流れている。

「私、罪人である鄭鈴玉は、このたび王妃さまの鴻恩《こうおん》をもちまして、鴛鴦殿に戻りましてございます」

口上を述べる鈴玉を、主人は変わらぬ優しげな笑みを浮かべて見守っていたが、相好を崩すことはしなかった。

「よう戻った。随分と痩《や》せた……今日はもう下がって休むがよい」

こうして、主従久々の再会はあっけなく終わってしまった。鈴玉は林氏の心中を測りかねたが、戻って来られたことには素直に感謝して退出した。

「痛い！　痛いじゃないの！」

女官たちが使う沐浴《もくよく》場には夕陽が差し込んでいる。湯を張った大きな盥《たらい》のなかで、裸の鈴玉はのけぞって悲鳴を上げた。背後に回った香菱は袖《そで》をまくり上げ、まるで敵《かたき》のように同輩の背をこすっている。

「あなたの留守中は私一人で畑の世話をして、戻ってくればお湯の支度だけじゃなく、破格の好意で背中の面倒まで見てあげているのに、何で感謝の言葉一つ出ないわけ？」

「そりゃありがたいけど、そんなこすり方じゃ、背中の皮だけじゃなくて肉までなくなっちゃうわよ！」

湯気が揺らぐほどの大声である。膝《ひざ》を抱《かか》えたまま鈴玉はひとしきり悪態をついたが、腰の高さまでとはいえ、湯につかり垢を落としていると、艶本騒動の前後からの様々なしこり、悩み、怒り……そんなものまでが洗い流されていくかのようだった。

「ねえ香菱、秋烟と朗朗があの後どうなったか知ってる？」

「杖刑《じょうけい》を彼らが受けたのは、私も見た。厳しい処罰だったけど二人とも耐え抜いたわ。その後は配置換えになったはず。でも後苑《こうえん》でないことだけは確かよ」

「そう――」

生きて後宮にいるならば、今はそれだけでいい。秋烟も朗朗も元気でいて欲しい。

「でも鈴玉、お願いだからとりあえずは鴛鴦殿でおとなしくしていて。彼らに会いたいんでしょう？　でも、『罪人』二人が集まっているのを見られて変な嫌疑でもかけられたら今度は追放、ううん、それどころか命も危ないかもよ？」

「………」

「大体、事件について王妃さまはいたくご心痛でいらしたのだから、これ以上ご迷惑をおかけしては駄目よ」

香菱は、相変わらず勘がいい。自分が何を考えているかお見通しなのだ。そして何より、主君に大きな悩みの種をつくってしまったという事実が、鈴玉の心をずきんとさせた。

気が付けば、湯も大分冷めていた。鈴玉はぶるっと身を震わせると浴衣《よくい》を着せかけてもらい、盥を出た。

そして翌日から、再び鈴玉の鴛鴦殿での勤めが始まったが、彼女は自ら得意とする衣《い》裳《しょう》係ではなく、最初のように器皿《きべい》係に命じられた。それは、かつて鈴玉が器皿係から衣裳係に変わったときの、王妃が出した条件に沿うものではあったが、鈴玉が少なからず落胆したのも事実である。

――衣裳係、そして後苑の仕事に戻りたいのに。

とはいえ、一度は永巷送りになっておきながら王妃づきに復帰できたのは、それだけでも運が良かったと思わなければならない。

――仕方がない。ここで頑張ってみせて、また衣裳係に戻してもらおう。

そんな彼女を横目で見ていた香菱は、皿の割れや欠けを点検している鈴玉につと近寄り、囁いた。

「この頃、前のように皿を割ったり、碗《わん》を欠かしたりしなくなったわね。手つきが慎重になって。やればできるじゃない。それに、服も見習いの時みたいに変な着崩し方をしなくなったし」

鈴玉はほめられた照れを隠すため、わざと肩をそびやかした。

「えっ？　これが元々の私の実力だし、変な着崩しって何のこと？」

「あらまあ、永巷送りになったら少しはおとなしくなるかと思ったのに」

香菱は呆《あき》れた表情で頭《かぶり》を振りながら行ってしまったが、鈴玉もそれ以上言い返さなかったのは、いまは後苑の仕事を香菱に委ねているという負い目もあったからである。

皿をしまい終わると、今度は同じ鴛鴦殿で事務を行う女官の詰め所に行った。これも王妃の意向で、文書のやり取りや他部署への使いの作法などを覚えさせられているのである。

書類仕事は鈴玉が苦手にすることの一つで、ずっと座っているとお尻《しり》がむずむずするくらいに嫌いだったが、仏頂面を途中に挟みつつ、書類をめくったり帳簿に書き込んだり、四苦八苦の態《てい》で何とか日々をしのいでいた。

「鄭女官、この書簡を通天門《つうてんもん》まで持って行って」

この日、鈴玉は先輩女官のお遣いで、黒塗りの函《はこ》を受け取って鴛鴦殿を出た。ほんのわずかな時間でも、座り仕事から解放されるのは嬉しかった。

通天門とは、鈴玉たちのいる内廷、つまり後宮から行って外朝の入り口にある門のことで、ここには取次役の宦官《かんがん》たちがおり、内廷から外朝への文書や使いを全て集約している。

そして、内廷の入り口である朱鳳門《しゅほうもん》から通天門に至るまでのごく短い屋外通路は「朱《しゅ》天大路《てんだいろ》」と呼ばれ、内廷でも外朝でもない空間となっており、これは嘉靖宮創設の時から変わらぬ涼国独自の様式だった。むろん、「外朝と内廷を峻別《しゅんべつ》できねば、秩序を脅かし人倫の乱れに繫《つな》がる」との議論が過去に何度も持ち上がったが、根本的に設計を変えることのないまま、現在に至っている。

そんなわけで、鴛鴦殿の割符を朱鳳門で係の宦官に見せ、朱鳳門の割符を受け取って……という面倒な手続きを踏んだ後、鈴玉は通天門に向かったが、ほどなく自分の行く手に、偃月刀《えんげつとう》を持った一人の武官が立ちふさがっているのが見えた。

鈴玉はとくに気にも留めず、彼の脇を通り抜けようとしたが、偃月刀が空を切り、彼女の目の前で静止した。かなり上のほうから、威圧的な声が降ってくる。

「女官、いまここを通ってはならん。出直せ」

鈴玉は眉《まゆ》を鋭角に上げて相手を睨《にら》みつけた。男の歳は三十近く、背は優に六尺を超えるだろう。面長な顔立ちで、凜々《りり》しい眉と鋭い両眼、引き結んだ唇が特徴的な、堂々とした美丈夫だった。だが、いまの鈴玉には美男子を観賞する余裕はない。

「割符を持っているのよ、私は。どいてください、早く通天門まで行きたいのに」

軽武装のその武官は頬をぴくつかせ、鼻を鳴らすと偃月刀を立て、どん、と石突で地を突いた。

「とにかくいまは駄目だ、出直せと言ったら出直せ」

鈴玉も相手に負けじと鼻を鳴らす。

「ふん、背高のっぽも結構だけど、一人でかさばっているんじゃないわよ。私を誰だと思っているの？　鴛鴦殿づきの女官なのよ。つまり、私の御用は王妃さまの御用だってこと、わかった？　わかったら、とっとと……」

武官はそれを聞き、皮肉混じりの笑みを浮かべる。

「これはこれは女官さま、王妃さまの御用が何だって？　こちらは……」

「やめよ、星衛」

いけ好かない武官の背後から、鋭い声が飛んできた。途端に彼は姿勢を硬直させ、脇に一歩退く。

――星衛？　もしかして彼があの劉星衛？

鈴玉は眉間《みけん》に皺《しわ》をよせ、「才子評」に載る「一番の武官」の名を思い出した。

――こんな奴が？　あとで明月に真実を語ってやらなきゃ。

そして彼女の眼には、武官の「かさばった」身体で隠れていた光景が飛び込んできた。

二人からやや離れたところには東西に貫く小さな川が流れ、全部で三本の石橋がかけられているが、東側の狭い橋の上に誰かがいた。

紺色の袍《ほう》には刺繍《ししゅう》の金龍《きんりゅう》が躍り、後方にはわずかな数の宦官と女官たちが控える。その人は引き締まった顔に微笑――いや、苦笑を浮かべて、鈴玉と武官を見ている。

「鴛鴦殿の者、苦しからず。近くに参れ」

――王さま！

七

呼ばれたからには否応《いやおう》もなく、鈴玉は恐る恐る王に近寄り、それでもやや遠いところで膝を折って拝礼した。

「もう少し、近くに」

そう言いながら王が手を振って合図すると、お付きの者たちがすっと離れた。

「そなた、確かに鴛鴦殿の女官だな？」

「さようにございます、主上。鄭鈴玉と申します」

伏し目になった女官に、王は微笑んだ。

「そうそう、鄭女官。王妃に着合わせの提案者だと紹介された」

「恐れ入りましてございます。ご記憶にとどめていただくとは、光栄の極みです」

「王妃の外貌《がいぼう》だけでなく内面の美しさをも知らしめる良き仕事ぶり、あれからも王妃を見るたび、いつも新鮮な驚きを覚えるようになった。夫である私も気が付かなかったところに目をとめさせたのは、そなたの大きな手柄だろうな」

「身に余るお言葉を賜りまして……」

――いち女官のことを覚えていてくださったなんて！

鈴玉は王と会話らしき会話をかわしていることに、心の臓が高鳴りっぱなしだった。

だが、彼女は舞い上がるあまり、王の表情が悪戯《いたずら》っけを帯びたのに気づかなかった。

「ふふふ、王妃の忠実な衣裳係。そして——艶本《えんぽん》騒動で永巷《えいこう》送りになった女官でもある」

今度は、鈴玉は不躾《ぶしつけ》ながら顔を上げ、まじまじと相手を見つめてしまった。我に返って俯《うつむ》く彼女を前に、王は笑いをこらえているようだった。

「あれだけの騒ぎを起こしておいて、私が知らぬとでも？」

「いえ……」

さっきの胸の高鳴りが嘘のように、鈴玉は悄然《しょうぜん》とした。

——そうよね。ああ、こんなことなら一生御前に出られないほうがましだった。恥ずかしいったらないわ。

「顔を上げなさい」

優しい声で、王は女官に命じた。

「そなたは既に罰を受けたのだから、いまさら私が咎《とが》めることはない。確かにそなたたちは艶本のことで宮中の規則を犯した。だが、誰も読み手として名乗り出なかった時に、友人を庇《かば》うためそなたは正直に名乗り出た。なかなか出来ることではない」

——これは褒められているのかしら？

表情の和らいだ鈴玉を見て、王は石橋の欄干にもたれかかった。

「鄭女官は、艶本の熱心な読者だったそうだな」

「…………」

「赤くなったり青くなったり忙しいことだ、そなたの顔は。そうだ、この折に聞いておこう――そなた、艶本をどのように読んでいた？　私はそれを知りたい」

「え？」

思わず、鈴玉は聞き返してしまった。艶本をどのように読んでいたか？

――確かに、王妃さまの衣裳《いしょう》係となる糸口を摑《つか》んだのはあの小説の描写だけれども、艶本は艶本、男女の営《いとな》みとか、そうしたものを読むためじゃないの？

下問の意図が呑み込めていない女官を、王はからかうように眺めた。それでも、何とか自分で答えようと、鈴玉は頭の中をぐるぐるさせていた。

「あの、艶本を読むのは、男女の――」

「『男女の』とはこういうことか？」

王は軽く咳払《せきばら》いをした。

「『子良はゆっくりと愛麗の両脚を開き、白鷹《しらたか》が獲物をさらう形となりました。哀れ小さな獣となった愛麗はおびえるように顔を背け』……」

深みのある声で、経書を誦《よ》むがごとく朗々と詠ぜられたのは、なんとあの本の一節である。鈴玉は口をあんぐりさせ、涼しげな龍顔を見つめるばかりだった。

鈴玉が幾度も不作法を働いたせいか、お付きの宦官と劉星衛が駆け寄ろうとしたが、王は手を振って再び二人を遠ざける。

「なぜそのように驚く？　王者が艶本を読んではならぬという法は、天朝の法にも我が涼国の法にも存在せぬが」

「いえ、あの……」

——まあ、王さまだって、王であり夫である前に、一人の殿方なんですものね。

当たり前のことなのだが、王に対しては手の届かぬ星のごとくであって欲しいと勝手なことを願っていた鈴玉は、少々気が抜けた。

「ああ、そうか。いや、私とてその手の場面に無関心と言ったら嘘になる。だが、あの艶本の持つ意味はそれだけではない。そなたは、艶本が騒動になった理由が、よもや男女の情交を描いたことだけだと思ってないだろうな？」

「と仰せられますと？」

王はすぐには答えず、遠く西のかたに視線を投げた。折から夕焼けが広がり、夜が昼に取って代わろうとしている。

「私はこの時刻が最も好きだ、昼でも夜でもない時間が。同様に、外朝にも内廷にも属していないこの朱天大路が好きだ。心が落ち着く。だから根強い反対論にも譲らずに、代々の王はここを取り壊さずに残したのだろう」

余人には窺《うかが》い知ることのできない王者の孤独がその静かな声音ににじみ出ているように思えて、鈴玉は胸がぎゅっと締め付けられた。

彼女のもの問いたげな視線に気が付いたのか、王は欄干からすっと身を起こした。

「艶本の終盤では子良が政争に巻き込まれ、ついには愛麗も命を落とすだろう？　そなた、背景にある政治闘争に注意してあの物語を読んだか？」

「えっ」

それは、鈴玉にとって思いもかけない言葉だった。自分はそのような箇所を「面倒くさい」と邪魔扱いし、飛ばし気味に読んでいたからである。

「あの本は好色物語に見せかけておきながら、実は私の政治や党争について密《ひそ》かに風諫《ふうかん》がなされている。特に錦繍殿に関して――そう告発する者がいたのだ」

――あの騒動の裏にそんな事情が！

鈴玉にとっては初耳だった。

「私自身は、宦官《かんがん》たちがそれを念頭に置いて執筆したとは思わないが、そう受け取る者もいたということだ。好色本として読んだそなたも正しい、だが政治闘争ものと見た者も間違っているとは言えない。みな自分が読みたいように読んで、知りたいように知る」

鈴玉にも、秋烟や朗朗がそこまで意図して本を書いていたとは考えられない。だが、王の言わんとすることもわかるような気がした。

「艶本の講義はこれでおしまいだ。そなたに会えて嬉《うれ》しかったぞ。また鴛鴦殿で会おう」

「あ、あの……！」

話が終わりかけたところで、鈴玉は声を上げた。

「ん？」

「無礼を承知で伺いたいことがあります。お叱りを蒙《こうむ》ってもかまいません」

実は、彼女には以前から一つ、王と王妃に関して気になることがあったのである。

「遠慮はいらぬ、訊《き》くがいい」

王は穏やかな表情で頷《うなず》いた。鈴玉は、これから発する質問が王や王妃にとって無礼なもので、きつい咎めを受ける可能性もあることをわきまえている。だが、どうしてもこの機会に確かめておきたかった。

「あの……私が入宮当初に聞いたところによりますと、主上は王妃さまを『路傍に咲く花のごとし』と評されたとか」

鈴玉はごくりと息を呑んだ。

「その噂は、本当でしょうか？」

王は眉《まゆ》を上げた。

「路傍の花？　いや、私には言った記憶がないが。なぜ、それが気になるのだ」

「それは……」

——ご存じではなかった。では、なぜ王のご発言であるという噂になったのか？

言い淀《よど》む女官の表情から考えを読み取ったのか、王は苦笑混じりのため息をついた。

「それも、艶本の話と同じだな。きっとこういうことだろう。私が王妃を『路傍の花』と言ったことにして間接的に彼女を謗《そし》り、その権威を傷つけたい者がいるのだ」

「そうでしたか……」

鈴玉は、王の言葉ではないと知り安堵《あんど》したが、別の心配も湧きおこってきた。

──王妃さまは、私が鴛鴦殿に来る前から悪意に囲まれておいでだったのだ。そのうえ、私までが騒動を起こしたのでは、ますますお立場が悪くなってしまっただろう。

彼女は唇を嚙《か》みしめ、その場で深々と拝跪《はいき》した。

「仰せのこと、まことに得心いたしますとともに、主上に対する重ねての無礼は恐縮の極み、いかような罰もお受けいたします」

「いや。これほどまで王妃を気遣ってくれているのに、罰を与えるなど考えはせぬ」

王は首を横に振ると自ら手を差し伸べて鈴玉を立たせたが、これは破格の扱いであった。

「私自身、以前は王妃のもとに参る回数こそ少なかったが、夫婦の間でも礼を失することはなく、彼女の立場を守ってきたつもりだ。現に艶本騒動の時も、『王妃がいかなる裁きを下そうとも私が守る』、そう彼女に伝言し約束したのだから」

鈴玉は頷いた。彼女は、養徳殿で宦官が王妃に何かを耳打ちしたことを覚えていた。

「もっとも、私が手を回さずとも、王妃はすでに賢明な決断を下していたようだが」

──でも、私が王妃さまを気遣う？　そもそもの始まりは何もかも自分のためなのです、王さま。でもご聡明《そうめい》な方だから、私の本心もお気づきかもしれないけれど。

心を揺らす鈴玉に気が付いているのか否か、王はひとつ頷いて「王妃をよろしく頼む」と朗らかに命じ、袍の袖《そで》をばさりと言わせて身を翻した。

八

それから間もない、冷え込みの厳しいある朝。鈴玉は鴛鴦殿を脱け出し、秋烟と朗朗に会いに行った。

——香菱はおとなしくしていろと言っていたけど、半月も経ったし、もういいわよね。本当は良くはないのだが、彼女は勝手にそう判断してしまった。王妃の立場を心配しているのも本心だが、友人たちを心配し安否を尋ねずにはいられなかったのである。

明月がこっそり鈴玉に教えてくれた情報によると、宦官二人は処罰のあと降格され、建物の新築や修繕を担当する営繕係として召し使われているという。鈴玉は人目につかぬようにしながら、彼らの働き場所として教えてもらった後宮の南西の隅に向かい、かがみ込んで通路の石畳を補修している朗朗を見つけた。

「鈴玉……？」

自分の前に立ちはだかる人影を見上げた彼は一瞬、鬼神《ゆうれい》でも見るような眼つきになったが、本物の友人であると知るや飛び上がり、鈴玉の両手を握ってまじまじと見つめた。彼の手は氷のように冷たく、あかぎれでざらざらしていた。

「永巷から無事に出てこられたんだね？　身体は大丈夫？」

「ええ。あなた方も大変だったわね」

「もっと長く幽閉されてもおかしくなかったのに、よくぞ——」

あとは声にならなかったが、朗朗ははっと我に返ると辺りを見回し、建物の裏に鈴玉を引っ張っていった。彼女は、彼がわずかに足を引きずっているのに気が付いた。

「杖刑《じょうけい》を受けて後苑《こうえん》での仕事を外されたとだけ聞いていたけど、後から営繕係として働いていると知ったの。本当はもっと早く来たかったんだけど」

「うん。鴛鴦殿で止められていたんだろう？　仕方ないよね。俺と秋烟は、涙も涸《か》れ果てるほど辛《つら》い杖刑を受けたよ。で、厠《かわや》の掃除に逆戻りさせられたあとは、ご覧の通り石や木材を運んだり、補修したりの毎日さ」

「そう……」

鈴玉は辛くなった。あれほど、二人とも草花に囲まれ幸せそうだったのに、いまは冷たく硬い石の相手をしている他はないなんて。

「そういえば秋烟は？　一緒じゃないの？」

朗朗は「いま呼んでくる」と答え、相棒を呼びに駆けだしていった。

しばらく待たされた鈴玉は、やがて現れた秋烟の姿に胸が一杯になった。彼もかなりやつれてはいたが、秀麗な容貌《ようぼう》には変わりない。それどころか、かえって凄艶《せいえん》さを増したといえるほどである。秋烟は無言で鈴玉の手を握り、ただぽろぽろと涙を流した。

「死んでしまったわけじゃあるまいし。辛気くさいのは嫌よ。無事に私は戻って来られて、あなた方もとりあえず生きているでしょう？」

強がる鈴玉も鼻の奥がつんとしたが、涙がこぼれる前に無理に笑って見せた。そして、小鼻をうごめかせながら、友人たちにこう命じたのである。

「二人とも、私のおかげで追放されずに済んだのだから、あの時言ったように早く物語のけりをつけてちょうだい、大団円で」

言われた方は揃って仰天した。

「えっ、そんな……また書いたのがばれたら、僕らも鈴玉もこれだよ、これ」

秋烟は手刀で首をちょん、と横に斬ってみせ、鈴玉はふくれっ面となった。

「じゃあ、本当の結末は永遠にお預け？」

朗朗もさすがに、やれやれという表情になった。

「熱心に読んでくれた君には悪いけど、完全にほとぼりが冷めるまでは駄目だよ」

それまで何か月、いや何年かかることやら――鈴玉はがっかりしたが、ふと艶本《えんぽん》を読んだ「あの御方」を思い出した。そのことを二人に打ち明けようか、ついでに艶本に描かれた「政争」についても聞いてみようかと考えたが、さすがに自重した。

「それにしても、艶本といえばあの時誰も名乗り出なくて、私がつい飛び出しちゃったけど、みんな薄情よね。あれだけ回し読みしたのに。……ああ、名乗り出なかったのは、鸚哥もそうだけど。友だちなのに、何で……」

鸚哥の気まずそうな微笑を思い出して鈴玉は悔しげな表情になり、秋烟と朗朗はちらりと視線を交わした。

「ねえ、その鸚哥のことだけど」

「何よ」

「鈴玉は、『対食《たいしょく》』って言葉は知っている？」

「ええと、宦官《かんがん》と女官が婚姻の関係を結ぶことだっけ。女官同士の恋愛を指すこともあるけど。でも、宮中では公には認められていないでしょう。それがどうかした？」

「うん……」

言い淀む秋烟に代わり朗朗が口を開いたが、いかにも話しにくそうではあった。

「鸚哥がね、どうも『対食』しているらしいんだよ。しかも、相手は評判が良くない宦官なものだから……」

「評判の良くない宦官？」

鈴玉は眉根《まゆね》を寄せた。

「君も名前は知っているかもしれない。彼女と同じ錦繡殿づきで、薛博仁というんだ」

――薛博仁！

秋烟らと別れた後、鈴玉は眦《まなじり》をつり上げ、裙《くん》の裾《すそ》を蹴上《けあ》げんばかりに歩いていた。

――彼が対食！　しかも相手は鸚哥ですって？　きっと良からぬことを考えているに決まっているわ。あの腐れ宦官が……次に会ったら目にもの見せてくれる！

彼女が博仁のことで頭を一杯にしながら回廊の角を勢いよく曲がったその時、誰かにぶつかってしまった。

「ああ、失礼を……」

謝りかけて鈴玉は、顔を強張《こわば》らせた。相手はにやりと彼女を見返してくる。

「やあ、艶本の騒動以来だね、『永巷《えいこう》女官』それとも『旋風女官』？　いや、鄭女官か」

「あなた……薛博仁」

――よりによって！　天帝さまも意地悪ね、こんなに早く会わせてくださるなんて。

鈴玉はぐっと睨《にら》みつけたが、相手は意にも介さない風だった。

「こちらの方面に来るのは珍しいんじゃないかな？　まさか怠業とか、密《ひそ》かに誰かに会いに行っていたとかなんてことじゃないよね？」

鈴玉はぎくりとしたが、動揺を相手に悟られないよう、ことさらに落ち着いた笑みを浮かべる。

「いいえ、王妃さまの御用があっただけよ。それよりもあなた、艶本の件ではお世話になったわね。どうもありがとう」

わざとらしく一礼する女官を前に、博仁は眼をすっと細めた。

「ふふふ、俺があの件で何かしたとでも？　禁じられている艶本を書いたり、読んだりしたのは君たちの罪だろう？　俺に何の関係が？」

彼は間合いを詰めてくる。鈴玉は一歩下がりたかったが、我慢して足を踏ん張った。

「泳がせておいて密告し、気にいらない人間を排除するのがあなたの常套《じょうとう》手段なのでは？　薛内官」

「常套手段？　やたらに言いがかりをつけるのはやめたほうがいいんじゃないかな。証拠も何もないだろう？」

博仁が前に出て、また二人の距離が一歩縮んだ。鈴玉は、彼のいかさま博打《ばくち》をなじってやるつもりだったが、翁小雄の身に危険が及ぶかもと思い、口を閉じる。

──そうだ、彼女はどうなったかしら？　永巷に幽閉されたままでなければいいけど。

「永巷送りで少しは懲りておとなしくなるかと思ったら、相変わらずだね。でも俺は寛大なんだ、いまからでも錦繡殿に協力すると言えば……」

「もし嫌だと言ったら？」

「どうもしない。ただし、俺の邪魔をするなら容赦しないよ」

「容赦しない？　どう容赦しないのか言って欲しいわね。それにあまり風上に立って得意になっていると、後ろから羆《ひぐま》にぱっくり頭を食われるかもよ？　ねえ、薛内官。『対食』って言葉はご存じ？」

鈴玉は切り札を出してみたが、相手は「ははは」と声を上げて笑うだけだった。

「ああ、鸚哥とのことか、良く知っているね。まあ噂になっているだろうから……うん、彼女と対食の関係になったよ。鄭女官にも祝福してもらえると嬉《うれ》しいな」

──よくもぬけぬけと！

「鸚哥には手を出さないで」

鈴玉の語尾が震えた。

「手を出すも出さないも、鸚哥も納得ずくのことなんだから、あれこれ言われる筋合いはないね。ふふふ、鄭女官は『対食』の語源を知っているかい？　宦官と女官が向かい合って食事をするからだそうだ。鄭女官も誰かを対食の相手に考えてみたら？　たとえば謝内官や湯内官、どちらも男前だし性格も良い。相手として悪くないだろう」

「失礼な！　第一、宮中の規則に触れるでしょ」

思わず鈴玉は声を荒げたが、相手には通じていなかった。

「規則を犯して永巷送りにまでなった君がそれを言うの？　笑っちゃうね。それに、ある種の人間にとって規則というのはあって無きがごとしなんだよ。鄭女官、後宮で生き残りたいのであれば、覚えていた方がいい」

鈴玉は拳《こぶし》を握りしめた。

「ええ、薛内官さまのご教示は心にとめておきましょう。でもこれだけは約束してくれる？　あの子――鸚哥を不幸にしないで」

博仁はくっと口の端を上げた。

「これは驚いた、この後宮で『約束』なんて言葉は絶えて聞いたことがなかったな」

「約束すると誓って！　薛内官」

鈴玉は、自分の声が必死さを帯びていることに気が付いていなかった。

「さあ、それはどうだかな。裏切られた友人のため、その美しい顔をゆがめて懇願する君は素敵だね。もし俺が宦官でなく普通の男だったら、君をものにしていたな。本当に、宦官であることを初めて後悔させられたよ」

「この……！」

思わず鈴玉は右手を振り上げ、博仁の頰をひっぱたこうとした。だが手は空を切り、反対に手首を摑《つか》まれた。あっという間に姿勢を崩され、後ろから抱きすくめられる。

さすがに顔を蒼白《そうはく》にし、震える鈴玉の耳に博仁の息がかかる。彼は片腕で鈴玉を押さえこみ、反対側の手で頭をちょんちょんと小突いた。

「は、離してっ！」

「甘くすれば付け上がって……。本当に、俺を怒らせないほうがいいぞ。次は永巷行きや追放程度では済まさない。それをこの回らないおつむに叩《たた》き込んでおくんだな。鴛鴦殿の鄭鈴玉」

囁《ささや》きざま、博仁は鈴玉を突き放した。たたらを踏んだが持ちこたえ、憤怒の形相で振り返った彼女の眼には、早足で遠ざかる宦官の背中が映っているだけだった。

九

年末のその朝は、後宮の人間もみな厳しい寒さに身体を縮め、急ぎ足となっていた。

「香菱、早く窓を閉めてよ、寒いったら。人がぶるぶる震えているのに」

背後から苛《いら》ついた声をかける鈴玉の存在を忘れたのか、香菱は返事もせずしばし外を眺めていたが、振り返ってにっこりした。

「やっぱりね。明け方からしんしんとするこの寒さだもの」

「だから何よ、早く閉めて……」

「雪よ、初雪」

「ええっ雪？　ほんと？」

雪が好きな鈴玉はそれまでのふくれっ面から一変、両眼を輝かせ、皿と皿の間に挟む紙を放り出すと音を立てて扉を開け放ち、外に向かって駆け出して行った。

「ちょっと、寒いじゃない！　あなたこそ扉を閉めてよ」

香菱の抗議も聞かず、鈴玉は嬉しさのあまり、兎のように庭を跳ねまわっている。香菱はやれやれといった表情で扉を閉めようとしたが、鈴玉のはしゃぎようがおかしかったのか、軒下まで出てきて相手に叫んだ。

「そんな薄着でいつまで外にいるつもりよ、風邪引いちゃうわよ！」

既に雪はうっすら積もりかけ、屋根にも樹木にも白い羅の織物をかけたようだった。

「ねえ、もっと積もるかしら？」

「そんなの知らないわ」

女官二人の会話が殿内にも聞こえていたのか、柳蓉も姿を見せ、苦虫《にがむし》を嚙《か》み潰《つぶ》したような顔をしている。

「なんじゃ、鈴玉は。狗《いぬ》ではあるまいし、あんな風に外で跳び回って……中に入りなさい、王妃さまが全員をお呼びである」

鈴玉が宝座の間に入ると、既に鴛鴦殿に仕える者たちが集まってきており、彼らを前に林氏が泰然とくつろいでいた。全員揃ったところで、配下の者たちは一斉に拝跪《はいき》する。

「もうすぐ年も改まるが、今日は初雪が降ったと聞く。この鴛鴦殿では初雪が降ると、みなの日頃の労苦をねぎらうため、私からささやかなものを賜うのが慣例である」

鴛鴦殿に勤め始めて一年に満たない香菱や明月、そして鈴玉にとっては、初めての経験となる。王妃が柳蓉に頷《うなず》くと、宦官《かんがん》と女官たちが幾つかの盆を捧《ささ》げて入ってきた。その上には色とりどりの紙で作られた包みが載っており、中には多少の銀子《ぎんす》や干菓子、手巾《しゅきん》などが入れられているのである。

「本来ならば、新年にこの行事はなされるべきでしょうが、新年といえば朝賀の儀礼をはじめ諸行事が立て込んでみな非常に忙しく、ゆっくりもしていられない。だから、いまのうちに初雪にかこつけて済ませようと思って」

そう言うと、王妃は宦官、ついで女官の勤続の年に応じて一人ひとりを御前に呼び、手ずから包みを渡した。ということは、香菱と明月、そして鈴玉の番は最後である。

下賜品を手にした者たちがほくほく顔をするなか、香菱が包みを拝受しているのをぼんやりと見ていた鈴玉は、あることに気が付いた。盆の上はすでに空だった。

――私の分は？

落ち着かなげに首を伸ばし、盆をもう一度確認しようとしている鈴玉に、林氏はくすりと笑った。

「鈴玉は近う」

宝座に近づき一礼する鈴玉を、王妃はいつもと同じ眼差《まなざ》しで見つめた。

「鈴玉、そなたにくれてやるものはない」

——そんな！　ひょっとしたら、自分はまだ王妃さまに艶本《えんぽん》騒動のことを許されていないのかしら。優しげなお顔をなさっているのに。

王妃は右手を差し伸べ、動揺する鈴玉の左手をそっと握った。

「誤解するでない。『もの』ではないが、同じように大切な贈り物をそなたには用意した」

「えっ」

王妃の双眸《そうぼう》がきらめいた。

「鄭鈴玉を、もとのごとく衣裳《いしょう》係に復す。ゆめゆめ怠ることなく務めるように」

鈴玉は一瞬、何を言われたのかわからなかったが、主君の温顔に加え、傍らの香菱が「謝恩の挨拶《あいさつ》を」と囁くので、やっと我に返った。

「あ、ありがとうございます、ありがとうございます！　一生懸命務めてご覧に入れます……！」

拝跪して王妃に礼を申し述べた鈴玉は溢《あふ》れる喜びを隠しきれず、ついには身を翻して再び扉を開け、庭に飛び出していった。絶妙の間合いで、柳蓉の叱声が追いかける。

「鈴玉、また勝手なことを……」

続いて外に出た鴛鴦殿の者たちが目にしたものは、しんしんと降る雪と、その雪の中に開く一輪の花のごとく、庭をくるくる回る鈴玉の姿だった。彼女は見られていることに気が付き立ち止まったが、一団に林氏の姿を見つけて手を振った。

「王妃さまぁ、雪を踏むと気持ちがいいですよ。ご一緒にいかがですか？」

「何を言う！　王妃さまが雪遊びなどなさると思ってか」

柳蓉が怒るそばから王妃がその袖《そで》を引き、ついで何ごとかを香菱に囁いた。

「王妃さま、それは……」

逡巡《しゅんじゅん》する香菱に目配《めくば》せしてから、再び王妃は鈴玉を眺めやって声をかけた。

「寒くはない？　鈴玉」

「いいえ、ちっとも！　衣裳係に戻れるし、雪は降るし、最高の一日です！」

「それは良かった」

程なく、香菱は外套《がいとう》と一足の長靴《ちょうか》を抱えて戻って来た。

「王妃さま、まさか……いいえ、なりませぬ。風邪でもお召しになったらどうします！」

蒲柳《ほりゅう》の質《しつ》の王妃を心配する柳蓉をよそに、宦官に手伝わせて外套を羽織り、長靴に履き替えた林氏は、香菱に付き添われながら軒下を出て、そろそろと庭に下りる。すかさず鈴玉が駆け寄り、反対側から主人を支えた。

「ふふ、雪の庭を歩くなど、王妃となってより絶えてしたことはなかったが」

王妃と女官二人は雪の上を注意深く進み、池のほとりまでやって来た。

「王妃さま、大丈夫でございますか？　おみ足は冷たくなっておりましょう？」

「何ともない、香菱。それより二人とも、どうであるか？　鴛鴦殿で迎える新年は」

鈴玉と香菱は顔を見合わせて満面の笑みになり、声を揃えて答えた。

「準備で忙しいですが、とても楽しみです！」

「さもあらん」

王妃は頷き、白いものが舞い落ちて来る遥《はる》かな天空を仰ぎ見た。

――そうだ、お父様の綿袍《わたいれ》、まだ作り終わってなかった。明月は妹にもう送ったかしら？　綿袍がないと寒いわよね。

ふと鈴玉が回廊を振り返ると、その明月が微笑みながら手を挙げてくれていた。

――妹さん、震えながら年を越さないといいわね。

兄の薛博仁は憎いものの、気立ての良い明月は相変わらず好きなので、何とか彼女には幸せになってほしいと願うのだった。

だが、主従ともにまだ知らない。この新年から先、後宮と外朝を揺るがし、王妃や鈴玉をも巻き込む大きな政変が近づいていることを。その足音は雪に紛れて静かに忍び寄りつつあった――。

第三章　鈴玉、邪謀と対峙する

一

鈴玉が林氏を雪の庭に連れ出した際、柳蓉は王妃が風邪を引きやしまいかと気を揉《も》んでいたが、大風邪を引いて寝込んでしまったのは鈴玉のほうだった。

「全く呆《あき》れちゃうわね。外套も着ないで雪の中で跳ねまわっていたら、こうなることはわかりきっていたじゃない。熱が高い？　咳《せき》が出る？　ふん、自業自得ね」

朝から枕元で香菱がぽんぽん言い立てるので、うるさくなった鈴玉は頭から布団を引きかぶり、床の中で丸くなった。高熱で全身がだるく、粥《かゆ》すら胃に入らない。

「年末のこんな忙しい時期に倒れるなんて、全くもう。おかげで私の仕事が増えちゃったじゃない。さあ、薬を煎《せん》じてあげたんだから、さっさと飲んでよ」

だが、布団の小山はぴくりともしない。香菱は怒り半分、心配半分のため息をついた。

「じゃあ、もう行くから。ちゃんと薬は飲むのよ」

扉が閉まって足音が遠ざかり、十数えるほどの間を置いて、小山はむくりと起き上がった。

「ふう、やっと静かになった。香菱ったら、顔つきといい口調といい、だんだん柳女官に似てきたわね。あーんなに眦《まなじり》をつり上げちゃって」

そして、薬湯の入った碗《わん》を手に取り、鼻を片手でつまんで飲み干したが、苦さに「げっ」と咳《せ》き込んだ。急いで脇に盛られた生姜《しょうが》の蜂蜜《はちみつ》漬けを貪《むさぼ》り、さらに水指《みずさし》を探そうとして寝台に這《は》いつくばる。そこへ、外から声がかかった。

「鄭女官、鄭鈴玉はこちらにおいでか」

「ええ、私です。どうぞお入りくださいな」

聞き覚えのある声に首をかしげながらも、鈴玉は上着を寝衣の上に羽織って答えた。現れたのは主上づきの黄愛友だが、彼女がここに来るのは初めてだった。

「黄女官、わざわざここまで……何か御用でもおありですか？」

「主上の御用でこちらに参った」

愛友はいつもの優しい口調ではなく、硬く権威的な口調だった。鈴玉は直ちに寝台から滑り降り、主上の使者に向かって拝跪《はいき》する。

「このようなむさ苦しきところへの御光臨、恐縮に存じたてまつります」

「主上より鄭鈴玉に下賜がある、受けよ」

黄女官が差し出した包みを、鈴玉は跪《ひざまず》いたまま両手で受け取る。立ち上がって相手の顔を見ると、愛友はふっと微笑を浮かべ、口調も若干和らげた。

「ごく私的なものゆえ、あまり硬くならぬよう。主上が仰せになるには『これをもって勉学に励め』と」

――勉学？

山吹色の絹布で包まれたそれは四角くて、愛友の去った後、鈴玉は胸をどきどきさせながら包みを解いた。

「――？」

中から出てきた下賜品とは、一冊の本。だが、なぜか題簽《だいせん》がない。ぱらりとめくってみた鈴玉は眼を疑った。

「これ……」

何と、秋烟と朗朗の続きものの艶本《えんぽん》がひとまとめに合本されているのだった。

――なぜ王さまは艶本を私に？

衝撃を受けつつ、さらに葉《よう》を繰ると、ところどころに朱線が引いてあったり、朱の点が打ってあったりする。その箇所を拾って読んでいった結果、全て政治に関する部分であることがわかった。

――背景にある政治闘争に注意してあの物語を読んだか？

王の下問が耳元で蘇《よみがえ》る。

――勉学とは、このことかしら？　政治を学んでどうせよと？

呟き込んで下賜の本を汚さぬよう、鈴玉は顔を少し離して読んだが、ふだん色事の場面はすんなり頭に入ってくるのに、政治向きの話になるとなかなかそうはならないのは、何も体調のせいだけではないだろう。彼女はゆっくりと朱の部分に眼を通していく。

――子良とその一族は王妃と宰相に味方する派閥で、敵は側室とその取り巻き連中ね。で、愛麗はかつて政争に破れた官僚の娘で、妓女に落とされた。なるほど、私には政争のことは良くわからないけど、それに関連することも書いてあるのね。そういえば、「王妃さまをよろしく頼む」とも仰《おっしゃ》っていたけど、その参考にせよという意味かしら。でも、王からの下賜なんてきっと一生に一度の栄誉なのに、よりによってこの本とは。

鈴玉も王の配慮と厚意には感謝しつつも、さすがに苦笑せざるを得ない。これまで耽《たん》読《どく》してきた小説によれば、才子佳人が互いに贈り合うものは、優雅な詩文や精緻《せいち》な細工物、それに美しい花と相場が決まっている。なのに、自分が生涯で初めて殿方から、しかもこの国で至尊の御方から贈られたものは、一冊の好色な本なのだった。

濡《ぬ》れ場の場面でないとはいえ、鈴玉は艶本を読んでいるとまた熱が上がりそうだったので、付箋《ふせん》を挟んでもとの絹に包み、枕の下に隠して布団を引きかぶった。

その後、香菱に文句を言われながらも至れり尽くせりの世話を受け、また良く休養した甲斐《かい》あってか、鈴玉は年の改まる二日前にようやく床を払うことができた。

鴛鴦殿に行き主人の御前に出ると、ちょうど王妃が宮中御用の反物や干した海産物、墨や筆などを卓上に並べさせ、優品を選んでいるところだった。

──香菱、悪くないけど衣裳《いしょう》選びでは私にかなわないわね。王妃さまの帯の黄色は、もう少し落ち着いたものを選んだほうがいいかもよ。

拝礼しつつも、鈴玉はいつもの習慣で、主人の衣裳の取り合わせを批評している。

「ところで、この品々はどうされるのですか？　王妃さま」

「銀漢宮《ぎんかんきゅう》さまにお贈りするの」

首を傾げる鈴玉を前に、林氏は袖《そで》で口もとを覆い笑みをもらした。

「まあ、忘れてしまった？　主上の実の母上よ」

王の実母である李《り》氏は低い身分の側室だったゆえに、息子を出産した後もあまり目立たぬように暮らし、我が子が玉座についた時には、その将来と太妃の立場を考え、自ら出宮して銀漢宮という道観に入り、日々の修行に余念がない。

銀漢宮への特別な使者には薛明月が立てられた。彼女が嬉《うれ》しそうに使者の割符を王妃から受け取っているのを、鈴玉は羨望《せんぼう》の眼差《まなざ》しで見つめていたが、これに気付いた林氏が囁《ささや》いた。

「鈴玉、とても羨《うらや》ましそうね。そなたにも、いつか使者の仕事を任せるから」

「はい。それにしても、明月があんな明るい顔をして、よほど嬉しいのだと思いまして。公主さまみたいに、きらびやかな輿《こし》に乗れるとも聞きました」

「ふふふ、明月の喜びは、ただ公主気分を味わえるだけではない。実は、主上が彼女の護衛と荷物持ちに、武官一人と宦官《かんがん》を幾たりかつけてくださるのですよ。その武官が宮中の憧《あこが》れの的、武人中の武人と言われる劉星衛なものだから……」

「劉星衛？　あのいけ好かない？」と言いかけて慌てて口を押さえる鈴玉に、何も知らない王妃は微笑みかけた。

「王妃さまは彼をご存じで、明月の護衛に？」

あの「かさばった」劉星衛の印象は、自分のなかでは最悪なのだが……。

「彼女も苦労しているようだから、一時だけでも憧れの君と過ごさせてやりたいと思って。しかし、余計なお世話だったかもしれぬが」

鈴玉は急《せ》きこんで言った。

「いいえ、王妃さまのお優しさ、明月もきっと喜んでいると存じます」

最低武官のことはともかく、自分が王妃さまに心服する理由の一つは、この細やかなお心遣いなのだ——としみじみ思う鈴玉だった。

だが、その翌日の午後に異変が起こった。銀漢宮から戻って来た明月は蒼白《そうはく》な顔で、その右手には包帯が巻かれていたのだ。王妃に復命する明月の背後で、事の成り行きの一部始終を聞いていた鈴玉は、憤怒の表情で駆け出して行く。向かう先は——。

「おい、割符はどうした！　割符も見せずにこの朱天大路を通れると思うか！」

「そんなの知ったことじゃないわよ！　あのかさばったうすのろ武官を早く呼びなさいよ、羽林中郎将の劉星衛を！」

先ほどから朱鳳門で押し問答を続け、鈴玉は警備の宦官たちの制止にも負けず暴れていた。

「こやつ、中郎将をうすのろ呼ばわりするのか！　平《ひら》の女官のくせに！」

「平の女官って何よ、失礼な！　私は鴛鴦殿づきの……」

「私を呼んでいるのはそなたか、鴛鴦殿の女官」

後から駆けつけてきた鴛鴦殿の宦官に羽交い絞めにされ、じたばたしていた彼女の耳に、低い声が聞こえた。はっとして振り向くと、まさに目的の「かさばったうすのろ武官」が渋面を作り、自分を見下ろしているところだった。

「ふん。こそこそ逃げずに現れたわね、劉星衛」

羽交い絞めから解放された鈴玉は、ぜいぜい息を切らせ、乱れた衿《えり》元を整えながら長身の武官を睨《にら》みつけた。

「話があるの、何のことかわかっているでしょう？」

劉星衛が鈴玉の身元を保証する形を取ったので、鈴玉は割符を持たぬまま朱天大路に入り、あの橋の上で相手と向かい合わせに立った。彼女は、武官が左の袖《そで》をたくし上げ、腕に血のにじんだ包帯を巻いているのに気が付いたが、あえて無視した。

「あなたが護衛をした薛明月が、手に怪我をして戻って来た。ごく軽い、かすり傷だけど。何でも銀漢宮からの帰り道に、黒覆面のならず者たちに襲われたそうね。輿に乗っていたはずなのに、怪我なんておかしいじゃない。『一番の武官』であるあなたがついていながらこの始末とは、一体どういうことなの？　あなた自身の口から説明して」

怒り心頭に発する鈴玉を前に、星衛は表情も変えずに聞いていたが、彼女が言葉を切ると、おもむろに口を開いた。

「女官の意見はいちいちもっともだ。そなたの同輩を守り切れず、武官としての信頼を損ない、私としては詫《わ》びる言葉もない。薛女官には申し訳ないことになったと、心より思っている」

そして、深々と一礼する。鈴玉は相手が率直に謝罪したので拍子抜けしたが、精いっぱいの虚勢を張り、鼻を鳴らした。

「ふ、ふん。謝って済む問題じゃないけど」

頭を上げた星衛は、ふっと息をついた。

「言い訳はしない。だが、これだけは言わせて欲しい……いや、訂正させてほしい。私たちを襲ったのはただの『ならず者』ではないのだ」

「えっ？　どういうことよ」

眉根《まゆね》を寄せる鈴玉に、星衛は頷《うなず》いた。

「『ならず者』は全部で十人余り、手練《てだ》れの者ばかりだったが殺意はなかった。追い払おうとする前に、あっさり退散したのだ」

——手練れの者で殺意がない？

十人以上の手練れの者を相手に、一行を守りつつ単独で戦い、明月をかすり傷程度で済ませたのならば、確かに彼は評判通りの強い武官なのかもしれなかった。

だが劉星衛は、次に聞き捨てならぬ言葉を発した。

「あれは警告だ」

「警告？　何に対してよ」

「おそらく、薛女官は脅しに使われただけだろう――真の標的は王妃さまだ」

――王妃さま？

胸の前に組んだ鈴玉の両手が震えた。

「な、なぜ王妃さまを……」

星衛の顔にさっと影が差した。

「それは、そなたも既に答えを知っているはずだ。後宮に生きるそなたであれば」

「…………」

鈴玉も星衛の言わんとすることはわかった。寒気が背中をひと撫《な》でする。顔色を変えた彼女を気遣ったのか、凜々《りり》しい武官は表情を和らげた。

「同輩が心配だったのだな。そなたは無礼で強情で生意気だが、実《じつ》がある。良き女官だ」

「なっ、何よ！　言いたい放題に人を……」

頭から湯気を上げる女官を前に、星衛は笑いはしなかったが、いっそう眼の光が優しくなった。

「そなたがいれば、鴛鴦殿も安心であろう。これからも王妃さまをお守りせよ」

「人に命令しないで、ずうずうしいわね！」

「鴛鴦殿に戻ったらさぞかし叱られるぞ。覚悟しておけ」

「余計なお世話よ、さっさと帰って！」

主上に「王妃をよろしく頼む」と命じられた時は腹など立たなかったのに、この武官に言われると、なぜこうも怒りが込み上げて来るのだろうか。

星衛は眉《まゆ》を上げて相手の憤怒を受け流し、いかにも武人らしい身ごなしで背を向ける。

鈴玉は喉《のど》がつまって口をぱくぱくさせたが、やっとのことで言葉を絞り出した。

「め、明月を守ってくれてありがとう……劉中郎将」

星衛の言った通り、鴛鴦殿に戻った鈴玉は王妃臨席のもと柳女官にこってり絞られ、女官部屋へと戻された。そして、非番となっていた明月とともに茶と菓子で一息ついた。

鈴玉が先ほど朱天大路で劉星衛との間に起きたことを彼女に教えると、相手はうっとりした顔つきになった。

「やっぱり素敵よねえ、劉中郎将さまは」

「ちょっと明月、しっかりしてよ。まだ彼に憧れているの？　怪我までしたのに」

呆《あき》れを隠さない鈴玉を前に、明月ははにかんで手に巻かれた包帯を撫でた。

「憧れだなんて、そんな……私には大それたことよ。それに怪我のことは気にしていない、あの方のせいではないもの。ただ、鈴玉の話を聞いて、やっぱり劉中郎将さまがこの上なく優れた武人だとわかって、嬉しいの」

「どういうこと？」

「私たちを守り切れなかったと恥じて、あなたに頭を下げられた。自分より位階がずっと下の女官に、よ。なかなかできることではないと思うの。誠実なお心をお持ちで真にお強い方だわ」

「なるほど、そうかしらねえ」

鈴玉は納得半分、疑念半分の態《てい》で、肩をすくめて蓮《はす》型の揚げ菓子を摘《つま》み上げた。

二

ついに年が改まる時を迎えた。

元日の、まだ星が空にまたたいている時分、鴛鴦殿ではすでに人々が白い息を吐きつつ行きかっている。

王妃の寝室でも、起き抜けに白湯《さゆ》を喫し、身体の清拭《せいしき》を済ませた林氏が、礼服を着せられている。赤い縁取りに雉《きじ》の模様がついた「翟衣《てきい》」と呼ばれる青い衣。翡翠《かわせみ》の羽根を貼り付けた「鳳冠《ほうかん》」と称する冠。特に重要な礼服として厳格に定められたもので、鈴玉の衣裳《いしょう》合わせの才能は出る幕がなかったが、こうして布に触れ、宝飾を扱い、王妃に着付けを施す、それだけで鈴玉は準備の疲れを忘れるとともに、えも言われぬ喜びをも感じた。

「笑みが止まらないのね、鈴玉は。衣裳係に戻れた嬉《うれ》しさがまだ冷めやらぬと見える」

優しい林氏の言葉に鈴玉は「へへへ」と照れ、手に持つ帯を思わずぎゅっと締めてしまい、主人の息を詰まらせた。

「これ！　鈴玉。新年早々王妃さまに何たる無礼を！」

柳蓉の怒声もまた、新年早々だ。だが、王妃がふふふと笑ったところで柳女官が耐えきれなくなったばかりか、お詫びを言上するはずの鈴玉もふき出してしまい、あとは一同大笑いとなった。空気が揺れ、室内の数々の明かりに照らされて、王妃の冠の飾りと真珠の下がった耳輪、そして玉を繋《つな》いだ首飾りが煌《きら》めいていた。

支度を終えた王妃は鴛鴦殿を出て、王の居殿である建寧殿《けんねいでん》に向かう。王はまず天子さまの都である天京《てんけい》の方角を向いて遥拝《ようはい》し、ついで宮城で最も重要な式典が行われる乾元《けんげん》殿《でん》で群臣から朝賀を受け、新年を祝う御宴《ぎょえん》を開く段取りになっている。

王妃の一行が建寧殿に入ると、すでに遥拝を済ませた王が座っていた。彼は妻に隣の席をすすめ、王妃の傍らには、柳蓉から鈴玉に至る随行の女官が居流れた。

王は「冕冠《べんかん》」という冠に「衮服《こんふく》」という礼装を着用しているが、これらは冊封国の王として、天子さまの衮服より格式が一等くだったものとなっている。たとえば、冕冠の前後に下がった旒《りゅう》と呼ばれる玉飾りは天子の十二本に対して九本、衮服の上衣と下裳《かしょう》につけられた吉祥紋様は十二種ではなく九種となっている。

ともあれ、礼装姿の主上はいつもの若々しさ、精悍《せいかん》さに加えて威厳もまた格別だった。

鈴玉が熱っぽい眼で主上を拝見していると、不躾《ぶしつけ》に過ぎたのだろうか、相手は彼女の視線をとらえてにこりとした。

「鄭女官、『勉学』は進んでいるか？」

「？　……は、はい」

「まあ、主上と鄭女官はどこかでお会いに？」

不意の下問に動揺する鈴玉の横から、王妃が興味深そうに問うた。

「うむ。朱天大路で劉星衛に吠《ほ》えかかっていたのだ」

「あの泣く子も黙る強面《こわもて》の男に？　鄭女官は相変わらず大胆なこと」

林氏がくすりと笑う。

「宮中には稀《まれ》な、見るからに快活な女官だし、そなたの例の衣裳係ということで、興味を持ってな。つい彼女と話し込んでしまった……その時、『勉学』の話もいたしたのだ」

王は鈴玉にだけ意味がわかる悪戯《いたずら》げな目つきになった。

「さあ、参ろうか」

「ええ、主上」

衣裳が重いので林氏は柳蓉の介添えで立ち上がり、王も気づかわしげに妻の手を取る。

二人の仲睦《なかむつ》まじい後ろ姿を、鈴玉はどこか切なげな眼差《まなざ》しで見送った。

——たとえ偕老同穴《かいろうどうけつ》の恋愛でなくとも、お幸せそうね。

主上夫妻や香菱たちを見送ったあと、鈴玉はため息を一つついて鴛鴦殿へと戻ろうとしたが、太清池の近くで足を止めた。

彼女の視線の先にいたのは、小柄な身体に、はしっこそうな目つきをした一人の女官。向こうもこちらに気が付いたようで、表情を硬くすると踵《きびす》を返し、逃げ去ろうとした。

「待って、鸚哥！」

辺りを払う鈴玉の大声に、相手は観念したのか歩を止め、そのままゆっくり振り返る。

鈴玉は半ば息を止めて近づき、俯《うつむ》く鸚哥の前に立った。遠くでは女官や宦官《かんがん》が行きかっているが、彼女たちのいるこの区画だけは他に誰もいない。晴天だが、あいにく冷たい風が出ていて、立ちすくむ二人の身からそれぞれ体温を奪っていった。

「何も逃げなくていいじゃない、取って食いやしないわよ」

「………」

「随分久しぶりだから顔も忘れちゃった？」

鸚哥は俯いたまま、ずっと答えない。

「ずっとだんまりなのはなぜ？　私に何かやましいことでもあるなら別だけど」

思わず嫌味混じりの口調になってしまったが、鈴玉もそれ以上責めようとは思わなかった。艶本《えんぽん》騒動で名乗り出なかったのは鸚哥だけではないし、彼女一人をなじっても仕方がない。

「やましいことなんて、ないわ」

蚊の鳴くような声が返ってくる。

「そう、それならいいけど」

鈴玉は一歩間合いを詰めた。

「あなたも知っての通り、私は遠まわしにとか婉曲《えんきょく》にとか、とにかくそういった話の仕方は慣れてないの。だから単刀直入に訊《き》かせてもらうわね」

二人の背を比べると、鈴玉のほうが拳《こぶし》二つ分くらい高い。鸚哥はおどおどと鈴玉を見上げた。

「薛博仁と『対食』の関係を結んだというのは、本当？」

鸚哥は薄い唇を嚙《か》みしめ、鈴玉は眼を細めた。そのまま、互いを見つめる二人の上に沈黙と緊張が落ちる。

「ねえ、どうなの？　鸚哥」

「……ええ、そうよ。鈴玉、よく知っているのね。秘密にしていたのに」

「後宮では、秘密だろうと何だろうと、あっという間に話が漏れてしまうでしょ」

鈴玉は頭を横に振り、息を整える。

「駄目よ、鸚哥。『対食』がいいことか悪いことかはともかく、相手が悪すぎるわ。あんな……後宮の食わせものよ、あいつは」

とたんにそれまでのしおらしさは消え失《う》せ、鸚哥はきっと鈴玉を睨《にら》みつけた。はずみで、両耳の黄金の耳飾りが揺れる。鈴玉も初めて目にする品だった。

「そんなこと言わないで、彼のことを何も知らないくせに！」

さすがの鈴玉も相手の激しい反応に絶句してしまった。

「鈴玉、ひどいじゃない！　博仁さんはそんな人じゃない！　前からあたしに優しくて、気を遣って色々買ってくれたし！　第一、父さんみたいに殴ったりしてこないし！」

「父さんみたいって、鸚哥、そうじゃなくて私の言いたいことは……」

興奮のあまり、だんだん言うことがあさっての方を向き始めた友人に、鈴玉もどう対処したらいいのかわからない。

「大体、鈴玉がいまさらあたしに説教なの？　笑わせてくれるわ、調子に乗ってんじゃないわよ」

「鸚哥！」

「二度と私に話しかけてこないで……！」

最後に絶叫に近い、だめ押しの一言を鈴玉に投げつけて鸚哥は身を翻し、今度こそ駆け去ってしまった。

――鸚哥、鸚哥。駄目よ、薛博仁だけは。

口の中で何度も呟《つぶや》きながら、鈴玉は塑像のように立ちすくんでいた。

「鸚哥……」

三

正月の三日には、王妃が後宮の側室たちを鴛鴦殿に呼んで内輪の酒宴を開いた。

側室の到着を告げる先触れが鴛鴦殿に次々と響き渡り、思い思いに装いを凝らした側室たちが王妃の宝座の前に現れる。事実上の側室筆頭である敬嬪呂氏、それに次ぐ恭嬪《きょうひん》王氏《おうし》、昭容趙氏《しょうようちょうし》……。

林氏もまた、鈴玉が心を込めて用意した、小さな真珠を縫いつけ吉祥紋様を刺繍《ししゅう》した大袖《たいしゅう》を身につけ、その優雅な挙措も相まって、王妃の品格を余すところなく見せていた。

鈴玉は目立たぬよう部屋の隅に控えていたが、久しぶりに呂氏を目にして警戒を新たにする一方、やはり彼女の持つ匂やかさ、華やかさは後宮随一なものだと感心もした。

盛装した女性たちがこれだけ集えば、王妃の御前は華やかなものとなる。拝跪《はいき》して賀詞を奏上する一同を林氏は見渡し、「免礼」と声をかけて微笑を浮かべた。

「後宮も無事に新年を迎えることができた。公子も公主も揃って健やかに育ち、主上もお喜びである。何かと至らぬ私ではあるが、今後とも主上にお仕えし後宮を守っていくつもりなので、そなたたちも引き続き協力をしてほしい。後宮の平穏はすなわち国の平穏に繋がるゆえに」

そこまで言うと、王妃は立ち上がって次の間を指し示した。

「さあ、ささやかながら酒や肴《さかな》を用意してある。いつものように、お互い主上にお仕えする身として、無礼講にて語らいを……」

一同が移動し、鈴玉も給仕のため後に続こうとしたが、そこで呼び止められた。

「鈴玉」

ねっとりと艶を帯びたその声は、呂氏のものだった。

「久しぶりよの、息災だったか」

「ご無沙汰《ぶさた》いたしております、御方さま」

膝《ひざ》を折って挨拶《あいさつ》する鈴玉の肩先を、呂氏が軽く叩《たた》いた。

「ほんに、遠くからでもそなたの身を案じておったぞ。冬近くに永巷《えいこう》送りになって、気の毒だったのう」

鈴玉は顔がかあっと火照るのを自覚せずにはいられなかった。二人のやり取りに気付いた側室たちやお付きの女官と宦官が、好奇と嘲弄《ちょうろう》の目で自分を見ているのがわかる。

――これは敬嬪さまの意趣返しだわ。このような場で私に恥をかかせるのね。

だが反論も敵《かな》わず、鈴玉はただ唇を嚙みしめて俯く。

「敬嬪、そなたが座らぬと宴《うたげ》が始まらぬ」

王妃に声をかけられた呂氏は嫣然《えんぜん》と微笑むと、王妃に最も近い卓についた。鈴玉は救われた、とほっと息をつく。

それから、鴛鴦殿の女官が側室たちに酒をついで回った。だが呂氏は酒を乾杯用の一口にとどめ、代わりに茶を所望したので、鈴玉が少量の酒が入った杯と茶の碗《わん》を二つとも呂氏の前に置いた。

「これは珍しい。敬嬪は酒を好むと思うていたが……」

「恐れ入ります、王妃さま。めでたい席でこのようなことを申すのもなんですが、このところ体調をいささか崩しておりますもので」

「それは気の毒に、養生しなさい。あとで鴛鴦殿からも補薬《ほやく》を遣わすほどに」

「ありがたき幸せにございます」

呂氏は立ち上がり、杯を掲げた。彼女に続き側室たちもそれに続く。

「王妃さまのご長寿とご繁栄を祈念申し上げます！」

林氏は座したままそれを受け、呂氏を除く一同が飲みほす。

このように全部で九度、王妃に酒が献ぜられ、酒肴《しゅこう》を楽しんだあとは茶と菓子が供された。次いで一同は殿の軒下に座を移し、殿庭で演じられる芝居を鑑賞する。

側室たちに手あぶりを配り、皿や杯を取りかえ、芝居の演者へのおひねりの籠《かご》を運び……側室たちの優雅に笑いさざめく声をよそに、女官や宦官たちはてんてこ舞いである。

座もたけなわの頃、呂氏が胸を押さえたままふらりと立ち上がった。

「恐れ入りますが、気分が悪いのでこれで失礼を……」

「大丈夫か、敬嬪」

気づかわしげな林氏に、呂氏は弱々しく微笑み返すと拝礼し、薛博仁に付き添われて退出した。博仁は兄を前に複雑な表情をしている明月へ、そして拳を握りしめて睨む鈴玉に順番に眼をやると、にやりと笑ってすぐに澄ました顔に戻り、呂氏とともに去った。

――あの腐れ宦官《かんがん》！　新年早々あいつと顔を合わせる羽目になるなんて。

宴の片付けをしながらも鈴玉は胸のむかむかが収まらなかったが、仕事が終わり夕餉《ゆうげ》をとる頃には気持ちも落ち着いてきた。

「今夜は冷え込むのに、こんな時に限って宿直《とのい》だなんて嫌になっちゃうわ」

香菱たち同室の女官がぶつぶつ言いながら再び鴛鴦殿に行ってしまうと、鈴玉はふと「勉学」の課題を思い出し、寝台に隠してあった艶本《えんぽん》を取り出して、王の朱筆の部分を拾いながら読み出した。だがそのうち、一つの疑問が頭に浮かんできた。

――そういえば、私、最初に読んだ時、何を考えながら読んでいたんだろう？

感想を書き留めた帳面は謝朗朗に渡してしまっていたが、無性に読み返してみたくなり、翌日、朗朗たちに会いに行った。

「君がくれた感想の？　いや、今はここにないんだよ」

朗朗の返答に、鈴玉は眼を丸くした。

「実は昨日鸚哥が来て、君と仲直りしたいと言い出したんだ。何でも、元日早々二人で大喧嘩《おおげんか》したんだってね。で、仲直りのきっかけになると思ってあの冊子を渡したんだよ。俺たちの代わりに返してあげて欲しいと言って。やっぱり艶本は俺たち四人の縁を繋《つな》いでくれたものだからね。本人も喜んでいたけど、まだ君のところに来てないの？」

「……いいえ、初耳だわ」

鈴玉にとって思いもかけない話だった。秋烟も眉《まゆ》をひそめたが、鈴玉の怪訝《けげん》な顔を見て励ますような声を出した。

「まあ、昨日の今日だし。そのうち会いに来るよ、きっと。ねえ、朗朗？」

　とはいえ、鈴玉はどこか引っかかりを感じ、首を捻《ひね》りながら鴛鴦殿に戻った。

　そればかりか二日後、彼女は明月から何とも嫌な噂を聞く羽目になった。

「……敬嬪さまは、鴛鴦《こ》殿《こ》での宴以来お身体の調子が悪くて、ずっと床に臥《ふ》せっておられたそうだけど」

　それはちょうど鈴玉や香菱たちの休憩時間にあたり、女官が使う手狭な控室の卓上には、三つの碗に注がれたお茶と、蒸し物や揚げ物などいくつかの点心が並んでいた。

「それがね、どうも身ごもられていたらしくて、流産なさったそうよ」

「えっ」

「その話は本当なの？」

　明月が切り出した話に、残る二人の箸《はし》が一斉に止まる。

「ええ。ご懐妊の初期だったとか。敬嬪さまはご体調も優れず、悲嘆のあまり寝付かれ、王さまもご心痛であられるとか。ただ、公には発表されず伏せられたままなのよ」

「そう……」と鈴玉は呟いた。薛博仁や鸚哥も含め、錦繍殿にはすっかり悪い印象しか持てなくなっていたが、さすがに御子の流産とあっては心が痛んだ。だが――。

「それで、王妃さまは見舞いの薬や品々を敬嬪さまに下賜されたんだけど、拝受を拒まれたそうよ」

　明月の声はほとんど囁《ささや》きほどの小ささだったので、鈴玉と香菱は身を乗り出し、互いに顔を近づけざるを得なかった。

「なぜ？　王妃さまからの贈り物の拝受を拒むだなんて」

お茶のお代わりを皆に注ぎながら、明月はため息をついた。

「宴の日、敬嬪さまはご気分が悪くなって先に退出されたでしょう？　それが……」

言いにくそうに、いったん言葉を切る。

「鴛鴦殿で『一服盛られたのではないか』という噂になっていて」

鈴玉と香菱は顔を見合わせた。

「何よ、毒でも仕込んで流産させたってこと？」

「しっ、声が大きいわよ、鈴玉」

香菱が叱りつけ、明月に向き直る。

「ねえ、明月。聞きにくいことを聞くけど、あなたの話の出所はまさかお兄さまじゃないでしょうね？」

鈴玉も香菱と同じく眉間《みけん》に皺《しわ》を寄せる。明月は慌てた様子で首を横に振った。

「まさか、違うわよ。兄のことはもう諦《あきら》めているし、最近は話もしていない。教えてくれたのは、主上づきの黄女官。彼女は簡単に噂話を撒《ま》き散らす人じゃないわ。だから信《しん》憑性《ぴょうせい》は高いでしょう？　御医《ぎょい》が錦繡殿で診察したんだから、確実な話よ」

「冗談じゃないわ。流産はお気の毒だけど、私たちのせいにされているの？」

鈴玉は憤然として、思わず肉団子に箸を突き刺してしまった。

「大体、お酒もお食事も毒見はしているし、敬嬪さまに毒を盛る機会なんてあるわけないじゃない、馬鹿ばかしい」

明月は早くも冷め始めたお茶をごくりと飲む。香菱は渋面のまま口を開いた。

「ええ。でも、ここは何が起こるかわからない、誣《ぶ》告《こく》や冤罪《えんざい》がまかり通る後宮。私たちも気を付けなければ……王妃さまのおみ足を引っ張ることだけは避けましょう、ね？」

鈴玉は無実の咎人《とがにん》となった沈女官を思い出し、力強く頷《うなず》いた。


翌日、王妃の許しを得た鈴玉は久々に後苑《こうえん》に向かった。多くの木々が葉を落としているとはいっても、柊《ひいらぎ》や松の緑は寒気と日差しを浴びて冴《さ》えわたり、椿も赤や桃色、それに白色の花をつけて園林に彩りを添えていた。

秋烟や朗朗はまだ後苑の仕事には戻れない。香菱の推測では、やはり読み手よりも書き手のほうが重罪だと見なされているのだろう、とのことだった。鈴玉が不在の間、王妃の髪飾り用の畑は香菱と趙令運が守ってくれており、鈴玉は師父に礼を述べるため小屋に足を運んだのだった。

令運は鈴玉の挨拶を受けてもことさら喜びを表すことはせず、黙って彼女を伴い畑に向かった。そこには水仙や葉牡丹《はぼたん》が植えられ、まだ土中で春を待つ球根もある。

整った畑を前に一度は微笑んだがすぐに顔を曇らせた鈴玉を見て、師父は深い淵《ふち》のような瞳《ひとみ》を揺らめかせた。

「永巷《えいこう》から帰還し、かつもとの職掌に戻れたはずなのに、浮かぬ顔だな」

鈴玉は、自分から政治向きのことを話せば師父が怒るのをわかっていたので、唇を引き結んで横を向いた。

「わしは後苑で、もっぱら草木の相手をして数十年を過ごしてきたゆえ、外朝も後宮もよくは知らぬ。だが、いよいよ嵐が迫っていることだけは確かじゃ。しかも大きな嵐が」

さすがの鈴玉も、緊張の面持ちで師父を見つめた。

「王妃さまは賢明な方だが、それだけでは鴛鴦殿の宝座を守り切れるかどうか保証はない。鴛鴦殿を支持する官人よりも、錦繍殿に味方する者のほうが数多く、勢力も強い。残る王妃さまの持ち札は主上からのご庇護《ひご》だが、もし政争がこじれて主上にも強い批判の矛先が向くようになれば、あるいは主上は王妃さまをお手放しになるやもしれぬ」

「そんな……王さまに限って、そんな！」

趙内官は眼を細めた。

「そなた、主上のことをよく存じているような口振りだな？　まるで」

――王妃をよろしく頼む。

朱天大路でお目にかかった折、最後に王はそう自分に命じたのだ。あの何気ないように聞こえた一言が、実は大きな意味を持っている。そして、劉星衛の「王妃さまをお守りせよ」との言葉も。

「最悪の場合は廃妃――主上は国と玉座のためなら、そうなさるだろう。そして、王妃さまもそのご決断をきっと受け入れる。だが、嵐で倒れる花もあれば、嵐のなかで咲き続ける花もある。——鈴玉」

師父は普段は滅多に呼ぶことのない、彼女の名を呼んだ。

「そなたはそなたの花の咲かせ方があるだろう。ただし、それを刈り取ろうとする輩《やから》もいる。心するのじゃ」

趙令運の言葉を胸に、鈴玉は女官部屋に戻った。午後は非番だったので、父親に送る縫いかけの綿袍《わたいれ》を仕上げてしまうつもりだった。今まで暇を見つけては綿袍に取り組んでいたものの、女官の生活は昼夜なかなかに忙しく、作業は遅々として進まなかった。

袖口《そでぐち》と衿《えり》元を紺色で縁取りした灰色の綿袍を完成させ、出来栄えに満足した鈴玉は綿布で包んで自分の衣裳函《いしょうばこ》にしまい、ついでもう一つの縫物の仕上げに取り掛かった。

「……できたわ」

しばらくして、鈴玉はにっこりした。手にしているのは綺麗《きれい》な端切れを縫い合わせて作った女物の綿袍で、彼女はそれも綿布で包んだ。ただし今度は抱えたまま部屋を出て、裏手の小さな庭を覗《のぞ》いた。思った通り、明月が花卉《かき》の大鉢の前でため息をついている。

「ここにいるってことは、また気落ちの種があったんでしょ？　どうしたの」

明月は「うん……」と答えたきり、俯《うつむ》いた。

——おおかた、あの兄のことなんだろうけど。また、俸禄《ほうろく》をむしり取られたのね。

鈴玉はぎゅっと眉根《まゆね》を寄せて、手にした包みを明月の胸に押しつけた。

「家族に送る綿袍が出来上がったんだけど、妹にはもう作ってやったのを忘れていたわ。確か、あなたには妹さんがいたわよね。これからもまだまだ寒いでしょ、代わりにもらってやって」

そして相手の返事も聞かず、踵《きびす》を返して歩み去る。

「あ、ありがとう。鈴玉！」

感謝の言葉を背中で受け止めながら、彼女はぺろりと舌を出した。

――まあ、私には妹なんていやしないけどね。

四

鈴玉が明月や師父から聞いた話を裏付けるように、ここしばらくの林氏の様子はおかしかった。顔色が一向に優れず全身も気だるそうで、書見をしていても、女官たちを話し相手にしていても、どこか上の空なのである。

「さあ、王妃さま。ご覧くださいませ」

朝の支度で、鈴玉はことさら明るい声を出して生花の入った函を差し出した。小ぶりな紅白の花とつぼみが、色鮮やかな紐《ひも》や美麗な色紙《いろがみ》で飾られている。

「後苑の椿もこのように今が見ごろでございます。雪もなく晴れた日を選んで、王妃さまを後苑と私の畑にご案内いたしとうございます」

「後苑の椿、そなたの畑……」

王妃はいつものように微笑を浮かべたが、それは消えていきそうに儚《はかな》げなものだった。

「鈴玉の心遣い、感謝する。願わくは、末永く鴛鴦殿でそなたの花を楽しみたいが……」

めったに心の奥底を見せない主君が――と、鈴玉は驚くと同時に痛ましくも思った。

――今度の噂は、よほど王妃さまを追い詰めているのだわ。ああ、まさか鴛鴦殿を追われるなど、あってはならないけれど。

「王妃さま。朝餉《あさげ》が整いましたので、どうかお移りくださいますように」

香菱が声をかけて主従の会話を打ち切ったので、王妃は頷いて脇の間へ入っていった。ついで香菱は櫛《くし》を拭《ふ》く鈴玉に近寄ってきて、しかめ顔で囁いた。

「あなたが励まそうとしているのはわかったけれど、かえって王妃さまが沈んじゃったじゃないの」

鈴玉が返事の代わりにぷっとむくれると、香菱は苦笑する。

「後宮はどこもかしこも、敬嬪さまと王妃さまのことでぴりぴりしているのに、あなただけがいつもの通りね。まあそれでいいけど。でも……」

「でも？」

「敬嬪さまのご流産を公にして、あわせて王妃さまに対する弾劾がなされるかもしれないって」

「弾劾？　冗談じゃないわよ。ここで出したものに毒が入っていたとか何とか、寝言もいいところじゃない！」

いきり立つ鈴玉の唇に、香菱は「しっ」と人差し指を押し当てた。

「そうならないことを祈るけど、もしそうなったら……後は、王さまのご判断を待つしかないわ。王妃さまのご実家には権勢もないし、味方する官僚もいなくはないけど、何とも心細いのよ」

——王妃さまは潔白なのに！

鈴玉は怒りのあまり手元が狂い、思わず鬢《びん》付け油の小瓶を落として割ってしまった。

そして、いよいよ——。

「王妃さまに申し上げます！　朝議にて、御史台《ぎょしだい》の陸三鶴《りくさんかく》が敬嬪さまご流産のことにつき、調査の必要性と王妃さまへの弾劾を申し上げたとの由にございます！」

王の建寧殿から伝令役の宦官《かんがん》が息せき切って鴛鴦殿に飛び込んできたその時、王妃は日課の書見をしているところだった。

「王妃さま！」

「静かに、鄭女官」

おろおろする鈴玉を王妃はたしなめ、伝令の宦官に向き直った。

「して、主上のご判断はいかに」

「主上は、まず事実を明らかにすることをお心にかけておられます。そのうえで、王妃さまには禁足令をお下しになります。あわせて鴛鴦殿の調査や関係者への取り調べを行われるお心づもりとのことです」

林氏は深く頷《うなず》いた。

「わかりました。状況を承った旨、そなたから建寧殿によろしく申し上げるよう」

宦官を引き取らせた後、彼女は鈴玉と香菱に振り向いた。

「あの服を出しなさい。あれを着なければならぬ時が来たようです」

一瞬、二人は顔を見合わせたが、抗議混じりの声を出したのは鈴玉のほうだった。

「王妃さま！　それはいけません」

「早く。禁足令を告げる使者が来る前に、着替えなければ」

「駄目です、絶対に駄目です。だってあの服は……王妃さま……」

鈴玉は動こうとせず、ただ首を横に振り続けている。一方、香菱は唇を噛《か》んで下を向いていたが、やがて重い足取りで王妃の寝室へ行き、胸に白布の包みを抱えて帰ってきた。開けると、中から出てきたのは素服、つまり白い喪服である。林氏はこれを常に自分に最も近いところ、すなわち寝台脇の箪笥《たんす》の引き出しにしまっていた。

鈴玉は素服を目にするや「嫌！」と叫び、それを猛然と掴《つか》んで離そうとしなかったが、

「鈴玉、手をどけて。主命に背くことはできないでしょ？」

と、香菱に低い声で叱責されると、ややあって、鈴玉は服を離した。

それからこの胁の間で、王妃は素服に着替えた。鈴玉は涙をぽろぽろこぼしながら、

王妃の服を脱がせていく。菫色《すみれいろ》も美しい、「背子《はいし》」と呼ばれる衿が向かい合わせに開いた衣も、帯も裙《くん》も、そして小さな白椿の髪飾りも、全て彼女が整えたものだった。ついで、肌着姿となった王妃に今度は素服を着せていく。仕上げには、飾りのない黒水牛の笄《こうがい》を髷《まげ》に挿す。

——私は王妃さまにこんな服を着せるため、衣裳係《いしよう》に戻ったわけではないのに！

処罰を乞《こ》う者としてのいで立ちを鏡で確認し、王妃は満足そうに微笑んだ。

「王妃さま！　何の罪科もあり得ぬのに……なぜ……」

鈴玉はもとより香菱も耐えられなくなり、二人して御前に跪《ひざまず》きすすり泣いた。

「私の潔白は天地ももとよりご存じのこと。だが、今日の事態を招いたのは、後宮の長である私の不徳の致すところなのだから、その罪は負わねば。それにまだ何の処分も決まってはいない。案ずるでない、主上の慎重なご性格と賢明なご判断を信じましょう」

王妃の手のひらが自分の頭を優しく撫《な》でるのを感じ、鈴玉は涙で濡《ぬ》れた顔を上げた。

——ああ、この方は。

白一色の服に何も飾りをつけず、微笑を浮かべて立つ国母。豪奢《ごうしや》な宝飾がなくとも、錦《にしき》の衣でなくとも、いや生花さえなくとも、この方はこんなに美しかったのだ。なすべきことをなして生きてきた人間にだけ許された、美しさ。

「主上のお使者がご到着——！」

王妃以外の全員が、表情を硬くした。鴛鴦殿の主人に禁足を命じる使者に違いない。殿内には沈黙が満ちる。

「会いましょう」

王妃は頷くと、もう一度二人の女官の頭を愛《いと》おしげに撫で、柳蓉らを従えて宝座の間に向かった。

そして鴛鴦殿内の調査が始まり、宦官と女官たちも殿内の二室に分けて監禁された。

「私たちも取り調べされるのかしら？」

「たぶんね」

「ああ、怖いわ。痛い目に遭わされるのかしら」

一同は生きた心地もしなかったが、外朝の政争では王と王妃に味方する官人たちが持ちこたえているのか、その後は何の動きもない。

また、禁足令も全員がずっととどめ置かれるものではなく、夜は、宿直《とのい》以外の女官や宦官は自分のねぐらに帰ることも許された。非番の鈴玉は拍子抜けし、みなより一足先に女官部屋に戻る途中でずっと王妃のことを考えていた。

宝座の間で、跪いた王妃が主上の使者より禁足令を受けた際、

「この度のことは、すべて王妃として、後宮の統轄者としての臣妾《わたくし》の不徳の致すところ。むろん我が身の潔白は天地にお誓い申し上げますが、主上がいかなるご決断を下されても、謹んで受け入れる所存です」

と使者に返答した、その強い眼差《まなざ》しと凜《りん》とした声音が鈴玉には忘れられない。

同室の三人よりも一足早く帰ってきた彼女は、力なく自室の扉を開けた。いつもは気にならない扉の軋《きし》みが、今夜はひどく耳障りだった。部屋の中は真っ暗で、しかも寒い。自分の吐く白い息が、漆黒の闇に吸い込まれる。身体をぶるっと震わせ、次いで明かりをつけようと火打ち石を探した。

「…………？」

部屋の隅の空気が動いた気がする。彼女が振り返った矢先、首に何か紐《ひも》状のものが巻き付けられ、骨をも砕く勢いでぎりぎり締め上げられる。

――殺される！

苦しさのあまり口を開けると、今度は布のようなものを噛まされ、床に引き倒された。

「――――！」

手首と足首をきつく縛られ、麻袋のようなものをかぶせられたかと思うと身体が持ち上がる。網にかかった魚のように袋のなかで跳ねる鈴玉は、誰かに担がれて運ばれていることに気が付いた。

――どこに連れて行くのよ。ねえってば！

扱いは乱暴極まりないものだったが、やがてまた身体が浮いたかと思うと、次の瞬間には硬いものの上に投げ出された。痛いと叫びたいが、猿轡《さるぐつわ》を噛まされているのでそれもできない。しばらくじたばたしていると、自分を覆う袋がやっと取り除かれた。

鈴玉は床に転がったまま、周囲の状況を確認しようとした。自分が横たわる石畳、壁際には松明《たいまつ》と――どうやら獄具のようなもの。そして何人かの官吏。そのうちの一人、むさくるしい武官の腕が鈴玉に伸びてきたかと思うと、彼女の髻を摑んで乱暴に引き起こした。あまりの痛さに眼には涙がにじみ、猿轡を外されて大きく咳《せ》き込んだ。

「鴛鴦殿の鄭鈴玉か」

このなかで最も地位の高い者らしき、恰幅《かっぷく》の良い文官が口を開いた。

「だったら何ですか？　ここはどこなの？　早く縄を解いて私を帰さないと、後で面倒なことになるわよ」

唇の端が金《かな》くさいのを我慢しつつ、鈴玉は睨《にら》みつけた。どうやら投げ出されたせいで、歯で口の中を切ったらしい。

「ふん、評判通りの不敵な女官だな。だが、その強気も今日までだぞ」

さっきのいかつい武官が床に唾《つば》を吐く。

「まあまあ、先に話を済ませてしまおうか？　ここは泣く子も黙る司刑寺だ」

「司刑寺……」

最高の司法機関であり、国家の重大犯罪の裁きを司《つかさど》る部署。後宮から引き出され、厄介な場所に連行されてしまったことは、鈴玉でも見当がついた。

武官は、捕らえた獲物をいたぶるような表情を浮かべた。

「そなたは鴛鴦殿で開かれた王妃の宴《うたげ》で、敬嬪さまに茶をお出ししたな？」

「そうよ。まさか私が敬嬪さまに毒を盛ったとか言うんじゃないでしょうね！」

「どうだかな。錦繡殿ではそなたが怪しいと睨んでいる。いまそなたの寝室を捜索しているから、程なく真実がわかるだろうが」

文官が後を引き取ってそう答える。

「私の部屋？　そんなの調べたって何も出て来やしないわよ……」

嚙みつく鈴玉の語尾が揺れて小さくなったのは、この連中が目的のためなら証拠をでっちあげることも辞さないだろうということと、一つの秘密を思い出したからだった。

――嫌だわ、主上から賜ったあの艶本《えんぽん》があるじゃない！　どうしよう、あれが見つかったら今度こそ……。

文官は鈴玉の動揺した様子を見て、にやりとした。

「ほう、何か身に覚えでもあるのか？　さっさと吐いたほうが身のためだぞ」

「そんなもの、あるわけないでしょう！」

「ふふふ、威勢がいいな。では、これは何だ？」

文官は、随従の小者から二つの冊子を受けとる。

「見せてやろう。まずこの茶色い方は、王妃が女官に書かせたという官人の『殺生簿』――つまり暗殺したい者の箇条書きだな」

目の前で広げられた帳簿、そこに書かれた数々の氏名。鈴玉が見たこともない人物の名前がずらりと載せられている。だが、鈴玉はその名前ではなく、書かれた字体に眼が釘付《くぎづ》けになった。

――この字体は？　いえ、まさか！　でもどうして……？

硬直した鈴玉に、さらにもう一冊が突き付けられる。開かれたその葉《よう》を一瞥《いちべつ》して、彼女は思わず呻《うめ》き声を上げた。

――そんな……そんなはずは。なぜこれがここに？

「殺生簿とこの冊子は同じ人間が書いたものだ、字体が同じだからな。それにしても、お前は艶本騒動で痛い目に遭ったはずなのに、よほど好きなんだな。さすが艶本女官だ」

ひどい侮蔑《ぶべつ》の言葉も、いまの鈴玉の耳には入らなかった。なぜなら、目の前にあるのは、艶本の感想を書いた鈴玉の冊子。かつて朗朗に渡し、その後は……。

――鸚哥！

五

鈴玉は夢を見ていた。

初めて嘉靖宮に上がった日の昂揚《こうよう》感。新緑鮮やかな池のほとりでちょっかいを出した鯉たち、その煌《きら》めく鱗《うろこ》の模様。「振り分け」で顔を合わせた時の、林氏のふわりとした笑顔。割ってしまった王妃の皿の翠《みどり》と、欠片《かけら》で切った指から流れた血の赤。夏の青空のもとで、秋烟が並べていた蓮《はす》の桃色――。

寒さにはっと目をさますと鈴玉は膝《ひざ》を抱え、冷気の這《は》い上る床に座り込んでいるところだった。頑丈な格子とその外で見張っている兵士。いま自分の夢に出てきた、溢《あふ》れんばかりの色彩と温かみとは全く逆のものばかりである。

左側の頬がじんじんと痛い。軽く押さえてみると、腫《は》れ上がっているようだった。

鈴玉は、取り調べ役の文官との会話を思い出した。

――わざわざ鴛鴦殿の者どもを拘束しなかったのはなぜだと思う？　お前が目当てだ、鄭鈴玉。鴛鴦殿内で捕まえるとなると面倒だからな。まあ、敬嬪さまに毒を盛った証拠が揃えば、お前も王妃も一巻の終わりだ。だが、生き残る道も一つだけある。

――生き残る道？

――そうだ。『王妃の指示でやった』とお前がただ一言いえば、少なくともお前は救われ、将来の出世も約束されよう。どうだ？

――ふん、将来の出世ですって？　私が欲に眩《くら》んで王妃さまを裏切るとでも思っているの？　ふざけんじゃないわよ、このろくでなし揃いが！

鈴玉が言い返した瞬間、文官の脇にいた武官に横っ面を手痛く張られ、ついでこの牢《ろう》に放り込まれたのである。彼女は牢の扉を凝視した。

――次にこの扉が開けられたら、多分私は死ぬのね。

そう思うそばから、自分の牢に近づいてくる足音が聞こえる。

──思ったより早かった。あーあ、あっけない生涯だったわね、私も。

王妃づきの女官としての立場も、もはや意味はない。塵芥《じんかい》のように扱われ、王宮の片隅で捨てられる自分──。抑えようと思っても、口の端から自嘲《じちょう》が漏れ出す。

だが、牢格子の前に立った二つの人影を見て、鈴玉は表情を凍り付かせた。この生涯で二度と会いたくない人物が、最後の最後で揃って現れるとは。

それは鸚哥と博仁だった。

「ねえ、鈴玉、鈴玉！　お願いだからこっちに来て──！」

必死に呼びかけてくる鸚哥に鈴玉は反応せず、膝に顔を埋《うず》めていた。だが、あまりにもしつこいので、ため息をつくと腰を上げ、身体を引きずるようにして格子の前に立つ。全身が痛み悪寒も止まらなかったが、彼女は燃えるような眼差しを二人に向けた。博仁は夫婦気取りのつもりか、鸚哥の肩を軽く抱いている。

「物見高いご夫婦が、わざわざ私を見にいらしたわけ？　陥れた相手が命も失いそうなのを見て、さぞかし楽しいでしょうよ」

「鈴玉……」

刃《やいば》のごとき言葉の数々に鸚哥は顔をゆがめたが、博仁は一向に動じていない。

「ふうん。司刑寺での尋問と監禁に音を上げるかと思いきや、さすがは鴛鴦殿の鈴玉、えらく頑丈だね。でも、俺たちが陥れたというのはどうかな？」

鈴玉の、格子を掴《つか》んだ指の先が白くなる。

「私の筆跡を偽造したでしょ、手に入れた私の感想の冊子を使って。それに、あなたたちなら鴛鴦殿や私の寝室に、毒薬や『証拠の品』を忍ばせておくことも簡単でしょうし」

「全部推測だね、あれもこれも。まあいいや、俺たちがどうしてここに来たかというと――俺は正直言って、君が生きようが死のうがどちらでもかまわない。でも『妻』が、君に死んで欲しくないんだって。で、説得したいと言うから連れてきたんだよ」

「あんたたちに説得されるようなことなんて、何もないわ！　裏切り者と卑怯《ひきょう》者でお似合いのご夫婦ね、これからもどうぞ偕老同穴《かいろうどうけつ》でお幸せに」

鈴玉は不敵に笑ってわざとらしく拝礼したあと、眦《まなじり》をつり上げた。

「もう見物は十分でしょ、とっとと二人とも犬小屋にお帰り！　そして、飼い主から褒美の肉をおもらい！」

鈴玉の剣幕に鸚哥はびくっと身をすくませ、博仁は天井に向かって大笑いした。

「あはは、相変わらず活《い》きがいいや。俺たちを犬呼ばわりしている君のほうが、犬みたいに吠《ほ》えているなんて、ああおかしい。おつむの悪さは残念だけど、毒舌と美貌《びぼう》はいつにも増して素敵だね。とにかく友人同士、せっかくの機会だからゆっくり話しなよ」

そして彼は見張りの兵士を促して、ともに出て行った。あとには鸚哥と鈴玉だけ。二人の間には長い沈黙が流れたが、先に口を開いたのは鈴玉だった。

「鸚哥、何で？　朗朗たちから渡された私の冊子を……なぜ私を裏切ったの？」

「それは誤解よ、鈴玉」

鸚哥が勢いよく首を横に振ると同時に、真珠の首飾りの下がる胸元が大きく波打つ。首飾りはこれもまた鈴玉が初めて目にするもので、例の翡翠《ひすい》の腕輪や黄金の耳飾りとあわせ、まるで妃嬪《ひひん》のような贅沢《ぜいたく》さだ。ただ女官の服のままなので、ひどくちぐはぐさが目立っていた。

——まさか明月から奪った俸禄《ほうろく》で、腐れ宦官《かんがん》が買ってやったものじゃないでしょうね。

冷たい眼を向ける鈴玉に、鸚哥は言い募る。

「あの時は、あんたと仲直りするつもりで秋烟たちに会いに行ったの。信じて、裏切ってなんかいないわ！　それに今回も、鈴玉が助かるには『王妃さまの指示だったという真実を述べてもらう』しかないって『あの人』が！　あたしは鈴玉だけでも助けたくて」

——ああ、博仁の描いた筋書きがわかった。まず私もろとも王妃さまを陥れて、それから私の偽りの証言で王妃さまを廃妃に追い込み、それから私だけを救うと言って鸚哥を丸め込んだのね。馬鹿な鸚哥、まんまとあの腐れ宦官に騙《だま》されて。私も馬鹿だけど、あなたも相当なお馬鹿さんよ。

鈴玉には相手を怒鳴りつける気力はもうなかった。代わりに、えも言われぬ感情が湧きあがってくる。それはかつての友人に対する嘲《あざけ》り？　哀れみ？　それとも——。

「ねえ、鈴玉。あの人の言う通りにして。一言だけでいいんだから、『王妃さまの指示で』って。そうすれば助けてあげられるんだから……」

なだめるような、子どもに言い聞かせるような口調。鈴玉はそれに対し、鼻を鳴らすことで応《こた》えた。

「あなたの言う通りにしたら、王妃さまはどうなるの？」

鸚哥は答えられず、ただ俯《うつむ》いた。

「信じられると思う？　私に向かって『約束』という言葉を嘲笑《ちょうしょう》したのは、あなたの大事な『あの人』よ。嘘の自供だけ引き出されて王妃さまは廃され、用済みになった私は始末される。どうしてそれがわからないの？」

「そんなことないわ、あたしが保証する！　あんたは助けられて、立身出世や家門再興も間違いなし。入宮以来の夢が叶《かな》うのよ……！」

必死の形相の友人を、鈴玉はひたと見すえた。

「私は、あなた方の飼い主に夢を叶えてもらおうとは思わない。鸚哥、あなたは錦繡殿で美味《おい》しい砂糖菓子を食べ過ぎて、その可愛い脳みそまで砂糖漬けになってしまったのね、可哀そうに。人を裏切ってまで手に入れたいものって、いったい何なの？」

それを聞いて、鸚哥の様子は一変して鬼のような形相になり、格子の外から鈴玉に摑みかからんばかりになった。

「手に入れたいものですって！　失ってばかりのあたしにそれを聞くの？　どうせなら要らないものを聞いてよ、沢山あるから！　言ってみせましょうか、酒を飲んでは私たちを殴る父親も、借金取りも貧乏も！　全部要らないものよ。でも、いまの生活でやっとそれらと縁が切れたわ。あたしは、貧乏は嫌なの！　妹が妓楼《ぎろう》に売られたのは貧乏のせい、父さんが酒に溺《おぼ》れたのもそのせい。後宮で錦繡殿にしがみついていないと、一家揃ってまたあの生活に逆戻りだわ。そんなの嫌なの！　鈴玉も貧乏の惨めさは身に沁《し》みてわかっているはずじゃない。あたしはただ普通に暮らしたいだけ、なのにどうして責めるの……？」

血を吐くような相手の叫びとそれに続く嗚咽《おえつ》の声に、鈴玉も痛みと寒さを忘れ、涙が出そうだった。というのも、貧窮の惨めさがどれだけ人を卑屈にし、損なってしまうかを彼女自身がよく知っているからだった。その辛《つら》さこそが後宮に上がる決心をさせたのだから。

いつもひもじい思いをし、食べられるものといえば雑穀の、碗《わん》の底が透けるほどの薄い粥《かゆ》ばかり。冬でも綿袍《わたいれ》を着られず、綿のすっかり抜けた布団にくるまって震えながら寝た夜。恥を忍んで母と一緒に店に行き、頭を下げて調味料や穀物を前借りした日。慣れぬ子守仕事に疲れ、道端で裕福な家の子弟たちに馬鹿にされた屈辱。

――でも。

果たして、自分の生活は惨めさだけだったろうか？

父に後ろから手を添えられた手習いで褒められたこと。乏しい食材を母がやりくりして、自分は食べずとも娘に作ってくれた点心。穴を丁寧に繕い、傷んではいるが洗濯された清潔な服。庭で採れた小さな瓜《うり》を親子三人で分け合って食べた夏――。

すすり泣く相手に対し、静かな、我ながら驚くほど静かな声で鈴玉は答えた。

「ええ、私も貧しさは嫌いよ、大嫌い。だけど、自分に不誠実に生きるのはもっと嫌い」

「鈴玉……」

涙にぬれた睫毛《まつげ》をしばたたく鸚哥に、鈴玉は微笑みかけた。皮肉も嫌味もない、心からの笑みだった。

──私とよく似ている鸚哥、でも似てもいない鸚哥。

「さようなら、鸚哥。私がいなくなったら私のことはすぐに忘れて。あなたは、あなたの信じたいものを信じて生きていけばいい。私も、私の信じたいものを信じて死にたいの。だからお願い、もう私にかまわずに行って──」

六

──鈴玉や。我が家は確かに貴族の家系といえども、貧しい。だが貴族というのは、ただご先祖さまの功績のうえに胡坐《あぐら》をかいて、王さまから特権を授かり、ぬくぬくと暮らすために存在するのではない。たとえ貧しくとも学問を怠らず、道理をわきまえ、主君に忠節を尽くし、仁愛をもって人に接し、そして公明正大であれば、ご先祖さまに顔向けできぬということはないのだよ。

──でもお父さま。そうは仰《おっしゃ》っても、ないものはないのです。確かに学問は大切ですが、いくらありがたい経書の教えでも、それでうちのお釜《かま》にご飯が湧いてくるわけじゃないんですよ？

──鈴玉、私の言いたいのはそうではなく……。

過去の父との対話から意識が戻ってきた時、鈴玉は激しく咳《せ》き込んだ。自分の目や鼻から、水や涙、涎《よだれ》が入り混じったものがだらだらと流れている。だが、息をつく暇もない。彼女はいま、牢《ろう》から引き出されて責め問いにかけられているところだった。

「さあ、言わぬか！　王妃の指図だと。言わねば、そなたをこのまま責め殺すぞ！」

頭上から恐ろしい声が降ってきたかと思うと、髪を乱暴に摑《つか》まれ、頭ごと大きな水がめの中に突っ込まれた。口と言わず鼻と言わず、水が容赦なく入ってきて地獄の苦しさだ。

口から空気がぼこぼこと漏れ、それが尽きてもなお顔を引き上げてはくれない。頭ががんがんと割れるように痛み、視界が真っ赤で何も見えない。

──ああ、このまま殺されるのね、私。いいわ、王さまは私に「王妃をよろしく頼む」とお命じになった。そして、あの艶本《えんぽん》の結末は、愛麗が節を守って想う人に殉じる……私は全く気に入らない終わり方だけど、こうなったら愛麗役になって、王妃さまのため、きれいさっぱりこの世から消えてやろうじゃない。

ふっと、脳裏に一つの映像が結ばれる。初めに会った時と同じ、躑躅《つつじ》の花に囲まれ穏やかに笑っている秋烟と朗朗。

──ねえ、あなたたち。あの艶本はただの恋物語として書いたの？　それとも密《ひそ》かに政争も風刺していたの？　朗朗、あなたは秋烟の気持ちに気が付いていた？　二人の答えを知りたかったけど、もうそれもできないのね。

意識を失う寸前で水から顔を引きあげられると、石畳に転がされた。さっきから何度同じことをされただろう。ぜいぜい息を荒げる鈴玉は背中をしたたかに蹴《け》られ、鋭い悲鳴を上げた。そこはつい先程まで、血がにじむほど笞《むち》で叩《たた》かれた箇所だった。

だが、芋虫のように転がりながらも歯を食いしばり、上目遣いで尋問役の武官を睨《にら》みつけた。彼の脇には同じく文官もいるが、薛博仁は姿が見えない。

──やっぱりそうね。汚いことは人にやらせる、それが卑怯《ひきょう》なあいつの手口だもの。

「ふん、しぶとい女だ。さっさと言えば楽になるのに、手間をかけさせてくれる」

──しぶとい、か。確かに不思議よね。何で私、こんなに意地を張って頑張っているんだろう。王妃さまのため？　自分のため？　それともこんな連中の思う壺《つぼ》になりたくないから？

また、別の記憶のかけらが頭をよぎる。最初に宦官二人に会った日。後苑《こうえん》は花々で彩られていた。芍薬《しゃくやく》、紫陽花《あじさい》、そして自分の足元に咲いていた、名も知らぬ白い花。

──あの花の名前は何だっけ。後で秋烟に聞いたような気もするけれど、もう忘れちゃった。名も知らぬ花、路傍の花。でも、それだって花には違いないわ。路傍の花でも、花は花。零落しても貧乏でも、私は私……。

「手間をかけたくないなら、さっさと腰の剣で殺せばいいでしょ！　それともそれはただのお飾り？　はっ、武官さまがちゃんちゃらおかしいわね、しょせん張り子の虎でしかないくせに……」

虫の息で、最後の気力を振り絞って鈴玉が嚙《か》みついたところ、今度は肩を蹴飛《けと》ばされた。ぐるりと回転する視界の隅に映ったのは、水桶《みずおけ》を提げて部屋に入ってきた女性。ここで働く者なのか、白い花のように可憐《かれん》で、小づくりな顔、赤い唇、白っぽい服。視界が霞《かす》んで良くは見えないが、自分にも似ているような、王妃にも似ているような面立ち。彼女は鈴玉の凄惨《せいさん》な姿を見てか、それともその怒鳴り声に驚いてか、びくりとすると後ずさりし、ぱっと身を翻した。

――いまのは誰？　私を憐《あわ》れんで天帝さまが遣わした花の使い？　私の魂魄《こんぱく》をあの世に案内してくれようとしているのかしら。

また父の弱々しい笑顔が脳裏をちらつく。鈴玉はふっと微笑んだ。

――主君に忠節を尽くし、仁愛をもって人に接し、そして公明正大であれば……か。お父さま、やっぱり私はお父さまの娘でした。結局はお父さまの教えに逆らうことはできなかった。そして、ごめんなさい。親不孝な娘は先に死ぬことになりそうです。せっかくの綿袍《わたいれ》もお送りできないまま。ああ、後はお父さまにも累が及ばぬように祈るばかりね……。

どれだけ時間が経ったのか、次に意識を取り戻した時、鈴玉は依然としてうつ伏せになったままで、武官の長靴《ちょうか》のつま先で頤《あご》をぐいと持ち上げられた。

「薄汚れてはいるが、やはり綺麗《きれい》な顔をしているな、お前は。叩かれようが水責めにされようが口を割らんのは見上げた根性だが、こうしてやればきっとしゃべりたくなるぞ」

そして侍者に目配《めくば》せすると、何かを持って来させた。それを目にした瞬間、鈴玉の顔は蒼白《そうはく》になった。

「や、やめて……」

語尾が震えて消える。眼前に差し出されたのは、真っ赤に灼《や》けた火かき棒。

「これでちょいと撫《な》でさすってやったら、お綺麗な顔《かんばせ》がさぞかし面白いことになるだろうな。顔が終わったら今度は指の爪だ、一枚ずつ剝《は》いでくれる」

「それだけは……嫌」

怯《おび》える鈴玉を前にし、嗜虐《しぎゃく》的な笑みを浮かべた武官が、だんだん火かき棒を近づけてくる。鈴玉は逃れようとしたが、別の武官に身体を押さえ込まれてしまっていた。熱気が頰に当たり、息が詰まる。室内に鈴玉の絶叫が響いた。

「い、いや――!」

その瞬間、部屋の扉が外から強引に開かれた。数人が部屋のなかになだれ込んでくる。

「者ども下がれ、下がれ！」

鈴玉を取り調べていた者たちもその勢いに気圧《けお》されて、壁際に退く。拷訊《ごうじん》役の武官も例外ではない。すんでのところで火かき棒から逃れた鈴玉は、霞む目を凝らして乱入者たちの正体を見定めようとした。

――えっ。

槍《やり》や剣を手にしているのは鴛鴦殿の宦官《かんがん》たち、そして「かさばっている武官」こと劉星衛だった。さらに、彼等の間を縫うようにして、軽い足音の主が進み出てくる。

全身を覆う白い服。小さくまとめられた髷《まげ》に挿した簡素な笄《こうがい》。すっと伸びた背筋。

「王妃さまの臨御である！　みな頭が高いぞ、礼をしませい！」

随従の柳蓉が大喝すると、一同は倉皇として拝跪《はいき》する。

「王……妃さま……」

床の鈴玉は、自分の主君を信じられない思いで見上げた。王妃は鈴玉と、その脇に転がる火かき棒を一瞥《いちべつ》して眦《まなじり》をぴくりとさせ、鈴玉に歩み寄ると、白い鳥がふわりと舞い降りるように身をかがめた。

「鄭女官……何と、このような姿に……いたわしいこと」

手を差し伸べてずぶ濡《ぬ》れの髪を撫でる。そして、また立ち上がって一同を見下ろした。

「令状もなく行方知れずになった、我が殿の女官を迎えに来た。見たところ、彼女が最後に鴛鴦殿を出た時とははなはだしく様子が違っておるが、なぜ彼女はこのような状態になっている？　何ぞ申し開きは？　李穂明《りほめい》」

名指しされた、くだんの偉そうな文官は諂《へつら》うような、侮るような笑みを浮かべた。

「申し開きなど……罪を犯した女官を、正当な理由をもって取り調べているところでございました。天地に誓って、やましいところなどありませぬ」

王妃はそれを聞くや、両の口の端をくっと上げた。

「そなたの暮らす天地は、私の暮らすそれとは異なるようですね？　随分と軽い、まるで鴻毛《こうもう》のごとき天地ではないか。いずれにせよ、そなたたちのしたこと、のちほど重き懲罰を下されようほどに、覚悟しておくとよい」

「これはまた、十分なお言葉を賜りまして。しかし、懲罰と仰《おつしや》るのはいかがなものですかな？」

「と申すと？」

林氏は笑みを絶やさない。

「主上の禁足令をお破りになり、あえてこちらにご降臨されるとはよほどのお覚悟と拝察申し上げます。王命への違反は重大な罪ゆえ、王妃さまが取り返しのつかぬお咎《とが》めを蒙《こうむ》るのではないか、ご家門にも累が及ばぬかと、臣《わたくし》は勝手ながら……」

「黙りゃ！」

鋭く、気迫のこもった一声が飛ぶ。部屋の空気が揺れ、皆も圧倒された様子だった。

小柄な王妃の全身から白い炎が燃え上がり、両眼から雷光が発せられたかのように見えた。

「そなた、いったい誰に向かってものを言っている？　廃妃の王命を受けるその時まで、私はこの涼の国母である。ここに来たのは、単に我が女官を助けるためではない。道理の通らぬことを正し、冤罪《えんざい》に苦しむ民を救うためです。もしこれが理由で廃妃となったとしても、何を後悔することなどあろう。また、我が家門のこと、いかに権勢なきといえどもそなたの穢《けが》れた口で辱められとうはない。私は妃の座に上がったその日から、大義のためなら親きょうだいをも滅ぼす『大義滅親《たいぎしんをめっす》』の覚悟でいるゆえ」

一気に語り終えると、王妃は柳女官と宦官に命じて鈴玉の縄を解かせた。扶《たす》け起こされた鈴玉は痛みに呻《うめ》いたが、必死で王妃の方に向き直り、何か言おうとした。しかし、身体が疲れ切っていて声も出ない。太清池の馴《な》染《じ》みの鯉よろしく、口をぱくぱくさせるのが精一杯だった。

——ああ、王妃さま。いけません。救けに来てくださったのは、涙が出るほどありがたいことです。ですが禁足令を破ったとあれば、いくら王さまのお力をもってしても王妃さまはさらに不利に……。

「李穂明」

文官に呼びかけた王妃は、すでにいつもの柔和な顔つきに戻っていた。

「潮目が変わる。独立であるべき御史台《ぎょしだい》に介入し私への弾劾を教唆した右相《ゆうしょう》の柳宝裕《りゅうほうゆう》と、敬嬪の父である呂大卿《だいけい》の邸《やしき》には、すでにその進退を問う主上の使者が遣わされたと聞く」

李穂明の頤《あご》がだらんと下がった。

「禁足令のもとにある私でも知っていることを、そなたが知らぬとは。なぜこの場に主上づきの劉星衛がいると思う？　その意味も併せ、そなた自身の立場をいま一度考え直すがいい」

そしてさっと衣の裾《すそ》を払うと昂然《こうぜん》と面《おもて》を上げ、星衛たちを従えて司刑寺を出ていった。

七

「痛い！　痛いじゃないの！」

女官の寝室にて、うつ伏せに横たわった鈴玉は涙目になり、背を弓なりにそらして悲鳴を上げた。

「もっと優しくしてよ、ただでさえ沁《し》みるんだから！」

「わかっているわよ、これでも掌薬《しょうやく》の指示通りにやっているの。でも、なかなか難しくて」

同輩の背に、薬草を塗り込んだ湿布を危なっかしい手つきで貼っているのは杜香菱だった。その傍らで薛明月は目を真っ赤にし、涙を流している。

「まさか、まさか私の兄のせいじゃないでしょうね、鈴玉がこんな目に遭わされたのは。だとすれば、私、お兄さまを許さない！」

鈴玉はしかめ顔になって振り返り、明月を睨《にら》みつけようとしたが、背に痛みが走って果たせなかった。

「あなたのせいじゃないんだから、葬式の哭《な》き女みたいにベーベー泣くのはやめてちょうだい」

ぷいと前を向いた鈴玉に、黄愛友が微笑みかけた。

「鄭女官にも見せたかったわ。王妃さまはあなたを救け出された後、その足で建寧殿に向かわれて主上に跪《ひざまず》き、禁足令を破った罰を乞《こ》われた。主上は直ちに王妃さまに駆け寄られて扶け起こし、丁重に鴛鴦殿へと送らせたのよ」

　この女官部屋には、王より愛友と宦官一名が派遣されてきており、愛友は室内で、また宦官は駆け付けた秋烟や朗朗とともに戸外の見張りに当たっている。黄女官たちの存在は王が鈴玉を庇《ひ》護《ご》していることを示しており、もう誰も手を出すことはできない。

　そして鈴玉は、王の「王妃は守る」との言葉を思い出し、それに縋《すが》る思いだった。

「でも、不思議なのよね。どうして王妃さまは私の居所を捜し当てて、助けることができたのかしら？　私は攫《さら》われて、行き先もわからなかったはずなのに」

　彼女が呟《つぶや》くと、その場の者は視線を互いに交わしたが、そこへ王づきの宦官が外から愛友を手招きし、何ごとかを囁《ささや》いた。

「いいわ、通してあげて」

　頷《うなず》いた愛友は、振り返ってにこりとする。

「ちょうど良かった、お見舞いのお客さまよ」

　――お客さま？　誰かしら。

　鈴玉は、何とか振り返って入ってきた人物を確認しようとし、あっと声を上げた。

　見舞客とは、司刑寺で見たあの可憐《かれん》な、二十歳ほどの女性である。この世ならぬ存在と思っていたのに、まさかこの世の人間だったとは！

その美女は、花がこぼれるかのような笑みを一瞬浮かべたが、右手の指を重ねて手のひらを胸に向ける。次に「がははははは」と笑った。

「鈴玉、あんた。この符丁わかるかい？　久しぶりだね。司刑寺で烏賊《いか》の干物みたいにぺったりのされちゃってさ、ひどい目に遭ったけど命拾いして良かったね」

鈴玉が聞き間違えるはずもない、ががらとして野太い男のような声。

——司刑寺の小雄！

翁小雄は相手の反応を見て一層愉快になったらしく、天井を向いて哄笑《こうしょう》している。一方、鈴玉は傷の痛みも忘れ、呆然《ぼうぜん》と相手の顔を凝視するばかりだった。

「驚いたかい？　顔を合わせるのは初めてだもんね。そりゃ見た目と声がちょっとばかり違うからさ、わかんないのも無理もないけどね。司刑寺で捕まったあんたが叫んでいる声を聞いて、永巷《えいこう》でのお隣さんだと気が付いた。しかもでっちあげを作るための拷問だとわかったから、賭場《とば》の『常連』の宦官に頼んで後宮に入れてもらって、あんたの鴛鴦殿に飛んでいった。でもこっちは下働きだろう？　てっきり門前払いされると思ったんだけど、何と王妃さまに会わせてもらって、直接お話しできたんだ。それにしても王妃さまは偉いもんだね、ちゃんとあたいの話を信じてくださったよ」

「そう。いつ永巷を出られたの？　無事を確かめようにも、後宮の外じゃ手段がなくて」

「あんたが解放された後すぐに。賭場が閉まったままじゃ困るお客さんたちがいてね」

助けてくれてありがとう、と鈴玉は呟き、枕に頤《あご》を埋《うず》める。明月は小雄を座らせ、茶と薄焼きの干菓子を勧めた。小雄はさっそく菓子に手を伸ばし、ばりばり平らげている。

「それにしても、これからどうなるのでしょう？　王妃さまの行く末は」

手当が終わり、道具を片付けている香菱が心配顔で愛友に問うと、彼女は逡巡《しゅんじゅん》していたが、やがて一同を見回した。

「私の意見が主上のお気持ちを代弁していると思われると困ります。それと……」

愛友の視線に気付いた小雄は、砂糖のついた右手をひらひらと振った。

「ああ心配しなさんな。あたいはこう見えて、ここぞって時には口が堅いんだよ。話したいのは敬嬪さまのことだろ？　あの方は怖いよね。何たって、あたいの喉《のど》を潰《つぶ》したのは、あの御方なんだから」

小雄の発言に、室内は凍り付いた。だが注目を集める当人は肩をすくめて鼻の頭をこすった。そこにも砂糖がべったりつく。

「そんなに驚くことじゃないだろ？　それくらいは朝飯前だよ、錦繍殿は」

鈴玉は悲鳴を上げる背中をなだめながら、何とか小雄の方に顔を向けた。

「でも、そんなこと永巷では一言も話さなかったじゃない。他のことはいろいろしゃべっていたのに。たとえば、薛内官の話とか」

「あのさ」

小雄は、いささか呆《あき》れた調子で首を横に振った。

「薛についてはいくらしゃべってもかまわないさ。だけど、錦繡殿の本体のことは駄目だね。一言でも下手なことをしゃべったら最後、翌朝までに死体にされても文句は言えない。いくらあたいの家が都の顔役だって、敬嬪さまの前じゃ泣き寝入りさ」

「そんな……」

鈴玉は、「錦繡殿のことはうかつに話すな」と厳命した師父を思い出した。

「でも、なぜ喉を潰されてしまったの？　どうしてそれが敬嬪さまの差しがねだと？」

香菱が問うた。

「ん、もう三年前になるけど、司刑寺の御用で後宮に行かされた帰りにさ、お池で敬嬪さまにばったりお会いしたんだ。雲の上のお方なのに話しかけてくれて、あたいのことを綺麗《きれい》だ、王さまの側室にもなれるくらいだって、やたらに褒めてくれたんだよ。そりゃ、嬉《うれ》しかったさ。で、数日後にお使者が来て、お菓子やら果物やらをたくさん頂戴《ちょうだい》した。敬嬪さまはあたいのことを気に入ってくださった、これは錦繡殿に召し抱えるためのほんの手付の品々だとか何とか。でも内密のことだから人にも言うな、誰にもやるなって釘《くぎ》を刺された。だからあたいは独りで菓子を食べたんだけど……」

小雄は高熱を発し、喉が息もできないくらい腫《は》れ上がり、のたうち回った。もはや医院に行く気力も尽き果てて、気が付いたら声が全く変わっていたという。その時の苦しさを思い出したのだろう、彼女は膝頭《ひざがしら》をぎゅっと摑《つか》んだ。

「毒を盛られたのね、でも告発はしなかった。お医者には？　食べ残しの菓子だってあったでしょう？」

「だからさ、鈴玉。言っても死体にされるだけ。第一、たとえ証拠があっても誰も取り合ってはくれないよ。声が潰れただけじゃお暇《いとま》を頂く理由にもされないし。医者？　御医から見習いまで、半分は敬嬪さまに鼻薬を嗅《か》がされているって噂だよ。でも不思議なんだけど、あたいは女官でもなくてただの下働きなのに、そんなに美人が怖いのかね」

「美女というより、『主上のお目に留まるような美女』よ。あの御方が恐れるのは」

愛友はため息混じりに言って、小雄と鈴玉の顔を見比べた。

「そうね、良く見たら二人ともどこか似ているわ。顔の輪郭《りんかく》とか、肌の白さ、瞳《ひとみ》が大きくて黒目がちなところとか……」

鈴玉は改めてぞっとするとともに、錦繡殿に対して腸《はらわた》が煮えくり返った。

一方、首を傾げて何かを考えていた香菱は、はっと気が付いたように腰を浮かせる。

「大変！　鈴玉、あなた、前に錦繡殿でお茶やお菓子を貰《もら》ってきたじゃない！」

「ええっ」

明月も青い顔で立ち上がる。

「私たち、あれを食べたり飲んだりしちゃったわよ！　どうしよう」

「みなさん、落ち着いて」

おろおろする女官たちに対し、穏やかな表情で愛友が口を挟んだ。

「ねえ、さっきから興奮しすぎよ。現にいま揃ってぴんぴんしているでしょう？」

「そうですね、先日から信じられないことばかりを見たり聞いたりしたせいか、つい慌てちゃって。あの時は、鈴玉がまだ利用価値があると思われていたから、何ともなかったんだわ。でなければ……」

香菱はそこまで言ってぶるっと身を震わせた。

「でも悔しい。小雄のこともそうだし、このまま敬嬪さまが何のお咎《とが》めも受けず、王妃さまの禁足令も解かれなかったら……」

考えれば考えるほど、鈴玉は呂氏への怒りで涙が出てきそうだった。

「王さまは慎重に外朝で渡り合っておられるとのことですが、何とかなりませんか?」

再び訊《き》かれた愛友は、うーんと唸《うな》ったが、やがて覚悟を決めたのか顔を上げた。

「これから話すことは、建寧殿の黄愛友ではなく、あくまで『愛友の生き写しの妹』が独り言を喋《しゃべ》っていると思って聞いてね。あと、薛女官には辛《つら》い内容になるけど……」

明月は頷いた。

「わかっています」

「では、話しましょう。敬嬪さまの呂家たち権門勢力は、近頃の主上からのご寵愛《ちょうあい》を機に王妃さまを廃妃に追い込む準備を重ねてきた。でも、その権門でさえご機嫌を伺う人物がいる。彼が錦繍殿と外朝の繋《つな》ぎ役となり、陰でいろいろ動いていることは明白だわ」

「それが、薛博仁」

「その通りよ、鄭女官。これから先は少し曖昧《あいまい》な話にもなるけど、陰謀に薛の意向が強く影響しているのは、薛が権門の弱味を握っているからみたい。でも、それが何かまではわからない。なかなか尻尾《しっぽ》を摑ませないのよ、薛内官は。何か証拠が見つからないと、いくらご聡明《そうめい》な主上でも、このままでは手詰まりになる」

「そうですか――」

鈴玉は黄女官の話を聞き、いささかがっかりしてしまった。もう少しで錦繍殿に手が届きそうで届かず、何とももどかしい。緊張の糸が切れたのかどっと疲れが出て、傷の痛みを超えて今度は眠気がまさってきた。

「ふふ、病人はおねむのようね、欠伸《あくび》している。私たち、少し静かにしていましょうよ」

小雄が立ち去る足音を聞きながら、鈴玉は眠りに落ちていった。

八

司刑寺での責め問いで手ひどく痛めつけられたとはいえ、鈴玉はもともと頑丈なためか、数日後には立てるまでに回復した。ただし、やはり疲れやすくはなっており、横になることが多く、相変わらず寝室には香菱や黄愛友が詰めていた。

その日の午後も、粥《かゆ》を食べ終えた鈴玉が寝台でうたた寝していると、誰かと言い争っている香菱の声が聞こえてきた。

「……あなたたちのせいで鈴玉は死ぬところだったのよ。それなのによくもまあ、のこのこ顔を出せるわね。見舞い？　ふざけないでよ。私があなたに目潰《めつぶ》しを食らわせないだけましだと思って、とっとと帰って！」

興奮している香菱に、愛友が何か取りなすような言葉をかけているのも聞こえた。

「じゃあ通すだけは通すけど、用が済んだらさっさと帰って、二度とここに来ないで。約束するわね？」

押し殺した香菱の声とともに、誰かが室内に入ってきた。すでに来客の正体を察知していた鈴玉は寝返りを打ち、壁際に身体を向ける。

「鈴玉……」

背中から呼びかける声は、鸚哥のものだった。

「ごめんなさい、本当にごめんね。まさかこんなことになるなんて」

語尾が消え、あとは嗚咽《おえつ》が続くばかりである。鈴玉は一言も返さず、布団を頭から引きかぶる。

「牢獄《ろうごく》で別れてから鈴玉がどうなったか、後で知ったの。私だって、許してもらえるなんて思ってない。鈴玉、鈴玉……一度でいいからこっちを見て。罵《ののし》ってもかまわないから、一言でも声を聞かせて」

鸚哥は鈴玉に向かって懸命に呼びかける。だが、布団の山はぴくりともしない。

「もういいでしょ、鸚哥。帰って、お願いだからもう帰って。あなたの泣き声を聞いたら、せっかく治りかけの病人の具合がまた悪くなっちゃう」

香菱が割って入り、鸚哥はまたひとしきり泣きじゃくったあと、最後に「鈴玉……」と呟《つぶや》くと寝台の前を離れた。そして、手にしていた包みを「見舞いだから」と香菱の手に押し付け、部屋を出て行った。

足音が遠ざかるのと入れ違いに、秋烟と朗朗が戸口から顔を覗《のぞ》かせる。

「大丈夫かい？　鸚哥は泣きながら帰って行ったよ。何度も鈴玉のほうを振り返って、肩もこんな風に落としてね。彼女が鈴玉にしたことは許しがたいけど、僕らの友人でもあるから、何だか辛いや」

「俺もだよ。それにしても、何でこんなことになっちゃったんだろうね」

香菱は首を横に振り、鸚哥が残した包みを小卓に置いた。

「見舞いだなんて抜け抜けと。すっかり錦繍殿に染まっちゃったのね、あの子も」

ぶつぶつ言いながら、包みの結び目を乱暴にほどく。

「何よ、これ」

出てきたのは一冊の本。ぱらりとめくった香菱は絶句する。

「あの子ったら！　ふざけた真似をして」

「何だい、それ」

「あなた方のほうがよく知っているはずよ」

ただならぬ会話に、ずっと背中を向けていた鈴玉も振り返り、何とか身を起こす。本を開いた状態で顔につきつけられた朗朗は、眼を白黒させている。

「俺たちの書いた艶本《えんぽん》じゃないか、しかも回し読み用の抄本だよ。鸚哥や鈴玉がこれで読んだはず。何でまたこれを？」

「だからふざけているって言うのよ、この……」

憤怒の形相で本を床に叩《たた》きつけようとした香菱を、「待って！」と愛友が制止する。

「何かが本に挟まっている」

そして、本の隙間から落ちた紙を拾い上げた。四つに折りたたまれた地厚なもので、愛友は注意深い手つきでそれを広げて検分し、香菱と朗朗たちも覗き込む。

「これは……？」

紙面には、筆頭者がわからぬよう円形に書き込まれた二十名以上もの署名と、血判。

「私も全員の名前を知っているわけではないけど、八割がたは見覚えがある。おそらくこれは、王妃さまの廃位をもくろんだ関係者一同の血判状よ」

「えっ？」

黄女官の発言にみなは息を呑《の》み、香菱が本の葉《よう》を繰りながら呟いた。

「他にも、いくつも挟まっている。同じように廃妃の陰謀に関する書状みたいなものが」

香菱と秋烟が挟まった書状を一枚いちまい広げ、愛友に手渡していく。

「鸚哥は薛博仁のところからこれを持ちだしたんじゃないかしら。これって、錦繍殿の陰謀の証拠になりますか？」

　吟味していた愛友は書状から眼を上げ、香菱に頷《うなず》いた。

「たぶんね、でも私も詳しくはわからない。いずれにせよ上に知らせなければ」

　──鸚哥。これを渡すために私のところへ？

　知らなかったこととはいえ、鈴玉は胸がずきんと痛んだ。彼女に一言も口をきかず、追い返してしまった。

「では、急いで持っていきましょう。でも『上』ってどちら？　主上の建寧殿へ？　それとも王妃さまの鴛鴦殿へ？」

　香菱に問われて、愛友は考え込む。

「王妃さまはいま禁足令を受けておいでだから、建寧殿に直接行ったほうが……。いいえ、あくまでこれを受け取ったのは鄭女官なのだから、鴛鴦殿にまず渡したほうがいい。そうすれば、建寧殿に届けられるはず」

「それで大丈夫ですか？　王妃さまが証拠をでっちあげたと疑われませんか？」

　香菱の疑問に、黄女官はふっと微笑んで否定した。

「ええ、私たち建寧殿づきの者が証人になるから問題ないわ。それに、この冊子以外にも、主上は既に証拠を集めておいでになるはず」

「ねえ、証拠の品ってその艶本も入るのかい？　ちょっとそれは……」

　朗朗の焦る様子に鈴玉は思わず口元が緩んだが、そこで大変なことに気が付いた。皆に悟られぬよう手を伸ばして枕の下を探ってみたが、王より賜った艶本がない。

——あら？　確かにここに隠したはずなのに。自分が捕まったあと部屋も捜索されたはずだから、没収されたのかしら？　でも、それにしては誰も何も言ってこないのはなぜ？


「朗朗は諦《あきら》めなさい、この艶本も立派な証拠の品なのよ。では、私と黄女官がすぐ鴛鴦殿に持っていくから、残る二人は鈴玉と留守番を……」

「待って！」

声を上げたのは鈴玉だ。

「私も鴛鴦殿に行く。だってそれをもらったのは私なんだから！」

苦労して身支度し、香菱と愛友に両脇を支えられながら、鈴玉はゆっくり歩みを進めた。包帯を巻いていてもなお背中が衣服にすれて傷に障り、足取りもおぼつかなかったが、彼女は歯を食いしばった。周囲を警戒しながら建寧殿の宦官《かんがん》もついてきている。

すでに陽も暮れ、鴛鴦殿の庭には松明《たいまつ》が焚《た》かれていた。王妃の見張りと護衛を兼ねた宦官たちが守りを固めていたが、愛友が建寧殿の割符を示してすんなりと通過できた。

殿内の林氏は夕餉《ゆうげ》を終えたばかりで、入ってきた一行を見てただならぬ気配を察したのだろう、いつもの微笑を見せず硬い表情のまま、自らが書見に使っている脇の間へ全員を入れた。病人の鈴玉は特に拝礼を免除のうえ、榻《とう》と呼ばれる長椅子に座らせられた。

「錦繍殿の女官である張鸚哥が、鄭鈴玉に渡した書状でございます。どうぞお検《あらた》めを」

鈴玉に代わって香菱が言上すれば、愛友も言葉を添える。

「私、建寧殿の黄愛友が、授受の一部始終を見ておりました。相違ありません」

紫檀《したん》の大きな卓には、冊子とそれに挟まっていた数々の書状が載せられた。香菱が室内の明かりを最大限に増やす。王妃はまず一番うえの血判状を検分してから、他の書状にも手を伸ばしたが、次第に眉間《みけん》に皺《しわ》が寄っていく。

やがて、王妃は全てに眼を通し終わり、鈴玉たちを見据えた。

「これを持ってきた張鸚哥は、いまどこに？」

「いえ、わかりません。錦繡殿に戻ったかと……」

王妃は首を横に振り、ため息をついた。

「これから、速やかに彼女を捜し出しなさい。手分けして——そう、ここの宦官と女官とで組を作って捜しに行き、張女官の身柄を押さえて私のところに連れてくるように」

「王妃さま、まさか張女官の身に何かが……」

「彼女の命がかかっているのです、急いで。捜索は一人では危ないので、必ず二人以上で行動し、もし呂氏や誰かが何かを言ってきたら、これを出して黙らせなさい。たとえ禁足令に抵触するとしても、私が全ての責任を負うから」

彼女は卓上の引き出しから王妃の徽章《きしょう》の刻まれた割符を取って、香菱に渡した。次に手を打って人を集めると、捜索団をすばやく組織し、同じく皆に割符を持たせる。

「必ず張鸚哥を連れて来るように。ただし亥《い》の刻を告げる太鼓が聞こえたら、成果の有無を問わずみな戻ってくること。それから、鄭鈴玉は私と一緒にいなさい」

「なぜですか？」

口を尖《とが》らせた彼女を、林氏はきっと睨《にら》んだ。

「身体の不調はもちろん、そなたにも危険が及ぶからに決まっている。命が惜しくば、この鴛鴦殿から出てはならぬ」

捜索組が出て行った後、さらに王妃は書状をしたため、証拠の品々とともに黄愛友たちに託して帰らせた。一仕事終えると彼女は息をつき、留守番でじりじりしている鈴玉を見て切なげな笑みを浮かべた。

「友人の身が、心配であろう？」

「彼女は友人なんかじゃ……！」

鈴玉は思わず叫んだが、息を詰まらせ下を向く。

「きっとすぐに見つかるゆえ、そこでしばらく横になりなさい」

本当は、鈴玉は寝たくなどなかったのだが、王妃が榻を寝台代わりに整えさせたので、おとなしく横になった。王妃は自ら鈴玉に布団をかけると榻の縁に腰掛け、布団の上から指先でゆっくり規則的に叩いた。かすかに口から漏れてくるのは、市井でもよく歌われる子守唄《うた》の一節。

「お月さまがそなたを見ているよ、お星さまがそなたを撫《な》でているよ。おやすみ、おやすみよ……」

──お母さまの歌っていらした唄と、同じだわ。

懐かしい旋律を聞いていると、司刑寺での取り調べも、鸚哥の泣き声も、全てが遠いことのように思える。鈴玉の眦《まなじり》からすっと一粒の涙が転がり落ちた。

──鸚哥、鸚哥。どこにいるの？　どうか無事でいて……。

どれだけのあいだ眠りこんでいたのか、にわかに鴛鴦殿の周囲が慌ただしくなり、鈴玉の眼を覚まさせた。

ばたばたと足音が聞こえ、建寧殿づきの宦官が飛び込んでくる。宝座の間ではなく、王妃と鈴玉のいる脇の間に直接来たということは、よほど急いでいるのだろう。

「ご無礼お許しください！　主上がついにご決断をなさいました。たったいま、敬嬪さまの弟の呂景賓《けいひん》を連行すべく、王が邸《やしき》に兵を遣わされました。同時に、万一の事態に備えて三つの関の警護を固め、麟徳府の長官ならびに政治の長たちを直ちにお召しになりました。また、錦繡殿には禁足令が出され、かわりに鴛鴦殿の禁足令は解かれる予定となっておりますれば、どうか後続の使者をお待ちいただきたく……」

林氏は頷いた。

「謹んで承りましたと主上に伝えよ。そなたもご苦労でした」

入れ違いに、今度は香菱と、彼女と組んでいた宦官が駆け込んできた。二人とも顔は青ざめて肩が上下し、王妃の前で拝跪《はいき》するのも忘れている。

「池で、女官が見つかったとのことです。後苑《こうえん》の北西の隅で……」

それを聞いた林氏は上を仰いで瞑目《めいもく》し、鈴玉は布団をはねのけて飛び起きた。履《くつ》をつっかけ、ふらりと歩き出す。

「無理よ！　鈴玉……その身体じゃ」

香菱が鈴玉を押しとどめようとしたが、その腕を林氏が摑《つか》んで首を横に振る。鈴玉は同輩の脇をすり抜け、戸口へと向かっていく。

「鈴玉、待って！　私も行くから」

二人は捜索から戻って来た明月と合流して後苑に向かった。後宮じゅう、人が慌ただしく行き来している。後苑の春鳥門では秋烟と朗朗が待っていた。みな無言で、鈴玉を庇《かば》いながら北西の隅へと歩を進める。そこには、見捨てられたごとき小さな池があるはずだった。

目指す場所に近づくと、その一角だけが松明で明るく、人だかりができている。

――どうか間違いであって。お願いだから！

鈴玉は胸が張り裂けそうな思いで、ただそのことだけを考えていた。力を出そうにも出ない彼女の代わりに、香菱が「ごめんなさいね」と声をかけ、その怪力で人波をかきわけ、鈴玉を守りつつ最前列に出た。

池のほとりに、炎に照らされて「それ」が――蓆《むしろ》をかぶせられている何かがあった。中央が盛りあがった蓆からは、膝《ひざ》から下がむき出しとなった右脚と、濡《ぬ》れて絡まり合った髪の毛、そして枯れた藻の絡みついた右腕がそれぞれはみ出している。

　そして、その手首に嵌《は》まっている腕輪が、鈴玉の最後の希望を打ち砕いた。それはいつか持ち主が自慢し、彼女も眩《まぶ》しく見つめた、緑色に光る翡翠《ひすい》の腕輪。

「嘘、うそよ――！」

　一人の女官の絶叫が水面《みなも》に響き渡った。

第四章　鈴玉、再び志を立てる

一

池から引き上げられた無残な鸚哥の遺体を目にして、鈴玉は今度こそすっかり参ってしまい、本格的に寝込んでいる。

今日は、元日から数えて最初の満月となる元宵節《げんしょうせつ》。鈴玉も満月の夜を愛《め》でる観燈《かんとう》の遊びを前から楽しみにしていたのだが、それどころではない。

鈴玉が寝ている女官部屋の外では、粥《かゆ》を持った香菱が柳蓉を相手に首を振っていた。

「もう、どうすればいいのか。食事は摂《と》ってくれないし、ただただ鸚哥の名を呼びながら、はらはらと涙を流しているだけ。このままでは衰弱して命も……」

「では、あの後の出来事を彼女は知らないのじゃな」

数々の証拠と関係者への取り調べにより、敬嬪の流産が狂言だったことなど陰謀の全容が暴露され、後宮からの逃亡を図った薛博仁も女官殺害のかどで捕縛されたのだ。

「一応は話してみたんですけど、何しろ鸚哥の死の衝撃が強すぎたみたいで……」

そんな会話をよそに、鈴玉は寝台の上で人形のように横たわっていた。手も足も、心も凍えたまま、一向に溶ける気配がない。

――鸚哥、鸚哥。何で死んでしまったの？　最後に私のところに来たあの時、どうして全部話してくれなかったの？　そうしてくれていたら、私も追い返さずに……。

彼女の煩悶《はんもん》は、虚空を叩《たた》くばかりである。

それでも、五日後には何とか起き上がれるようになり、鈴玉は鴛鴦殿に戻った。だが、仕事に身が入らず、しばしば涙が溢《あふ》れてしまう。

そんな彼女を見かねたのか、王妃は人払いをすると、鈴玉を宝座の前に呼んだ。

「鈴玉――無実の罪で責め問いにかけられたばかりか、親しかった同輩の気の毒な姿を目にしたのです。心を乱されても当然のこと。この政変が一段落したら全てをそなたに説明してつかわす。また、休暇も与えるゆえ、心も身体もしっかり回復させなさい」

「王妃さま……お心遣い、かたじけのうございます」

「だが、その前にそなたに言っておくことがある」

王妃は両手を差し伸べ、跪《ひざまず》く鈴玉の右手をそっと包んだ。

「鈴玉は知っていましたか？　そもそも、なぜそなたを――反抗的で生意気だと評判の少女を、女官長や宦官《かんがん》長の反対を押し切って、私があえて鴛鴦殿に迎えたのかを」

「いいえ、存じません」

――そう、そのことはずっと疑問に思っていた。敬嬪呂氏は、王妃が王の寵愛《ちょうあい》を独占する新たな女性の出現を恐れ、その可能性を持つ自分を監視するためだと言っていた。

もちろん、そうではないと信じていたけれども……。

彼女の心の揺らぎを知ってか知らずか、林氏はくすりと笑った。

「そなたは大きな望みをもってこの宮門をくぐったのでしょう？　後宮で立身出世し、家門を再興するという志を。むろん、そなたを抱えた後も、私は周囲から再三にわたり忠告されたものです。『鄭鈴玉は獅子《しし》身中の虫となるゆえ、手放せ』と」

鈴玉は顔を赤くし、俯《うつむ》いた。

「ですが、私は絶対にそうしたくはなかった。後宮は欲に囚《とら》われた者たちがうごめき、互いに牙《きば》を立て合う場所。これまで、野心をたぎらせた若人が老獪《ろうかい》な者の餌食となり、走狗《そうく》となって最後は命さえ落とすさまを、私は否応《いやおう》なしに見せつけられてきた」

「走狗……つまり、『狡兎《こうと》死して、走狗烹《に》らる』ということですか？」

主人の役に立っていた者も、用済みになれば捨てられてしまう――。

「その通り。だから噂を聞いて、そなたに会う前から気になっていた。野心や志を持つこと自体は決して悪ではない。しかしそこに付け込まれ、むざむざと若い花を散らすことになりはしないか、と。まだ見ぬそなたの運命に胸騒ぎを感じ、ただ、実際に会うまでどうするかを決めかねていた。そしてあの『振り分け』の日に――」

「王妃さまは名簿をご覧になり、私をご指名になりました」

「ええ。実は名簿を見る前から、噂の生意気な女官がそなたであると見当はついていた。成績順に並んでいたからではない。私に対して誰もが緊張した面持ちのなか、そなただけが冷めた目つきで私を眺めていたのだもの」

鈴玉は、「そんな、恐れ多いこと」と呟《つぶや》いて下を向く。

「恥じることはない。叱るつもりでこのような話をしているのではないのだから。とにかく、そなたは他の者とは違って見え、強く印象に残った。だから、このまま私が指名せねば、そなたは敬嬪か、他の――権勢を争う側室たちの誰かが拾い上げることになるのは明白だった。そうなれば走狗となり、きっと使い捨てられてしまったでしょう」

「……王妃さま、では」

林氏は頷《うなず》き、包んでいた両の手をそっと解いた。

「鄭鈴玉は生意気な女官のまま終わるか、または鴛鴦殿の火種となるかもしれなかった。実際、そなたは騒動や面倒も起こしてくれたが、たとえ上に盾ついたり憎まれ口をたたいていたりはしても、腹の底は常に真っ白で、情と誠を持っていた。私は、そなたを手元に引き取ったのは間違いではなかったと確信した」

「私をお抱えくださったのは、そのような理由だったのですね……」

鈴玉の両眼から、熱いものが溢れ出した。

「ありがとうございます。私を救っていただいて」

――私がもし鴛鴦殿ではなく、錦繡殿に行っていたならば。まかり間違えば、私が鸚哥のようになっていたのだ……。

とうとう鈴玉は耐えきれず、無礼をかまわず王妃の膝に身体を投げ出した。そして、髪を撫《な》でられつつ、わあわあと声を上げて泣いた。

「私が死んでいるはずだったのに！　彼女は私の……私の代わりに死んだんです。かわいそうな鸚哥！」

こうして、王妃の膝の上で泣くだけ泣いたら、鈴玉は胸に固まっていた大きなしこりがすうっと消えていった心持ちがした。

もちろん、鸚哥を失った悲しみを十分に拭《ぬぐ》い去ることはできないが、せめてこれからは彼女の冥福《めいふく》を祈りながら、王妃さまに忠実に仕えて過ごそう——巻き込まれた政争に身も心も深く傷つき、権力の恐ろしさを知った鈴玉は、そう思ったのである。

彼女が平静と体調を取り戻した後、王妃は再び鈴玉を呼んで一冊の本を示した。

「証拠の品ゆえそなたに返すわけにはいかないが、主上がお貸しくだされたのですよ」

鸚哥が鈴玉に渡しに来た艶本の冊子だった。宝座の王妃は鈴玉に末尾の余白を示す。

「そなたたちも私も挟まれた書状ばかりに目が行き、これには気が付かなかった。だが、お受け取りになった主上がお目にとめられて……」

その余白には、鸚哥がこの度の政変で知り得たことなどが縷々《るる》書き綴《つづ》られていた。

呂氏が妊娠と偽ったばかりか御医に賄賂《わいろ》を贈り、流産という虚偽の診断をさせたこと。

鴛鴦殿での体調不良も全て芝居だったこと。薛博仁が血判状を入手してからは、彼の意には高官でさえ従っていたこと。博仁を尊敬し、また好意を寄せてもいたが、もし逆らえば自分はおろか、王宮外の家族も無事で済まなかったであろうこと。

博仁は鈴玉が書いた感想の冊子を自分から上手《うま》いこと言いくるめて取り上げ、鈴玉の筆跡を偽造する材料として使ったこと。王が王妃を守る決意を明らかにし、風向きが変わったことに焦った博仁が「妻」に罪を着せようとしていると知り、彼の真の姿を見て長い夢から醒《さ》めたこと——。

供述は「以上のことは、誓って真実です」との文言で締めくくられて血判が押され、最後には鸚哥個人のこととして、鈴玉への裏切りに対する深い後悔と詫《わ》びる言葉、そして妓《ぎ》女《じょ》として暮らす妹への心配が付記されていた。

「全く、字は相変わらず下手なのね」

鈴玉は笑おうとしたが視界がにじみ、本の上に涙がしたたり落ちた。鸚哥が貸してくれたこの艶本。最初は涎《よだれ》を垂らしながら読み、いまは涙をこぼしながら読んでいる。

「鈴玉、鈴玉。ああ、そなたを泣かせるために、この本を見せたわけではないのに……」

林氏は自分の手巾《しゅきん》で女官の涙を拭ってやった。

「それで、鸚哥の書置きは証拠になり得ますか？」

「何しろ、書いた本人が亡くなっていることもあり、これだけでは盤石な証拠とはならないでしょうが、主上は血判状をはじめ他にも証拠をお持ちだから……。まだ取り調べは続いているが、まもなくこの政変の決着もつくはず」

せめて鸚哥の残した最後の誠意が報われるといい、鈴玉はそう願った。

そこへ柳蓉が入ってきた。彼女が何か言おうとする前に王妃が頷く。

「今日は、そなたもよく知っている客を呼んだのです。鈴玉」

現れたのは翁小雄で、鈴玉は一瞬喜色を浮かべたが、お付きの女官としての務めを思い出して澄まし顔に戻った。

小雄はいつもの威勢の良さはどこへやら、王妃の御前でかちこちに固まっている。本来、彼女の身分ならば直接お目にかかることは許されない相手なのに、二度も拝謁を許されたことが信じられない様子で、ぎくしゃくした動きで王妃に拝礼した。

「翁小雄、近《ちこ》う。そなたのおかげで我が殿の女官が無実の罪より救われ、また政変の収拾へ向けて貢献をしてくれた。後宮の長として、あつく礼を申す」

顔を上げた小雄は鈴玉を見てにやりとし、手を符丁の形にしたが、はっと息を呑《の》んでそれを引っ込め、もじもじと居心地悪そうにする。鈴玉はくすりと笑った。

「いや、あたいは何も……あの、勿体《もったい》ないお言葉で」

王妃はふんわり微笑むと、茶や菓子、反物などを十分に下賜してその功に報いた。

小雄が呂氏から受けた仕打ちも明るみには出ていたが、証拠不十分という理由で、今回の罪状には数え上げられなかったという。それが鈴玉にはたまらなく悔しかったのだが、被害を受けた本人は「あのいかさま野郎が捕まったんだから、何よりだよ」と言い、ほくほく顔で下賜品を抱え退出した。

王妃はほっと息をつき、明月が持ってきた湯気が立つ茶碗《ちゃわん》に手を伸ばす。侍立する鈴玉も、鴛鴦殿のゆったりとした空気に身を任せ、心が落ち着く思いだった。

だが、平穏も長くは続かなかった。外が何やらざわつき、言い争うような甲高い声が聞こえたかと思うと、香菱が厳しい顔つきで入ってきて王妃に耳打ちした。

「錦繡殿の御方が、主上への取り成しを頼みたいと王妃さまに……」

「敬嬪が？　錦繡殿の禁足令は解けていないはずだが」

「ええ。しかも、上の公子さまとご一緒で」

鈴玉は戸口を睨《にら》みつけ、両の拳《こぶし》を握りしめた。

——敬嬪呂氏！

二

「鄭鈴玉。私が敬嬪と話している間、もし平静を保てる自信があれば私の傍らに、でなければただちに退出なさい」

林氏は鈴玉のほうを向かず、ただ前方を見て命じた。鈴玉は一瞬迷ったが、しっかりした口調で答える。

「何も申しませんゆえ、お側におります」

足音も高く入ってきたその人は、素服ではなく常服を身にまとっていた。もともと禁足令に対し素服の着用は義務ではなく、王妃もあくまで自己へのけじめとして着ていただけだから、別に敬嬪が常服でいても何も問題はない。

だが、鈴玉が思わず顔をしかめたのは、単に自分たちを酷《ひど》い目に遭わせた敬嬪への嫌悪感からだけではない。その身拵《みごしら》えは常ならぬ様子で、せっかくの美麗な衣裳《いしょう》が全体的に着崩れており、ほつれた髷《まげ》に挿した黄金の釵《かんざし》も曲がり、嚙《か》み続けていたのか爪先がぼろぼろに欠けていた。だが化粧は濃く、頰や唇の紅はいつもより赤さを増してさえいる。

呂氏は殿内に通されるなり、雪恵公子の手を乱暴に引きつつ、裙《くん》の裾《すそ》を蹴散《けち》らしながら宝座に突進し、親子ともども御前に這《は》いつくばった。王妃以外は視界に入っていないのか、すぐ傍らの鈴玉には目もくれない。

「王妃さま！　わ、臣妾《わたくし》が息子とともにご挨拶《あいさつ》申し上げます……」

「禁足令を破って我が鴛鴦殿に来たからには、よほどの大事であろうな？」

王妃は表情をほとんど動かさず、静かな口調で尋ねた。

「主上は私を廃位するおつもりだと伺いました！　公子も公主も主上に差し上げた私を」

呂氏は王妃にすがりつかんばかりである。

「どうかお助けくださいい、王妃さま！　何とぞ主上にお取り成しを！　この子を助けると思《おぼ》し召して……」

がんぜない公子の身体を胸に抱き、がくがくと揺さぶる。

──何なの、この人は！　王妃さまをあわや廃妃寸前にまで追い込み、手下の薛博仁のせいで鸚哥が命を落としたのに、その悪事を棚に上げてぬけぬけと！

鈴玉は林氏との約束をも忘れ、思わず一歩踏み出して呂氏に飛びかかろうとしたが、王妃が鈴玉の裙の裾をそっと踏んだので我に返った。さすがに傍らの女官のただならぬ様子に気が付いたのだろう。呂氏は鈴玉を見て「ひいっ」と悲鳴を上げた。

「敬嬪……。そなた、主上に仕えて何年になる？」

王妃の問いに引き戻された敬嬪は「どういう意味か？」と言いたげな顔をした。

「なっ、七年と半になりまする」

「しかり。それでは、主上のご性格をよく存じていましょう。そなたは、後宮のなかでは誰よりも多くの時間を主上と過ごしてきたゆえ」

「王妃さま、それはどういう……」

林氏はため息をつき、どこか遠い眼をした。

「敬嬪、本当にいままで気が付かなかったか？　主上はいかに後宮の私たちを寵愛《ちょうあい》しようと、決して溺《おぼ》れることはない。常に冷静に相手を見ておられる。ゆえに寵姫であろうと王妃であろうと、もし重き罪を犯せば、主上は例外なく相応の処置を取られる」

「お、王妃さま……では、私は」

「錦繍殿づきの薛博仁が助命と引き換えに全てを白状し、また殺害された張鸚哥も、廃妃同意の血判状ならびに供述を遺《のこ》している。それらは、主上がお持ちの証拠とも一致していると聞く。敬嬪、既に大勢は定まった。ただ私の見たところ、そなたも賜死だけは免れよう。子どもたちとともに暮らせるかはわからぬが、出宮し心静かに……」

「王妃さまは私を陥れ、かつ追い出したいのですね！　そうは行くものですか！」

呂氏は、ついに王妃の裙に手をかけた。

「薛博仁の白状など嘘です！　彼が全て一人でたくらんだこと、私は何も知りませんでした！　正一品の位を持つ嬪であるこの私よりも、取るに足らぬ宦官《かんがん》の言い分を信用なさるのですか！」

「敬嬪、落ち着きなさい。そなたがどうあがいても……」

鈴玉は、眼前で繰り広げられている醜態に悔し涙を抑えることができなかった。

——こんなことのために鸚哥が死んで！

だが、彼女の涙はすぐに引っ込んだ。敬嬪は頭上に手をやるとぐらついていた黄金の釵を引き抜き、その鋭い切っ先を雪恵公子の喉元《のどもと》へ当てたのである。

「は、ははうえ……」

これまで自分の頭上越しに話が交わされ、ただ不安そうな顔をしていた公子も、思いもかけぬ母親の仕打ちに、さすがに泣き声になった。

宝座から立ち上がった林氏を前に、呂氏は我が子の首に切っ先を当てたまま、じりじりと後ずさる。王妃は微動だにせず、ただ呂氏を凝視している。

「お聞き届けいただけなければ、この子を殺して私も！」

「そなた、正気を失って……いや、敬嬪、ならぬ。雪恵公子はただそなたの息子であるだけではない。第一に王のお子なのだから、傷つけるようなことは断じて――」

「近寄るでない！」

輪を作り近づいていた宦官や女官たちを敬嬪が一喝すると、ぐっと輪は広がった。さらに後退した敬嬪の足が戸口にかかる。王妃は蒼白《そうはく》になっていたが、冷静な声を出した。

「敬嬪、こちらに戻りなさい。いまであれば、そなたのしたことは内済で何とか取り繕いもできる。だがその状態で鴛鴦殿を一歩でも出れば、賜死となるのは火を見るよりも明らかだ。それに、息子が哀れとは思わぬのか？　釵を捨てて戻りなさい」

「はっ！　戻れですって？　いいえ、このまま主上にお目にかかって真実を申し上げ……」

「敬嬪！」

べそをかいている公子を抱え込み、ついに敬嬪は扉から身体を半分出して、ぞっとするような高笑いを発する。

「王妃！　私は知っているのじゃ。穏和なふりをしてこの度もそなたが図って……！」

興奮する呂氏の手が震え、今にも釵の切っ先が雪恵の喉《のど》に刺さりそうである。その時。

「あああっ！」

殿中に響き渡る悲鳴に鈴玉は眼をつむる。だが、声の主は敬嬪だった。戸口の外から誰かの足がにゅっと突き出て、呂氏の脚を思い切り払ったのだ。

彼女は雪恵公子もろともひっくり返り、呪縛が解けた鈴玉は扉へと走っていった。

戸口の陰にいたのは——翁小雄だった。

絶句する鈴玉に、もと隣人は鼻をこすって応《こた》え、にやりとした。呂氏はその場で取り押さえられ、雪恵公子は大泣きしているが、不幸中の幸いで、釵の切っ先は逸《そ》れて傷一つない様子だ。

「あなたがどうして？　戻ってきたの？」

「うん。あたいが御殿を出るのと入れ違いにこいつが来るのが見えたからさ。ここで待ってりゃ仕返しができると思ってね。声はもう治らないけど、復讐《ふくしゅう》は叶《かな》ったからいいや」

小雄は愉快げに、わめき散らしながら連行される呂氏を見やってから、御前に出る。

「でも、こんなことをしたらあたいも罪人ですよね、王妃さま？」

打って変わって神妙な面持ちの小雄に王妃は目をみはったが、大きく息をついた。

「復讐により罪人となる、か。確かにそうだが、今回は違う。敬嬪の命を救ったのはまぎれもなくそなたである。そなたは仇《かたき》の恩人ともなったのですよ、翁小雄」

三

敬嬪は輿《こし》に押し込められて錦繍殿へと戻され、厳しい監視下に置かれることになった。

また、王妃の緘口令《かんこうれい》にもかかわらず、ことは王の建寧殿にも伝わっていったが、鴛鴦殿はあくまで「何ごともなかった」という態度を崩さなかったので、それ以上の追及や調査がされることはなかった。

そして、ついに王は呂氏への処断を下した。

錦繡殿の敬嬪呂氏は林氏の廃妃をもくろんで自身を懐妊と偽り、王妃を弾劾させた。部属である宦官の薛博仁はそのために策略を巡らせ、鴛鴦殿の女官に罪をなすりつけたばかりか拷問を行わせ、かつ同輩の張女官をも殺害した。本来は国を揺るがす大罪で敬嬪は賜死が妥当なれども、長く王に仕え、また公子二人と公主の実母であることに鑑み、一等を減じて遠方の永州《えいしゅう》に流す。同じく、薛博仁および診断をまげた御医は絶海の孤島に流す。さらに、敬嬪所生の子ども全員を出宮させ、道観で修行させることとする――。

鈴玉は鴛鴦殿で、王の決定を伝える使者の言葉を半ばぼんやり聞いていた。王妃を苦しめ、友人を破滅させた呂氏への怒りはとうてい消えないが、それにも増して、まだ幼い彼女の公子や公主の行く末が気になった。

母親が何をしようとも、子どもたちには罪はない。だが、生まれながらにして暖衣飽食が身についた彼らに、果たして修行生活が耐えられるのかと、自身もかつて貧窮の淵《ふち》にあっただけに気がかりだった。だが、子どもたちの出宮は、もし宮中に残せば権門たちに利用され、紛争の種となりかねない、と王が考えてのことだろう。一人の夫としても父親としても、主上には覚悟のいる決断であったはず、と鈴玉は拝察するのだった。

また、薛博仁を死刑ではなく流刑にとどめた王の処断には納得しかねていたが、王妃

は鈴玉の表情で胸中を察したのか、

「全て、主上の政治的なご判断であるから」

とだけ言葉をかけた。

確かに、王はあえて助命してでも薛博仁から供述を引き出して証拠を固めたのだろうし、政変収拾のための取引や交渉ごとの一環だったことは疑いない。何より、流刑先は「死んだ方がましだ」と罪人に絶望させるほどの過酷な環境であるとも聞いた。

だが、鈴玉の心中はまだ燻《くすぶ》り続けている。

使者の退出後、今度は目元を赤く腫《は》れさせた明月が王妃の御前に来て跪《ひざまず》き、玄武門での「見送り」に行かせていただきたい、と申し出た。

王妃は頷《うなず》くと、鈴玉のほうを振り返る。

「そなた、明月と一緒に。急いだほうがいい」

二人の女官が嘉靖宮の最北にある玄武門にたどり着いた時には、すでに多くの人で溢《あふ》れんばかりになっていた。この場になぜ明月が来たのか気づき、刺すような眼を向けて来る者もいたが、鈴玉が同輩を庇《かば》うようにし、門にほど近い場所に陣取る。

しばらくして、「罪人が来るぞー」という呼び声が遠くから聞こえ、みなはそちらへ眼を向けた。この度の事件で処分される後宮の罪人たちが白衣に身を包み、縄を打たれて連行されてくる。彼等が門に近づくにつれ、人々のざわめく声が高くなった。

先頭を歩いてくる薛博仁に対しては、誰かがぺっと顔に唾《つば》を吐きかけた。博仁は視線もくれず、明月と鈴玉のすぐ目の前を通り過ぎようとする。

「お兄さま――！」

兄は兵士に頷くと足を止め、振り向くと妹に荒《すさ》んだ笑みを投げかけた。

「お前も、この兄の妹として生まれた不運を嘆くがいい。俺は自分のしたことを後悔していない。寒門の子が大望を抱き、あえて自ら去勢して宦官となったが、最後にいささか下手を打ってしくじった。それだけさ」

「そんな……お兄さま！」

明月はわっと泣き出した。生き別れとなる兄妹《きょうだい》、その最後の会話はなんとも残酷なものだった。博仁は、ついで傍らの鈴玉を見据えた。

「ふん。終盤で局面ががらりと変わって、こんどはそちらが高みの見物かな？　鴛鴦殿の鄭鈴玉。俺のこんなざまが、さぞや楽しいに違いない」

口の端に浮かぶ嘲笑《ちょうしょう》は、自分に向けたものかそれとも鈴玉に対するものか、判別はつきにくい。おそらく両方だろう――鈴玉はそう思った。

「鸚哥を……鸚哥をなぜ殺したの？　対食の関係を結んだ、夫婦同然の彼女を」

鈴玉は低い声で問いを発した。それは、どうしても博仁に聞いておきたいものだった。

――前からあたしに優しくて、気《き》を遣って色々買ってくれたし！

鸚哥の悲痛な声が脳裏をよぎる。訊かれた方は「はっ」と乾いた笑い声を上げた。

「あいつも馬鹿な奴だ。俺を裏切らなければ、今頃はまだ錦繍殿で……」

言い終わる前に、彼の左頰がばしっと鳴った。鈴玉は目に涙を浮かべ、息を荒げながら彼の頰を張った右手を押さえている。罪人を叩《たた》いた鈴玉を護送担当の宦官が咎《とが》めもしなかったことは、後宮全体が彼に対して手のひらを返した事実を示していた。

「夫として少しでも妻を大切に思っていなかったの？　あの子を利用しただけなの？」

「なぜそう決めつける？　俺は俺なりのやり方であいつを慈しんださ。だが、お前たちとは違うやり方かもしれないね」

どこまで行っても、博仁との会話は平行線だった。鈴玉は握っていた右手を開き、大きく息をついた。たとえ彼の頰を張ったとて、虚《むな》しさが募るばかりだった。

「いいわ。あなたのことだから、鸚哥の冥福《めいふく》を祈ったりはしないでしょう。でもお願いだから、いつか鸚哥の魂魄《こんぱく》に会っても、追わないで。これ以上、彼女を苦しめて欲しくない。冥途《めいど》へ渡る舟は彼女とは違う舟に乗って。それだけは約束して……」

「『約束』か。前にも言ったな？　俺はそんな頼りない言葉を信じないと。でもまあいいだろう、『妻』が世話になった礼にその約束だけは守ってやるよ。どうせ俺を乗せてくれる舟などありはしないだろうし」

博仁は嗚咽《おえつ》する妹をちらりと見やって再び歩き出し、玄武門をくぐるまでの間、二度と振り向くことはしなかった。

——彼もきっと、後宮で生き抜くことに必死だったのだろう。だからといって、犯した罪はとうてい許されるものではないけれど。

鈴玉は頭を横に振り、しゃくりあげる明月に寄り添って罪人を見送った。

真冬の弱い日差しを浴びた博仁の姿が、どんどん小さくなって行く――。


鴛鴦殿に戻った鈴玉は、王妃に呼ばれて御前に赴いた。見れば、卓上の函《はこ》には翡翠《ひすい》の腕輪と、錦《にしき》の青も美しい巾着《きんちゃく》が入っている。

「先ほど建寧殿から届けられたものです。そなたに渡して欲しいと」

では、王からの下賜品ということになる。

「あの張鸚哥の形見と、ささやかながら主上と私からの感謝の意である。そなたの負った心身の傷は、このようなものではとうてい癒《いや》し切れぬが」

鈴玉は函をおし頂いた。巾着はずっしりと重い。おそらくは銀子だろう。それから、しばらく腕輪を見つめた。持ち主を失って、翡翠の光もどこか寂しげに見えた。

「主上も全てが終わればそなたと話したいとのお言葉だが、『先に出宮の支度金として、また自分との約束通りに王妃を守ってくれた礼として、ささやかなものを』と」

「私が出宮するのですか？」

鈴玉は驚きの余り、主君の言葉を遮ってしまった。林氏は微笑を浮かべて首を振る。

「ああ、誤解するでない。出宮といっても一時的なものゆえ。以前、休んで心身を回復せよと申し渡したが、あれだけのことがそなたの身におきたその影響を、私はもちろん、主上も案じておいでだ」

「王妃さま、それに主上までも……」

「したがって、特例にて、そなたに出宮しての休暇を与える。父上もさぞそなたを心配しておいでだろう。里帰りし、顔を見せて差し上げなさい」

——主上も王妃さまも、私のことを気にかけて下さる。勿体《もったい》ないことね……。

やりきれなさを心に抱いていた鈴玉にも、温かく嬉《うれ》しい気持ちが湧いてきた。

だが、彼女にもたらされたのは嬉しさばかりではなかった。

「ええっ！　出宮するの？」

鴛鴦殿につながる回廊の隅で大声を上げたのは、やはり鈴玉である。

「鈴玉、しっ」

相手の唇に人差し指を当てた明月は、それから俯《うつむ》いた。

「何でまた。お兄さまの件で後宮にいられなくなっちゃったの？」

「違うわ。王妃さまのおかげで私や家族に対する縁坐《えんざ》は免れたし、そのまま鴛鴦殿で働けるよう取り計らってもくださった。でも、兄のこともあって本当に疲れ果ててしまったの。王妃さまとあなたや香菱だけが、心の支えだったけど」

「明月……」

「そんなに心配そうな顔をしないで。こうなって良かったのよ」

「でも、ここを出てどこに行くの？　実家に戻るの？」

「ううん。主上の実のお母さまがいらっしゃる銀漢宮に。ほら、前に私が使者として行ったところ。そこで道姑《おんなどうし》になるの。心安らかに修行できそうよ」

そう言って微笑み、明月はふわりと鈴玉に抱きついた。

「ありがとう、何もかも鈴玉のおかげ。王妃さまも以前より主上の寵愛《ちょうあい》を得られたし、妹《わたい》への綿袍《れ》もくれたし。あと、楽しいおしゃべりも。何より、あなたが頑張ってくれたから王妃さまは廃妃を免れた。そして本当にごめんね。兄のせいで酷《ひど》い目に遭わされて」

「そんな、明月。私にお礼なんて言うことはない、謝る必要もない。そもそもの始まりは、あなたが私に衣裳《いしょう》係を譲ってくれたからじゃない」

鈴玉は相手を柔らかく抱きしめ返すと、眼に浮かんだ涙がこぼれないように上を向き、鼻をすすった。天からは、白く可憐《かれん》なものがちらちらと舞い落ちてくる。

「ねえ明月、見て。また雪よ。銀漢宮のお山はきっとここより寒いわ。そうだ、あなたにも綿袍を作ってあげる。うんと可愛い布地を使って分厚く綿を入れた特別製よ……」

四

「鈴玉、鈴玉！　こんな寒いところに、いつまで座っているつもり？」

香菱がようやく捜し当てた時、鈴玉は太清池のほとりにうずくまっていた。真冬とあって鯉たちも冬眠のさなか、彼女の相手をしてはくれない。

「王妃さまがあなたをお捜しなのよ、早く戻らないと……」

香菱は鈴玉の腕を摑《つか》んで立ち上がらせようとしたが、微動だにしない。彼女は両膝《りょうひざ》に頤《あご》を埋《うず》めたままで、視線は遠く池の対岸に投げかけられている。

「ねえ、香菱。あの日——鸚哥が見舞いに来てくれた時、もし振り向いてあげていたら、錦繡殿に帰るのを引きとめていたら、あの子はいまでも生きていたと思う？」

香菱は絶句したが、やがて大きなため息を一つつくと、鈴玉の脇に腰を下ろす。

「何よ、やっと元気になったと思ったら、また逆戻りしてめそめそしているの？　もう、そのことを考えるのはやめなさい。気持ちは十分にわかるけど、あなたが悪いわけでも何でもないのよ。鸚哥の件に関して、鈴玉が自分を責める必要はないんだから」

そうかしら、と呟《つぶや》いた鈴玉は、懐から沈女官に借りたままとなっている手巾《しゅきん》を取り出して広げる。そして、そこに包んでいた翡翠の腕輪を熱のない冬の太陽にかざした。

「どうするの？　まさか、この池に沈めるつもり？」

「ううん。鸚哥は池で冷たい思いをしたはずだから……これはね、私たちの畑に埋めてあげるの。上に花を植えて。そうすれば鸚哥と一緒に働けるじゃない？」

それがいいわね、と香菱も頷《うなず》く。

「鸚哥も、明月も……みんないなくなっちゃった」

再び膝《ひざ》に頤を載せる鈴玉を、香菱は横目で見る。

「みんなって、二人じゃない。それに、私がものの数にも入らなくて悪かったですね」

「こんな時に絡まないでよ」

抗議しながらも、鈴玉はくすりと笑う。香菱はいつも香菱であって、調子を崩すことはない。

「とにかく戻りましょう。王妃さまが、あなたの里帰りの件で内々にお話があるそうよ」

香菱の言葉通り、林氏は人払いをして鈴玉を待っていた。

「鈴玉、前置きは抜きで。先だって主上はそなたの休暇を許されたが、改めて私にこう仰せられた。『彼女は紛れもなく政変を収拾した真の功臣だが、職位も銀子もその功に報いるには充分ではない。ただ、私にできるのは選択肢を用意してやることだ』と。このお言葉の意味がわかりますか？」

鈴玉は首を傾げた。

「主上は、特別にそなたに暇《いとま》を取らせ永の出宮をお許しくださる――もし、そなたが市井での生活を望むならば。もちろん、この後宮に留《とど》まるほうを選んでもよい」

「永のお暇ということでしょうか？」

「そう。出宮して実家に戻れば穏やかな生活を望めるでしょう。あるいは良縁に恵まれるやもしれぬ。一方、後宮に留まり、女官としての能力をさらに磨くことも可能である」

「畏《おそ》れ多くも主上の仰せではありますが、私の心は既に決まっております。選ぶまでもありません。生涯をかけて王妃さまにお仕えすると……」

王妃は微笑み、鈴玉の手をとった。

「ええ、主上も私もそなたの忠心はよくわかっています。また、主上はそなたをお気に召してもおられる。だが本人が望むならば、あえてお手放しなさるお心積もりだと」

――王さまが私をお気に召しておられるだなんて。

鈴玉は、胸がどきりとした。

「市井か、後宮か。どちらでもそなたが望む方を選ぶがよい。休暇により、久方ぶりに市井で暮らすことになる。一生を左右する大事ゆえ熟慮して決め、還宮の時に返答を聞かせて欲しい。私や主上に一切の遠慮は要らぬ。そなた自身のことだけを考えなさい」

そこまで言われては、鈴玉も受けないわけにはいかなかった。

「主上と王妃さまの鴻恩《こうおん》に、深く謝したてまつります」

林氏は安堵《あんど》の表情を見せたが、それが次には悪戯《いたずら》っぽいきらめきを帯びた。

「そうそう。そなたの出宮については、もう一つ言っておくことがある……」


「ねえ、何であなたなの？　何でよりによって、あなたがくっついて来るわけ？」

振り返った鈴玉は、思い切り顔をしかめた。背後にいる長身の男は眉《まゆ》をぎゅっと寄せたまま、返事もしない。その男は、青色の上着を身にまとって大振りの剣を腰に差し、荷物を片手に持って自分にぴたりと張りついている。

――鈴玉。出宮のことだが、図らずも政変の中心に身を置いてしまったそなただ。残党か誰かが逆恨みし、都城で襲わぬとも限らない。下賜の銀子も携行していくことだし。そこで主上にご相談申し上げたところ、やはりそなたの身を案じておられ、腕の立つ武官を一人つけてくださるそうな。

——お言葉ですが王妃さま、私一人で大丈夫です。第一、「武官」ということは殿方ですよね。女官と二人きりで王宮の外を歩き回るなどと言ったら、醜聞になります！

——いいえ鈴玉、これは王命なのですよ。たとえ私でも覆すことはできぬ。ふふふ、大丈夫。その武官は一流の剣の遣い手で、また主上のご信頼厚き者なのだから。

そうして、「その者は玄武門外でそなたを待っている」との言葉とともに送り出された鈴玉は、門を出るや否や、脇からぬっと現れた六尺豊かな大男に腰を抜かし、持っている里帰り用の荷物を取り落としそうになった。だが、すぐに体勢を立て直す。

「何よ、驚いたじゃない。かさばっている武官……ええと、羽林中郎将の劉なんとか」

「劉星衛だ」

威嚇するかのごとき鈴玉の問いに、相手も見下ろしながら凄《すご》みのある声で答えた。

「まあ、力んじゃって。ところで、私を護衛してくれる武官はどこ？　この門外に……」

鈴玉は辺りをきょろきょろ見回していたので、相手の厳《いか》めしい顔がますます鬼瓦《おにがわら》のようになっていったことに気が付かなかった。

「目の前におるではないか」

その瞬間、女官の悲鳴に驚いた樹上の鳥が、ばさりと翼を広げて飛び立った。

「あーあ、嫌になっちゃう。せっかくの里帰りが台無し……」

王命とあっては護衛を断るわけにはいかない。とはいえ、この邪魔な男を気にさえしなければ、久しぶりに王宮の外で吸う空気は新鮮で、鈴玉は懐かしい通りや家並みを見回しながら歩いた。ただし、彼女の向かった先は、実家とは反対方向である。

「――どこへ向かうのか」

それまでずっと無言だった星衛が背後から問いを発した。不審げな表情を隠しもしないが、無理もない。彼女が足を踏み入れた区域は、夜ともなれば歌舞音曲でさんざめき、妓楼《ぎろう》の紅灯がきらめく歓楽街だったからである。

だが、振り向いた鈴玉はうんざりした顔を相手に見せつけた。

「どこだっていいでしょ、あなたが受けたありがたいご命令には『彼女の行動に口を挟め』とでもあったわけ？」

「鄭女官！　そなたは王命を馬鹿にするのか、けしからん！」

「けしからんのはあなたのほうよ。秘密扱いの里帰りなのに、『女官』だの『王命』だの往来で喚《わめ》いて。正体がばれてもいいの？　それとも馬鹿なの？」

額に血管を浮かせて唸《うな》る星衛は、鈴玉がすたすたと妓楼の門をくぐっていくので目を剝《む》いた。そんな男の様子など知ったことではない彼女は、華麗な孔雀《くじやく》図の屏風《びようぶ》や精巧な細工の鳥籠《とりかご》が置かれた玄関に立ち、咳払《せきばら》い一つして来訪を告げる。

「ここに、張鸚哥の妹御がおられると聞いてきたのだけど……」

出てきた鸚哥の妹は、赤く泣きはらした眼をしていた。すでに鸚哥が死んでから二十日ばかり経つが、心の傷はまだ癒《い》えてないらしい。無理もない——と、鈴玉は痛ましく思った。そして、案内された彼女の部屋を見まわした。壁に立てかけられた琵琶《びわ》、化粧台の上に載る小ぶりの壺《つぼ》や皿。寝台は、縁起の良い桃と蝙蝠《こうもり》の刺繍《ししゅう》をした帳《とばり》で覆われている。

「女将《おかみ》の話では、なかなか評判の良い売れっ子だそうね、あなた。ああ、私の正体は何も聞かないでね。亡きお姉さまの知り合いで、怪しい者じゃないから。ふだん女性は上がれない妓楼に、あえて女将は私を通した、それで察して」

鈴玉は、出された茶で唇を湿らせ一息ついた。

「実は、私は女将に、あなたを身請けするための銀子を渡してきたところなの」

鸚哥の妹は驚きに眼を見開き、かすれた声で答えた。

「そんな……普通では、とうてい払えぬ額ですのに」

「確かに安くはなかったわね、でも何とか持ち合わせがあったから」

そこまで言って、鈴玉は相手の疑わしげな視線に気が付く。

「あら、誤解しないで。何もあなたが私のものになるんじゃないのよ。妓女から足を洗うか続けていくかは、あなた自身が選択すべきことで私の決めることじゃないし。まあ、これで楼への借金がなくなって身軽になったのだから、お姉さんの分まで生きなさい」

という次第で、王から下賜された銀子はこれだけのために全て使ってしまった。

だが、がめつい女将を相手に鈴玉が身請け額を値切り倒さなかったのは、もし鸚哥の妹がこれから先もここで妓女を続けていくことを選ぶならば、妓楼の女将が彼女を虐《いじ》めぬようそれなりの額の銀子を摑《つか》ませていたほうが良い、と判断したためである。

――それにしても沈女官、鸚哥とその妹、明月。そして王妃さま。立場や行く末こそみな違うけど、女性に降りかかる世の理不尽さと苦労はみな同じ。いいえ、女性だけじゃない。秋烟や朗朗だって……。人々の涙が乾く暇もない。何だか歯がゆいし、悔しい。

鈴玉が肩の荷を下ろしたような、思いつめたような複雑な表情で妓楼を出ると、そこには番犬よろしく星衛が待っていた。

「随分と待たせるではないか」

そして、鈴玉の手元に眼をやって眉をひそめた。

「おい、下賜の銀子はどうした？　忘れてきたのか？　もしや……」

「ああ、あれ？」

鈴玉は肩をすくめた。

「もう使っちゃったわ、きれいさっぱり」

相手の驚愕《きょうがく》の表情に構わず、鈴玉は先に立って歩き出す。

「それにしても、あなたと私がこうやって歩いているのはやはり問題だと思うの。だって、たとえばあなたの奥さまに見られたら誤解を招くんじゃない？　色々と」

「妻などおらん」

「え？　だってあなた、歳はもう三十近いでしょう。お嫁さんの来手がなかったの？」

「そうではない」

鈴玉の頭上から刺すような視線が注がれ、地の底から響くような声が発せられる。

「至尊の御方を日夜お守りし、いつでも死ぬ覚悟を怠れぬ身としては、妻子などは……日頃から、余計な未練や執着を残し得るものは一切を断っておる」

「ふうん。そんなに肩を怒らせてお務めに励んでいても、いまは私の荷物を抱えて、後をくっついて歩いているだけなんて、可哀そうね」

鈴玉の揶揄《やゆ》のこもった口調に、相手はますますいきり立つ。

――入宮当初は、あたりかまわず盾ついては渋い顔をされていたっけ。

鈴玉は来し方を思い出し、何だかおかしくなった。

「何がおかしい、鄭女官」

「ほらほら、また『女官』って言った。あなた、お忍びのお供には向いてないわね。戦場で剣を振り回すほうがずっと似合っている。ああ、家はこの橋を渡るとすぐよ」

そしてようやく、彼女は懐かしい実家に戻った。まさにあばら家といった趣きで、劉星衛に見られるのは恥ずかしかったが、いまさら覆い隠しようもない。

迎えに出た父親の鄭駿は、娘の名を呟《つぶや》いたきり後は言葉もなく、鈴玉を抱きしめ心底ほっとしたようだった。だが、やがて脇に立つ佩剣《はいけん》の美丈夫に気が付き、怪訝《けげん》な顔を向けた。

「鈴玉、この方は？」

星衛は拱手《きょうしゅ》した。

「某官《それがし》は、羽林中郎将の劉星衛と申す。この度は畏《かしこ》き辺りの御沙汰《さた》を賜り、ご令嬢の警護を致しております」

「ほう、王命で貴方《あなた》ほどの高位の御方が……それはありがたくもかたじけなきこと」

父親は星衛に一揖《いちゆう》すると、嘉靖宮の方角を向いて遥拝《ようはい》した。それから娘とともに星衛をも招じ入れようとしたが、彼は固辞して外で待つと言うばかりだった。

「あなた、ずぅっとそこで突っ立っているつもり？　ご近所に変に思われるじゃないの」

呆《あき》れる鈴玉に、星衛はぐいっと身体をそらした。

「武人たるもの、『常在戦場《つねにせんじょうにあり》』の心構えなれば、これしきのこと」

だが鄭駿が言葉を重ねて家に招じ入れ、正房の西側の部屋に案内した。お世辞にも上等な部屋とはいえないが、星衛は一礼してどっかりと椅子に腰を下ろす。

——まあ、いろいろ面倒な男ね。

鈴玉は同じく東側の部屋で、入宮時より何も変わらぬ懐かしい室内を眺めまわした。いや、一つ変わったことがある。娘の身を案じ続けていたのか、久しぶりに再会した父は、めっきり老けたような印象だった。彼は棚の一番上から、黒漆の塗りも美しい長細い函《はこ》を取り上げて押し頂き、それを卓に置いた。

「畏《おそ》れ多くも王妃さまがお手紙を賜り、そなたのことを知らせてくださった。政変でお前が拷問を受け、同輩にも死なれ、心身ともに深い傷を負ったと。王妃さまは書中で懇ろに詫《わ》びておられたが、何とも勿体《もったい》ないことだ……。いずれにせよ苦労したな、鈴玉」

眦《まなじり》に涙を浮かべ、父親は娘の右手を自らの両手で包んでさすった。

「本当に、良く生きていた。お前の身に何かあれば、泉下の妻に顔向けができないところだった」

鈴玉ももらい泣きしそうになったが、ぐっとこらえて鼻を鳴らした。

「ふ、ふん。相変わらずお父さまは心配性ね。生きていたんだから、それでいいでしょ」

そして「すっかり遅くなったけど」と言いながら、綿袍《わたいれ》を差し出す。父は思いもかけぬ贈り物に喜色を浮かべたが、ふと真顔になって、背中を見せるよう娘に言った。

「えっ、だって……」

鈴玉はためらったが、父の確かめたいことを察した。俯《うつむ》きながら上着を脱ぎ、肌着だけをまとう形になって背を父に向ける。薄い布越しには、斜め十文字に走る幾つもの笞《むち》の傷が見えるはずだった。

「『身体髪膚、之《これ》を父母に受く、敢《あ》えて毀傷《きしょう》せざるは孝の始めなり』と言うけれど、お父さまとお母さまから頂戴《ちょうだい》した身体に消えぬ傷がついてしまいました」

呟いた鈴玉は、背後から聞こえるすすり泣きに気が付いた。そして彼女も前を向いたまま、声を押し殺し、一粒、また一粒と涙を流した。

五

陽が傾きかける頃、鈴玉は父に断りを言って家を出た。むろん星衛もついてくる。

「いま時分から、一体どこに出かけるつもりだ」

鈴玉はそっけなく答えた。

「酒家よ」

「酒家？　そなた、一杯やりにでも行くのか！」

男の渋面が、何とも間抜けに思える。彼女はわざとらしくため息をついてみせた。

「あのね、明日は母の墓参なの。お供えの酒を分けてもらうのよ」

目当ての酒家は、家からほど近いところにあった。人の好《よ》い中年夫婦が営んでいる店で、実は入宮前の生活の苦しい時分、女将《おかみ》から何度も食べ物や調味料を融通してもらった恩がある。

「お久しぶりです、女将さん。元気でお暮らし？」

「おや、鈴玉さま……ではなく、いまは遠く雲の上の御方にお仕えする身分になったんだものね。軽々しく名前は呼べないか。ねえ、鄭のお嬢さま」

女将は言葉を切ると、鬼神《ゆうれい》に遭ったかのように、鈴玉の背後で厳《いか》めしい顔をしている大男を凝視する。

「ええと、そのお方はお連れさまかい？」

鈴玉は女将に手を振ってみせた。

「ああ、この人は気にしないで。歩く『端午の人形』とでも思って、ね？」

星衛は彼女の毒舌にもう慣れたのか諦《あきら》めたのか、むっつりと押し黙ったままである。

鈴玉が酒の持ち帰りを頼むと女将は快く引き受けてくれ、中庭で待つように言った。

夕刻が近く、中庭の縁台にはすでに客が多数陣取っている。相変わらずの繁盛ぶりだが、見ているとどうも手が回っていないようだった。聞けば、女将の夫である店の主人はいま病に臥《ふ》せっており、彼女一人で切り盛りしているという。

鈴玉は見かねて、恐縮する相手をよそに皿や椀《わん》を運ぶのを手伝った。どうせ、彼女の身分などわかりはしない。ただ、目立つ美貌《びぼう》ゆえに、酔客のとろんとした眼がいくつも彼女を追ってくる。

「何をぼんやり突っ立っているのよ。忙しいんだから手伝って、星《せい》さん」

鈴玉が苛立《いらだ》たしげに「星さん」に呼び掛けると、眉《まゆ》を吊《つ》り上げた星衛はぷいと横を向き、大股《おおまた》で中庭から出て行ってしまった。

——あらあら、私から目を離すなんて職務怠慢じゃないの。

呆れた彼女だがそれ以上気にする暇もなく、帰った客の皿を片付けたり、縁台の客たちに酒を出したりと忙しい。

そのうち、何かが自分の尻《しり》に当たった感触があり、振り返ろうとしたとたん、中庭に悲鳴が響き渡った。そして鈴玉は、ちょうど編み笠《がさ》を被《かぶ》った若い男が、自分のすぐ背後にいた別の男の腕を背にねじりあげているのを見た。

「婦女子の身体に触らんと欲する卑しい奴、一部始終は見届けたぞ。酒肴《しゅこう》代は私が払ってやるから、騒ぎになりたくなければここは速やかに帰ったほうがいい」

「何だとこの若造……いててて！」

酔客は歯を剝《む》いたが、男が突き放すとたたらを踏み、「覚えていろ」と吐き捨てざま外套をひっ摑《つか》んで逃げ出した。鈴玉を助けてくれた若い男には猫背の連れがいて、銅銭を女将に渡している。

「危ないところだったな。そなたの身体に触った不届き者がいたのだ。大丈夫か？」

男は武術に通じているのだろう。隙がなく、一見優雅だが無駄のない動きだった。彼に礼を言おうとした鈴玉は、はてと首を傾げた。聞き覚えのある声だが――？

彼は青年貴族といった風情ではあるが、一見地味な紺色でも目を凝らすと織りの優美な上着や、何気ないが発色の綺麗《きれい》な水色の帯、佩剣の拵《こしら》えや佩玉《はいぎょく》の品格も、只者《ただもの》ではない雰囲気を漂わせている。

鈴玉は職掌柄、まず相手の衣服に眼がいき、それから改めて顔を見た。凜々《りり》しい眉、僅《わず》かに悪戯《いたずら》っけを帯びた唇。編み笠と夕陽の影で良く見えないが、この方は――。

「まあ、主……」

鈴玉は思わず声を出しかけたが、慌てて口を押さえた。

「ええと、なぜ……お忍びでいらっしゃいますか？」

「うん、まあそうだ」

「こちらにはたまたまいらしたのですか？」

「ああ、民情の視察という奴でな。宮中もようやく落ち着いたが、あの政変の影響が市井に及んでいるのか否か、自分の目と耳で確かめているのだ。だがそなたは？　出宮しての休暇を与えたからには、てっきり家にいるものと思っていたが」

「はい、そうです。ただ、酒家《ここ》には母の墓参の酒を取りに来て……」

先程の事件でいささか目立ってしまったため、主上は礼を言いに来た女将に頼み、中庭の隅へ席を替えてもらった。その連れはよく見ると、付け髭《ひげ》をした宦官《かんがん》長の劉健である。

「ちょうど手も空いただろう、少し座って私と話さぬか？」

王に指し示され、鈴玉は縁台の端にちょこんと腰かけた。

「慣れておいでのようですね、このようなことに」

「いや、そうでもない」

にやりとした王の表情に、言葉通りには受け取れない、と鈴玉は感じた。観察していると、彼の挙措はやはり品があったが、王者らしい威厳は漂白され、代わって万事にさばけた中級貴族の坊ちゃまくらいの像を上手《うま》く結んでいる。

「一度会って話をしたいと思っていた。政変ではそなたには大きな苦労をかけた。『王妃を頼む』と私が言ったこと、守り通してくれたのだな。詫びるとともに礼を申す」

「いいえ、そんな。詫びるだなんて畏れ多い……当然のことをしたまでです」

「その『当然のこと』が、人はなかなかできないのだがな」

王はふと遠い眼になり、赤い夕焼けを黙って眺めていた。

――そうよね、王さまもお疲れのはず。あれだけの政変があったんだもの。愛する側室が、同じく大切に思う王妃を陥れ、ついには三人のお子まで手放されることになって。

王は眼差《まなざ》しを鈴玉に戻し、切なげな微笑みを浮かべた。

「友人を死なせた者たちが生き永らえることになり、納得できぬだろうな？」

「いいえ……はい。事情は理解できますが、どうしてもその、感情がついていかなくて」

鈴玉は下を向き、小さな声で答えた。

「正直なことだ。そなたにとっては、そうだろう。だが、私にとってはこういった妥協と調整、駆け引きが日々の仕事でな。ははは、そなたの『勉学』の成果も、その段階までは及んでいなかったか」

「汗顔の至りです」

「うむ。しかし……」

王はつと手を伸ばし、鈴玉の頤《あご》を持ち上げた。不意のことで、彼女の心の臓がばくばくしている。思わず誰かに見られていないかと眼球だけ動かして左右を見てみたが、王のこの振舞いに気が付いた者はいないようであった。

「納得できないと感じるそなたの真っすぐさ。それは、あの場所に戻って生きていくには危ういと案じつつも、そのまま変わってくれるなとも、私は思う」

鈴玉は王の真情に打たれた。二人の間にしばし穏やかな沈黙が流れる。

そこへ女将がやってきて、言いにくそうに鈴玉に耳打ちした。

「ねえ、鄭のお嬢さま。あなたのお連れなんだけど」

「星さんね。外で待っているはずでしょう？」

「そうなんだけどさ、何かあの人がいるとお客さんが入りづらいみたいで」

鈴玉が手すきになったのも道理で、中庭には帰る客こそいるが、ご新規さんはぱったり途絶えている。

「わかった、きっと怖い顔して辺りを睨《にら》みつけているんでしょう。全く無神経な男ね。呼んでくるから待っていて。連れて帰るわ」

「ああ、そうしてくれれば助かるよ。じゃあ、持ち帰りの酒を用意しておくね」

手伝ってくれたからお代はいいよと言われ、眼を輝かせる鈴玉を前に、王も席を立った。

「どれ、星衛に見つかる前に私も退散しよう」

「彼にお会いにならなくて、よろしいのですか？」

「微行ではいつも彼がついてくる。役目柄仕方がないとはいえ、いろいろ口やかましくてな。だから今回、そなたのことを口実にして星衛に警護を押し付け、その隙に出てきてしまった」

「まあ、私が口実ですか?」

「気を悪くしたか」

「いいえ、滅相もありません。でも、あの、お二人で危なくないのでしょうか?」

宦官長はとうてい武芸の達人には見えない。だが、王は自信ありげな笑みを浮かべる。

「星衛はこの国随一の剣の遣い手。そしてその星衛を剣術の師とする私は、第二の遣い手というところかな」

自惚《うぬぼ》れておいでね、と眼を丸くする鈴玉に王は顔を近づけ、囁《ささや》いた。

「そなた、還宮したらきっと良い知らせを聞くはずだ。楽しみにしていよ。また後宮で会おう」


鈴玉が酒家を出た時は逢魔《おうま》が刻《とき》になっており、彼女は人通りが絶えた脇道を歩いていた。その背後には、酒や肴《さかな》の包みを抱えて相変わらず星衛がついてくる。煩わしいことこの上ないが、彼もお役目ではあるし、何より荷物を持ってくれるのだけはありがたい。

——彼の夕餉《ゆうげ》に、酒を少しつけてあげようかしら。でも、石頭だから「勤務中につき遠慮いたす」とか言って断られるかも。

「ねえ、酒はいける口……」

振り返りかけた鈴玉は、「危ない!」という叫び声とともにぐいと腕を引っ張られ、星衛の胸に抱き取られていた。星衛の手から離れた包みが、地面にぶつかってがちゃんと音を立てる。驚きのあまり硬直した鈴玉の耳に、剣がぶつかり合う鋭い金属音が響き渡った。

「鄭鈴玉だな！　覚悟！」

抜刀した者たちが二人を取り囲む。剣を手にした星衛は左腕に鈴玉を抱えたまま、くせ者どもの様子を窺《うかが》っている。相手は総勢五名で、みな覆面をし、黒衣を着ていた。鈴玉は彼の胸に思い切り顔を埋《うず》める形になり、恥ずかしさと息苦しさでもぞもぞ身じろぎした。

「動くな、死にたいのか」

上から、威圧的な囁き声が降ってくる。鈴玉は仕方なく、されるがままになる。向こうから雄叫《おたけ》びが聞こえてきたと思うと「ぎゃっ！」と相手の呻《うめ》き声が上がり、ぱっと身を離されたと思った一瞬のちには、星衛の背に庇《かば》われていた。彼の脇の下から、肩を押さえ剣を取り落とした男と、同じく額に大きな傷を負い右足を引きずった男が見える。

「何者だ、彼女を狙ってのことか！」

星衛が呼ばわると残る三人は無言のままじりじりと後退し、傷ついた仲間を庇いながら身を翻して逃げていった。星衛は深追いをせず、息をついて剣を鞘《さや》に納めた。

「大丈夫か？」

星衛から仔細《しさい》に検分された鈴玉は、我知らず顔が赤らんだ。

——さっきの庇い方は何よ、助けてもらったのはありがたいけど。

「じろじろ見ないで、大丈夫に決まっているでしょ。驚くわね、いきなり」

星衛は鈴玉の無礼なもの言いに怒り出すかと思いきや、ふっと笑った。彼女が見た、初めての皮肉なしの笑みだった。

「自分が命を狙われたのに剛毅《ごうき》なことだな。さながら、お主は戦場の勇将だ」

「あなたでもそうやって笑うことってあるのね。何よ、「勇将って」」

色気のない喩《たと》えにぶっとむくれた鈴玉に、また星衛は一笑したが、ふと顔をしかめて地面の包みを拾い上げた。

「あーあ、割れちゃったのね。せっかくのお酒が勿体《もったい》ない。酒家に戻って……」

「いや、夕闇が濃くなりまさってきた。またあいつらが襲撃してこないとも限らんぞ」

「仕方がないわ、明日の墓参の前に出直しましょう。それにしても、彼等は何者かしら？」

星衛は口を引き結んでいたが、やがてぽつぽつと答えた。

「王宮の人間だな。無頼漢《ごろつき》ではなく訓練を受けた身のこなしだった——私はあいつらと面識があるように思う、顔は良く見えなかったが。複数でかかれば私を倒し、そなたを手にできると考えたか。私も見くびられたものだ」

錦繡殿に味方する者の残党であろうか。だが鈴玉は怯《おび》えるどころか、ますます闘志を猛《たけ》らせた。

——殺せるものなら、殺してごらんなさい。私一人が死んだって、王妃さまを傷つけることなんかできやしないから。

「いまのこと、お父上には申しあげぬほうが良い」

「もちろん。お父さまが知ったら、卒倒してそのまま死んでしまいかねないし」

鈴玉は肩をすくめて、歩き出そうとした。そこへ。

「……もし、鄭香村《こうそん》先生のお嬢さまでは？」

警戒しつつ夕闇に眼を凝らすと、声の主は鄭駿の学問上の後輩だった。

その人は久闊《きゅうかつ》を叙して鈴玉の父親の近況をつぶさに尋ねたが、去り際、「すでにお嬢さまがご夫君をお迎えとは」と眼を細めて長身の男を見上げ、鈴玉が「誤解です」と叫ぶ前に、遠ざかって行ってしまった。

「あなたが悪いのよ、こんなにひっついて歩いて」

だが、星衛は鈴玉の抗議も耳に入っていない様子で、まじまじと彼女を見つめた。

「鄭香村先生……なのか、そなたの父上は」

「ええ、香村は父の号。私も時々忘れているけどその通りよ。どうして？」

「ならば、わが師も同然の御方だ」

「え？」

すっかり遅くなって帰宅すると、父は心配顔で鈴玉を迎えたが、星衛が恭しく拱手《きょうしゅ》してきたので、驚いた顔を見せた。

「まさかあの鄭香村先生であるとは気が付かず、ご無礼を致しました。実は、某官《それがし》は先生の同学である楊舜彗《ようしゆんすい》先生に師事しておりました」

「おお、そうでありましたか。舜彗学兄の……気鋭の学徒だったが、病を得てすぐに」

「ええ、尊敬する師を喪《うしな》った悲しみはいまだに尽きることがありません。それにしても、さすがは先生のご令嬢であられる。命の危機に晒《さら》されても節を曲げずに王妃さまをお守りしたこと、まことと経学の教えを付け焼刃でなく体得された方は違いますな」

——まあ、私を褒めているわ。彼が！

困惑とくすぐったさを覚えた鈴玉は口を挟もうとしたが、彼の言葉はお世辞などではなく、真情が込められているように思えた。

「某官、かつて舜彗先生に教えていただきましたが、師のご逝去後は恥ずかしながら学問も中断しております。どうかこの機会をもって香村先生に教えを乞《こ》いたく」

星衛が跪《ひざまず》いたので鈴玉は驚き、父親も慌てて相手を扶《たす》け起こした。

「御身《おんみ》は文武両道を心がけておられるのですな、まことに感心いたしました。私で良ければ、あなたの学問のお手伝いを致そうほどに」

これ以降も星衛の任務は続いたが、この日をきっかけに、普段の厳《いか》めしさは邸内では大分拭《ぬぐ》われてきた。彼は書斎で鄭駿を前に、時に頭を掻《か》きつつ、また時に笑顔を見せながら、楽しそうに論じているのだ。

——ふん、脳みそまで筋肉でできていると思ったのに。

そんな鈴玉は、彼の言葉や容貌《ようぼう》、身のこなしを目で追うことが多くなった自分に気が付いていなかった。

六

「おい、正房の戸板を直しておいたぞ」

「もう？　早いのね。ありがとう」

鈴玉は、母の墓参と絹織物商人の奥方の呉氏への挨拶《あいさつ》に行った以外は特に遠出もせず、自分の俸禄《ほうろく》で実家を整えながら休暇を過ごした。

警護の対象が引きこもり気味なので、劉星衛は暇をもて余したのか、鄭駿から経書の講義を受ける以外は、力仕事を手伝ってくれている。

小奇麗になった室内、ひもじくないだけの食糧、ささやかながら手間をかけた食事、ゆっくりと穏やかに流れる時間。いまの鈴玉はそのようなものに囲まれている。完全な家門復興ではないにせよ、尊厳ある生活の維持には十分であり、彼女は満足していた。

――ああ。そういえば、こんな暮らしもあるのよね。

対照的なのは後宮の華やかな生活であり、飢える心配はなく出世の道も開かれているが、その代わり心の飢えや嫉妬《しっと》に苛《さいな》まれ、陰謀や騙《だま》し合いに緊張し、神経をすり減らす日々が続く。幸い、鈴玉は賢い主人と優しい同僚に囲まれ、嵐を経験しつつもこれまで働くことができたが、沈女官や鸚哥の例を引くまでもなく、本来の後宮生活とは残酷なことが多いものであろう。

寒さの中にも陽光がわずかに温《ぬく》もりを帯びる昼下がり、鈴玉は、星衛が中庭で武術の鍛錬をするのを見守っていた。抜き身の剣が、ある時は緩やかに、またある時は神速で空を切る。星衛の足さばきや眼光の鋭さは、一分の隙もない。

星衛は鈴玉に背を向けて稽古《けいこ》に没頭しているかに見えたが、やがて、剣を水平に構えて口を開いた。

「先日、あの酒家に主上がおわしただろう？」

「あら、気が付いていたの？」

返答代わりに、剣がひゅんと音を立てて振り上げられ、太陽を貫く。

「知っていたのなら、主上にご挨拶申し上げれば良かったのに」

「私を連れぬきままな微行ゆえか、晴れ晴れしたようなご尊顔を遠目に拝して、邪魔はできぬと悟った。それに、万が一そなたに何かが起きても、必ず主上がお守りくださる。でなければ、護衛するべきそなたを置いて外に出たりはせぬ」

ようやく彼は振り向き、片方の眉《まゆ》を上げてみせた。

「全てお見通しなのね、主上のお考えを」

「『お見通し』とは、主上に対し軽々しくも無礼であろう。それは別として、畏《おそ》れ多くも主上のことは、公子でおわした昔から良く存じ上げているからな」

彼の誇らしげな口調に、鈴玉は余人には立ち入ることのできぬ主従の強い絆《きずな》を感じ、星衛を眩《まぶ》しげに仰ぎ見た。

彼は鄭家と親しくなった後も分をわきまえ、決して鈴玉たちと飲食の席を共にすることはなかったが、しばしば表情を緩めるようになり、また小さな心遣いをしてくれるので、鈴玉は彼に対する見方を改めていた。

ただ一つ、問題があった。星衛とふと目が合ったり、物の受け渡しで手と手が触れあったりすると、どきりとする。そして過日の襲撃で、図らずも彼の胸に顔を埋《うず》めた記憶が蘇《よみがえ》り、彼女を赤面させてしまう。

——何を考えているの、鈴玉。あなたは女官よ。後宮で一生を送る身の上で、あなたに触れられる殿方は主上ただお一人。それに、王妃さまへの忠義を全うすると決めたでしょ。でも、その主上や王妃さまは、市井での生活を選んでも良いと仰《おっしゃ》っていたけれど。

嘉靖宮に戻る前夜、鄭駿は自分の就寝の支度を整えてくれている娘を優しく、そして少しばかり切なげな目つきで見守っていた。

「何？　お父さま」

「いや。そなたは我が家門のため出仕して女官となった。市井で妻となり母となるような他の生き方もあったかもしれぬのに、私が不甲斐《ふがい》ないばかりに……しかも、この度の政争で大いに苦労させ悲しませたと思うと、そなたに申しわけなくてな」

「な、何を仰っているの、お父さま。私は自分の意思で王宮の門をくぐって女官になったのよ、お父さまが謝る筋合いなんてないでしょ」

「そうか。では、後悔はしていないのだな？」

――後悔。

一瞬、鈴玉の返事が遅れたのは、実家《ここ》での生活を思い返していたからだった。

「ええ、もちろん。何の後悔よ？」

「だったら、いい。つまらぬことを聞いたな。そなたが王宮に戻ると寂しくなるが、ただ元気でいてくれれば、父としても安心だし、母親もきっと喜ぶだろう」

鈴玉はむにゃむにゃと口の中で何やら返答し、盥《たらい》を持って部屋を出た。見上げれば、凍えた星空が自分の迷う心のうちを照らし出している。


そして翌朝、鈴玉は嘉靖宮に戻り、後宮に通じる北の玄武門外で劉星衛と別れた。

「あの、いろいろ世話になったわね」

何だか恥ずかしくなった鈴玉は、素っ気なくそれだけを言って背を向けた。

「鄭女官、私は主上に仕える身。主上にとって大切な方は私にとっても大切だ。ゆえに、王妃さまを守り通したそなたに心から感謝する。父上にはそなたの美点を申し上げたが、そなた自身にはまだ礼も言ってなかったからな……いまさらではあるが」

背中越しにかけられた感謝の言葉に、鈴玉は「本当にいまさらよね」と小声で返したが、やがて向き直ってぴょこりと頭を下げた。

「こちらこそ本当にありがとう、劉中郎将。私をずっと守ってくれて」

彼女が眼を上げると、星衛は笑んで剣の柄《つか》を手で鳴らした。

「鄭女官とは、また何かの機会に会えそうだ。そんな気がする。もし危急の用があったら、また朱鳳門で暴れて私を呼ぶがいい」

「そんな無作法なこと、私がするわけないじゃない！」

「さあ、『暴風女官』と噂の高いそなただから、どうだかな」

星衛はそのまま踵《きびす》を返し、鈴玉は反論の言葉を呑《の》み込んで、彼の後ろ姿を見送っていた。

七

「えっ……ご懐妊？」

鴛鴦殿に、一人の女官の大声が響き渡った。柳蓉が渋面を作り、香菱が同輩の袖《そで》を引いて注意する。全ては鈴玉の周りで繰り広げられるいつもの光景である。

「ほ、本当ですか、王妃さま！」

宝座の林氏は、後宮に戻って来た鈴玉にゆったりとほほ笑んだ。

「そう。御医によれば、もう三月《みつき》になるそうだ。そなたに休養せよと命じたのは私だが、早く知らせたくて還宮の日を待ち焦がれていた」

――きっと良い知らせを聞くはずだ。楽しみにしていよ。

微服中の王の言葉が思い出された。

「ああ、王妃さま！　おめでとうございます！」

「ちょっと、鈴玉！」

嬉《うれ》しさのあまり、鈴玉はぴょんぴょん飛び上がって傍らの香菱に抱きついたが、勢い余って二人とも体勢を崩し、床に転がってしまった。

「御前で飛んだり跳ねたり致すな！　王妃さまの大切なお身体に障るではないか……」

柳蓉の叱責も語尾に力が入らないのは、彼女自身が喜びを隠し切れないからであろう。

「いまにしてわかった。年始に気分が優れなかったのは政変のせいと思っていたのだが、この子が腹に入ったからでもあったのだと」

林氏は腹を撫《な》でて微笑んだ。

――王妃さまが、お母さまになられる！　ああ、良かった。本当に良かった。

鴛鴦殿じゅうが華やいでいるところに、さらに主上の来臨を知らせる声が響き渡る。

「王妃、腹に子がいるのだから……」

王は、立って自分を迎える妻を脇の榻《とう》に座らせると、侍立する鈴玉を見やり、共犯者めいた笑みを浮かべた。

「鄭女官は王妃の懐妊を聞いたばかりであろう？　外からでも、この殿がいつもより賑《にぎ》やかな様子であるのが良くわかった」

鈴玉は赤面して、もじもじした。

「それにしても主上。突然のお渡りとは、急なご用でもおありですか？」

いつもと変わらぬ穏やかな表情で王妃が問う。

「うむ、この鴛鴦殿で人を待つのだ。他にも野暮用があってな」

「ふふふ、我が殿舎を待ち合わせの場所にお使いあそばすとは」

「いけないか？」

「それに『野暮用』とは、油断なりませんね。いったいどのような御用なのやら」

夫婦が軽口を叩《たた》き合っているところへ、香菱が取次をする。

「後苑《こうえん》の宦官《かんがん》が王妃さまに梅をお持ちしました」

王が頷《うなず》くと、紅白の梅の枝を抱えた二人の宦官が入ってきた。

「秋烟……朗朗……」

思わず声を上げてしまった鈴玉に友人たちは微笑んだが、すぐに畏《かしこ》まった表情に戻り、主上の御前に進むと拝跪《はいき》した。彼らの動きとともに、梅の芳香が殿内に広がる。

「主上のご命令により、鴛鴦殿に春をお持ちいたしました」

――ああ、二人とも後苑の仕事に戻れたんだわ。今日は良い知らせばかりね。

鈴玉は安堵《あんど》するとともに、ひょっとして、王はこれを鈴玉に伝えるために彼等をわざわざ呼んでくださったのか、と嬉しくも思った。

宦官たちは立ち上がると、鈴玉に近寄り梅の枝を渡した。友人三人は万感込めた視線を交わす。彼等の間はそれで十分だった。王は咳払《せきばら》いし、御前に戻った二人を見据える。

「湯秋烟並びに謝朗朗に問う。例の艶本《えんぼん》を書いたのはそなたたちであろう」

「恐れながら、ご慧眼《けいがん》の通りでございます」

二人とも、まるで合わせ鏡の像のごとき同じ呼吸で、深々と額《ぬか》ずく。

「単に好色な場面だけではなく、あの本は党争が背景として書き込まれている。決して詳細を極めたものではなく一筆書きのようなものだが、よく要点を押さえて描写してあった。ただ、あれは直近の政争を風刺していたのか否か、罰は与えぬゆえ答えを申せ」

「……恐れ入りましてございます」

秋烟がただそれだけを申し上げると、王は一笑した。

「そうか。是も否もなくそれしか言わぬのもまた、いかにも後宮に仕える者らしいな。だが、艶本が巡り巡って最後は鴛鴦殿を救う一助となったのは疑いない。このように、思いがけぬことが起こるのが後宮というものだ。ただし、本来予定されていただろう艶本の結末は、しばらく私の預かりとする。いいな？」

最後に、王は抜かりなく鈴玉と宦官たちに釘を刺してきた。王妃懐妊という重大事を前に、いらぬ騒動を防ぐためである。三人は「仰せの通りに」と答え、深々と一礼した。

そして、王は「次に、野暮用を片付けねば」と呟《つぶや》くなり随従の黄愛友に命じて、彼女が手に持つ山吹色の包みを小卓に広げさせ、一冊の本を取り出した。

「あっ……」

鈴玉は眼を丸くした。王は彼女に目配《めくば》せし、瞳《ひとみ》をきらめかせる。

『勉学』の書をそなたに返さなくては」

――あの本は寝室の枕の下に隠していた。でも、捜索時に押収されたはずなのに？

「最後の葉《よう》の、末尾を見てみよ」

拝受した鈴玉が言われた通りにすると、末尾の空白に何かの印が押してある。

「もとからそれは押してあったのだが、気が付かなかったか？　そう、そなたが何の咎《とが》めも得なかった理由だ。捜索の担当者は見て眼を白黒させたであろう。何しろ艶本騒動の女官がまた艶本を所持していて、しかも王の書斎の蔵書印が押されているとは」

鈴玉は啞然《あぜん》として、「蒼州軒《そうしゅうけん》」の印影を見つめるばかりだった。

「張鸜哥なる女官の書置きといい、最後の一行まで眼を通さぬ、あるいは人の話を最後まで聞かぬ輩《やから》が多くて困る」

「耳の痛いお言葉ですこと。でも、艶本を鄭女官に賜っておられたのですか？」

林氏は笑みを含んで夫に問うたが、主上は悪びれもしない態度で答える。

「悪いか？　いや、そなたのためだぞ、王妃。鄭女官がそなたを守るにしても、少しは政治の話を理解して欲しかった。まあ、その成果が生かされたかどうかはわからぬが」

「ふふ、なるほど。そう理解しておきましょう、主上」

王が建寧殿に戻った後、鈴玉と香菱は王妃の許しを得て、日課とする畑の手入れに向かった。

「ねえ、鈴玉。もういい加減ににやにやするのはやめなさい。さっきからすれ違う人たち、みな振り返ってあなたを見ているわよ」

「誰が見ているとか、どうでもいいじゃない」

香菱はげんなりした顔でため息をついたが、思い出したかのように言った。

「王妃さまのお子さま、公子さまかしら、それとも公主さまかしら」

鈴玉は顔の緩みが依然として直らない。

「どちらでもいいわ。王妃さまのお立場を考えたら、そりゃ公子さまよね。おそらく世子に選ばれるでしょうし。でも、公主さまでももちろん嬉しいわ」

「公主さま？　どうして？」

「だって、私の選んだ服を着てもらえるかもしれないでしょ、可愛い公主さまに」


美酒に酔ったような気分のまま夜間の当直になり、鈴玉は王妃の寝室の脇部屋でうつらうつらしていた。見る夢といえば、王妃のまだ見ぬお子のことばかりである。

そして夜明けの頃、寝室の扉から姿を見せた林氏が、小声で鈴玉を呼んだ。眠っている香菱を起こさぬよう注意しながら、寝ぼけ眼で部屋に入ると、王妃は寝台に腰かけた。髪をおろした寝衣姿の林氏は、すでに母親の顔つきをしている——鈴玉はそう思った。

「鈴玉。そろそろあの『答え』を聞かせてもらっても？」

実は還宮から今に至るまで、王妃は鈴玉に「選択の回答」を尋ねなかったので、鈴玉からも言い出せずにいたのだった。

「主上は微行の際に酒家で手伝うそなたをご覧になったとか。『後宮で見るよりも生き生きとして楽しそうだった』と、しみじみ仰せられた。ならば、やはり市井で暮らすほうがそなたのためかもしれぬ。婚姻も……そう、たとえば劉星衛のごとき誠実な人間とか」

「いえ！」

星衛の名に不意を突かれ、思わず出した大声が寝室に響き渡り、王妃は一笑して「しっ」と唇に指を当てた。

「あっ……あの」

鈴玉は、王妃を真っすぐな目で見つめた。

「私、鄭鈴玉は心を決めました。王妃さま。私は……」

言葉を切り、いつも以上に丁寧に、そしてゆっくり拝跪する。

「鴛鴦殿の女官として、この後宮で生きていきます。王妃さまを全力でお守りし、お支え申し上げます。ですから私の命の続く限り、どうかお側にいさせてくださいませ」

林氏は頷き、自ら女官の手を取って立たせたが、その眦《まなじり》には光るものがあった。

「鈴玉、ありがとう。市井の幸せを選ばなかったことには胸が痛むが、私の偽らざる本心を言えば、そなたに側にいてもらえれば心強く、さらに良き女官に成長していく姿を見届けたくもある。鈴玉、そなたが将来に咲かせる花を、ぜひ私に見せておくれ」

「王妃さま……」

鈴玉もまた、感極まって涙を浮かべる。王妃と彼女の手はしっかりと握り合わされた。

――主上のご政道をお支えする王妃さま、この方をお助けしたい。一人の女官に過ぎない私でも、できることはきっとある。

希望と安堵を抱いた鈴玉が廊下に出ると、渋面の香菱が行く手を遮った。

「全くもう、うるさくして。おかげで目が覚めちゃったじゃない」

「どうせもう起床の時刻よ。王妃さまもお目覚めだし、早くお仕度をしないと」

「そんなふくれっ面して、相変わらずの河豚《ふぐ》女官だこと。さあ、行きましょう」

二人は肩を並べて歩き出した。東の空に太陽が顔を出し、一日の始まりを告げている。

「朝餉《あさげ》の後は師父が園林の剪定《せんてい》をなさるから、枝葉を拾うお手伝いをする約束よ」

「香菱、どうせなら枝拾いのご褒美として、新しい種を師父におねだりしましょう、ね？」

「あらまあ、鈴玉はちゃっかりしているわねえ。それにしても、春はやはり楽しい季節ね。梅の次は桜、終われば藤や牡丹《ぼたん》。これから花で後苑は一杯になるわ」

「そうね。あ、畑の見回りをして鸚哥にも挨拶《あいさつ》しなきゃ。今日も忙しくなりそう」

若い、人生の花を咲かせ始めた女官二人が、笑いさざめきながら遠ざかる。

鈴玉の肩に蝶《ちょう》のように白い梅の花びらがとまり、やがてひらりと離れていった。

参考文献

『宦官　側近政治の構造』三田村泰助　中公新書、一九六三年
『最後の宦官　小徳張』張仲忱（著）岩井茂樹（訳・注）朝日選書、一九九一年
『譯註日本律令　五　唐律疏議訳註篇一』律令研究会（編）東京堂出版、一九七九年
『東京夢華録　―宋代の都市と生活―』孟元老（著）入矢義高・梅原郁（訳・注）岩波書店、一九八三年
『金瓶梅』上・中・下　小野忍・千田九一（訳）平凡社（奇書シリーズ）、一九七二年
『紅楼夢』上・中・下　伊藤漱平（訳）平凡社（奇書シリーズ）、一九七三年
『中国服飾五千年』上海市戯曲学校中国服装史研究組（編著）・周汛・高春明（撰文）商務印書館香港分館・学林出版社、一九八四年
『中国歴代婦女妝飾』周汛・高春明　三聯書店（香港）有限公司、一九八八年
『中国服飾史図鑑　第二巻』黄能馥・陳娟娟・黄鋼（編著）・古田真一（監修・訳）・栗城延江（訳）科学出版社東京・国書刊行会、二〇一九年
『朝鮮王朝の衣装と装身具』張淑煥（監修・著）・原田美佳他（著・訳）淡交社、二〇〇七年

本書は第5回角川文庫キャラクター小説大賞最終候補作「涼国賢妃伝 ～路傍の花でも、花は花～」を改稿・改題の上、文庫化したものです。

この物語はフィクションであり、実在の人物・地名・団体等とは一切関係ありません。

王《おう》妃《ひ》さまのご衣《い》裳《しよう》係《がかり》

路傍《ろぼう》の花《はな》は後宮《こうきゆう》に咲《さ》く

結《ゆう》城《き》かおる

令和３年 ８月25日　初版発行

発行者●堀内大示

発行●株式会社KADOKAWA
〒102-8177　東京都千代田区富士見2-13-3
電話　0570-002-301（ナビダイヤル）

角川文庫 22788

印刷所●株式会社暁印刷
製本所●本間製本株式会社

表紙画●和田三造

●お問い合わせ
https://www.kadokawa.co.jp/（「お問い合わせ」へお進みください）
※内容によっては、お答えできない場合があります。
※サポートは日本国内のみとさせていただきます。
※Japanese text only

ISBN 978-4-04-111514-5　C0193

◇◇◇

角川文庫発刊に際して

角川源義

第二次世界大戦の敗北は、軍事力の敗北であった以上に、私たちの若い文化力の敗退であった。私たちの文化が戦争に対して如何に無力であり、単なるあだ花に過ぎなかったかを、私たちは身を以て体験し痛感した。西洋近代文化の摂取にとって、明治以後八十年の歳月は決して短かすぎたとは言えない。にもかかわらず、近代文化の伝統を確立し、自由な批判と柔軟な良識に富む文化層として自らを形成することに私たちは失敗して来た。そしてこれは、各層への文化の普及滲透を任務とする出版人の責任でもあった。

一九四五年以来、私たちは再び振出しに戻り、第一歩から踏み出すことを余儀なくされた。これは大きな不幸ではあるが、反面、これまでの混沌・未熟・歪曲の中にあった我が国の文化に秩序と確たる基礎を齎らすためには絶好の機会でもある。角川書店は、このような祖国の文化的危機にあたり、微力をも顧みず再建の礎石たるべき抱負と決意とをもって出発したが、ここに創立以来の念願を果すべく角川文庫を発刊する。これまで刊行されたあらゆる全集叢書文庫類の長所と短所とを検討し、古今東西の不朽の典籍を、良心的編集のもとに、廉価に、そして書架にふさわしい美本として、多くのひとびとに提供しようとする。しかし私たちは徒らに百科全書的な知識のジレッタントを作ることを目的とせず、あくまで祖国の文化に秩序と再建への道を示し、この文庫を角川書店の栄ある事業として、今後永久に継続発展せしめ、学芸と教養との殿堂として大成せんことを期したい。多くの読書子の愛情ある忠言と支持とによって、この希望と抱負とを完遂せしめられんことを願う。

一九四九年五月三日